JUSTE SOUS TES YEUX

SILKS LACEY

MyLit Publishing
© 2017 Lacey Silks [version anglaise] :
Right in Front of You, ISBN : 978-1-927715-47-5
© 2019 Lacey Silks (traduction française):
Juste sous tes yeux, ISBN : 978-1-989362-12-9
Images © Depositphotos
Traduit de l'anglais (américain) par Sandy Julien

Pour tes jours de pluie. Puisse le soleil venir les illuminer.

CHAPITRE 1

CARTER, 8 ANS

Les flaques ne sont que d'immenses trous effrayants. Ma maman m'avait toujours mis en garde, me conseillant de ne pas y sauter, de peur qu'en dessous, le trou se prolonge jusqu'en enfer. Alors, je ne sautais jamais dans les flaques. Mais je n'expliquais jamais pourquoi à mes copains, même quand ils se fichaient bien de moi. J'évitais ces miroirs ronds d'eau boueuse comme la peste ; à vrai dire, je ne savais pas vraiment ce que signifiait l'enfer, mais ma mère le répétait bien assez souvent. Ma crainte demeura jusqu'au premier jour de CE1, où nous attendions sous l'auvent de la supérette de M. Grafton, espérant que la pluie s'arrête pour rentrer chez nous. Ce jour-là, Molly Fowler me prit la main et m'entraîna sous l'averse. Nos amis restèrent bien au sec, dos au mur, à déguster des sucreries, la bouche pleine de Twizzlers et de bonbons acidulés. M. Grafton distribuait toujours des bonbons gratuits, le premier jour d'école.

— Vous êtes cinglés ! hurla Nick.

— Allez, viens ! répondit Molly en criant pour couvrir le bruit de la pluie.

Il pleuvait comme vache qui pisse. Encore une expression de ma mère quand il pleuvait, mais chaque fois que je levais les yeux au ciel pour distinguer une hypothétique ruminante, je ne voyais rien, et de grosses gouttes me tombaient immanquablement en plein dans l'œil. Pourquoi Molly m'avait-elle traîné sous la pluie, déjà ?

— Ma robe est déjà toute trempée, se plaignit Daisy en tordant le tissu ruisselant dans ses poings dans une tentative pour l'essorer.

Jo était occupée à montrer à Nick comment elle faisait tenir en équilibre un bonbon sur le bout de sa langue, et Andrew profita de la distraction de Daisy pour lui arracher un morceau de Twizzler et l'avaler avant qu'elle n'en ait terminé.

— Espèce de malpoli !

Elle lui cogna le bras, et pendant qu'ils commençaient à se chamailler, je reportai mon attention sur Molly. La tête renversée en arrière, face aux nuages, elle se laissait doucher par la pluie. Elle avait le plus beaux des sourires, qui parvenait presque à me faire oublier le ciel gris.

— Qu'est-ce que tu fais ? demandai-je.

— Je profite du beau temps.

— Mais il pleut !

— Et alors ? C'est beau quand même. Regarde comme les gouttes de pluie changent tout, même nous. Tu ne trouves pas ça génial ?

Génial ?

En guise de changement, j'étais simplement trempé. Et pourtant, je ne pouvais m'empêcher de la contempler pendant qu'elle profitait de ce triste temps. Molly fit la moue et des gouttes lui éclaboussèrent les lèvres. Des filets d'eau dégoulinaient dans ses cheveux, lissant ses boucles brunes et les collant contre sa peau. Et pourtant, elle continuait à sourire, et je sentis sa joie me gagner moi aussi.

Je l'imitai, renversant ma tête en arrière pour regarder le ciel. J'avais presque l'impression de me retrouver sous la douche, mais en plein air. Les gouttes, d'abord froides, se réchauffaient en me coulant sur la peau. Molly avait raison. L'averse me procurait une sensation plutôt agréable ; se faire tremper n'était pas si affreux qu'on nous l'avait fait croire, et je n'aurais jamais apprécié les bénéfices d'un jour de pluie comme elle le faisait si je n'avais pas quitté l'abri de l'auvent du magasin. Ma mère ne manifesterait sans doute pas le même enthousiasme en voyant mon jean trempé, et je me promis de l'emmener un jour sous la pluie pour lui montrer ce que Molly venait de m'apprendre. Ce premier jour d'école allait décidément compter parmi les plus mémorables.

Molly écarquilla les yeux à un moment, me dépassa en courant et fixa une flaque qui s'étendait devant nous. Du bout du pied, elle en effleura le bord. Elle agita les orteils dans ses sandales au moment où je la rejoignais. Puis elle me saisit la main et la serra.

— Allez Carter. Il faut que tu essaies une fois.

Je résistai, restant bien à l'écart de ce qui risquait d'être un gouffre menant tout droit vers l'enfer. Sans lâcher Molly, mais toujours derrière elle, je répondis :

— Mais je vais me mouiller !

— On l'est déjà, répondit-elle avant de me tirer de nouveau sur la main et d'ajouter, sur une voix plus basse : allez, fais-le. Ce sera marrant.

— Et si c'est profond ?

Est-ce que j'avais l'air d'une mauviette ? Certainement. Mais Molly n'avait pas l'air de s'en soucier, et il pleuvait si fort que nous entendions à peine nos amis près de la boutique.

— Tu rigoles ? Regarde !

Sans desserrer son étreinte, elle sauta comme Mary Poppins bondissant dans un des dessins à la craie de Bert. Molly se retrouva dans l'eau jusqu'aux chevilles, souriant à belles dents. Il ne s'agissait donc pas d'une de ces flaques infernales contre lesquelles maman m'avait mis en garde. Même si Molly n'avait pas disparu comme Mary Poppins, le moment restait magique, et je plongeai à mon tour dans l'eau trouble.

Molly éclata de rire.

— Et voilà ! Mes chaussures sont trempées, me plaignis-je.

— Tu les aurais trempées en marchant de toute façon. Comme

ça, au moins, tu t'es amusé. Et on a profité à fond de cette belle journée, conclut-elle, radieuse.

L'attitude positive de Molly ne cessait jamais de m'épater. En tenant sa main, j'avais l'impression que plus rien autour de nous n'avait la moindre importance. Et je refusai de la lâcher. Pas question. Et si cette flaque unique n'attendait que ça pour m'avaler ? Cela dit, je gardai cette appréhension secrète pour moi. Ce jour-là, nous sautâmes dans toutes les flaques du chemin, et une fois que nous en eûmes terminé, ce moment enchanteur demeura à jamais prisonnier du passé. Mais je n'oubliai jamais comment Molly avait transformé cette journée détestable en après-midi charmante. Ce ne fut que quand nous nous arrêtâmes, et que je me retrouvai à bout de souffle, que je compris ce que voulait dire Molly en parlant d'une « belle journée ». Elle pouvait rendre toutes les journées magnifiques, parce qu'elle l'avait décidé ainsi. Ce qui la rendait elle-même splendide à mes yeux. À dater de cet instant, les jours de pluie devinrent mes favoris.

CHAPITRE 2

*D*es pieds qui dansaient. Par dizaines.

Voilà ce que je voyais, pendant la Fête de l'Automne, assise sous la table. Au-dessus de moi, des rangées de tartes aux pommes refroidissaient en répandant leur parfum sucré et aguichant. Je m'étais réfugiée là parce que j'aimais voir les pieds des adultes évoluer sur le parquet de danse. Comment s'y prenaient-ils pour savoir tous ces pas et pour ménager leurs orteils, éviter de les écraser ?

Il y avait des chaussures rouges et des chaussures orange. Les violettes appartenaient à Mme Gladstone. Elle leur avait fixé un petit balai au talon, même si elle n'était pas sorcière. Les chaussures noires et brillantes étaient celles du docteur Burke, encore que j'ignorais pourquoi il dansait avec ma mère. Les siennes avaient des tournesols au bout du pied. La nappe se souleva à une extrémité, et Carta rampa sous la table pour me rejoindre dans ma cachette.

— Qu'est-ce que tu fais ici ? demanda-t-il.

— Je regarde danser les chaussures, répondis-je.

— Tu veux un morceau de tarte ?

— Bien sûr.

Carter ne prenait jamais de haut mes petites manies, et j'appréciais. Je savais que les autres les trouvaient bizarres, mais pas lui. Quant à moi, j'aimais rester à l'écart, et loin des regards. Je me sentais plus en sécurité. Il s'installa près de moi avec une assiette, deux fourchettes et une part de tarte aux pommes. J'en conclus que les parents s'amusaient trop pour remarquer les enfants qui se servaient et venaient dérober de gros morceaux de dessert. La Fête de l'Automne, avec ses tartes, ses danses et ses enfants qui batifolaient, insouciants, comptait parmi les traditions de Hope Bay, d'aussi loin que remontait ma mémoire. Et comme celle-ci ne portait que jusqu'à six ans sur les dix que j'avais vécus, ce qui représentait plus de la moitié… bref, disons que ça faisait un bon bout de temps que nous dégustions de délicieuses tartes aux pommes.

— Pourquoi tu restes là tous les ans ? demanda-t-il. Tout le monde danse. Tu devrais danser aussi.

— Parce qu'on est au calme.

Carter me jeta un regard interdit tandis que la musique du groupe local résonnait de l'autre côté de la nappe.

— J'arrive mieux à me concentrer, tentai-je d'expliquer.

— Qu'est-ce que ça veut dire ? demanda-t-il.

— Pourquoi tu poses tant de questions ?

— Parce que t'es intéressante.

— Hmm, d'accord. Eh bien si tu veux vraiment savoir, j'aime bien observer les gens. On en apprend beaucoup sur eux en regardant leur façon de danser. Mme Sanders, par exemple. Elle paraît plus lente, mais c'est parce qu'elle est enceinte, alors ça alourdit sa démarche. Tous ses pas de danse sont très prudents. Ou M. James, regarde-le sautiller ! C'est parce qu'il a perdu tout ce poids. Oh !

Je désignai les chaussures rouges.

— Regarde un peu la légèreté de M. Grafton. Halloween est sa période préférée, parce qu'il peut effrayer tous les enfants dans sa maison hantée.

— Les chaussures du Dr Burke m'ont l'air bien proches de celle de ta mère.

Concentré à déchiffrer le comportement des pieds dansants,

Carter ne remarquait pas que des rides horizontales lui barraient le front, et qu'il ressemblait ainsi à mon grand-père maternel, que Dieu ait son âme.

Je suivis son regard. Ma mère avait dansé avec le docteur toute la nuit. Je ne l'avais pas vue si heureuse depuis longtemps, mais l'absence de mon père, qui s'était absenté une semaine pour le travail, contribuait probablement à sa bonne humeur. Elle ne souriait jamais autant lorsqu'il était dans les parages.

— Je sais. Ils aiment beaucoup danser tous les deux. Depuis toujours.

— Ton père n'aime pas ça ?

— Il n'est pas en ville. Je ne crois pas que le Dr Burke danserait avec ma mère si Père était là.

C'était un bel euphémisme. Une fois, quand j'étais petite, Père avait fait une crise de jalousie parce que j'étais tombée malade et que maman m'avait emmenée consulter le Dr Burke. Père avait fini par donner un coup de poing au docteur. À dater de ce jour, quand j'étais malade, à moins de trouver un moyen de filer en douce à la clinique de la ville, il fallait que je me débrouille avec des remèdes maison. C'est ainsi que j'avais appris les vertus du gingembre, du miel et du citron.

— Ils ne s'apprécient pas, alors ? demanda Carter.

— Il faut croire que non.

La musique s'arrêta, et la danse aussi. Avant qu'ils ne se séparent, je vis que le pied droit du docteur Burke s'était intercalé entre ceux de ma mère. Elle se dressa sur la pointe des pieds. Je me demandai si elle lui murmurait quelque chose à l'oreille. Ils chuchotaient beaucoup lorsqu'ils étaient ensemble. Dehors, un coup de tonnerre déchira l'atmosphère.

— Tu veux danser, Molly ?

— Non, j'ai deux pieds gauches, tu sais. D'ici cinq minutes, j'aurai des ampoules et je t'aurai piétiné les orteils.

— Et alors ?

— Tu ne tiens pas à tes orteils ?

Il éclata de rire en croisant les bras sur sa poitrine et en attendant ma réponse.

— Oh, tu étais sérieux ? Je vais te faciliter les choses, Carter. Tu devrais vraiment aller danser. Pas la peine de t'en vouloir à mon sujet parce que je reste sous la table. J'aime bien rester là.

— Je ne m'en veux pas. En fait, ce sera mon endroit favori, à partir de maintenant. Et je ne sais pas si tu es au courant, mais les amis n'acceptent pas de se faire éjecter, même en douceur.

— Je ne sais pas. Et avec qui je danserais ?

— Aujourd'hui, tu peux danser avec moi. Et si je ne suis pas là, tu peux danser toute seule. C'est amusant ! Allez, viens, je vais te montrer.

Il me prit par la main, et je n'eus d'autre choix que de quitter mon refuge secret. La musique reprit, et Carter se mit à gesticuler comme un singe. J'éclatai de rire, à m'en faire mal au ventre. C'était amusant de voir ce garçon qui dansait comme si personne ne le regardait. Il ne se souciait même pas de ceux qui le pointaient du doigt en gloussant. Lorsqu'il m'attira par la main et que nous commençâmes à nous agiter sur la piste de danse, je les oubliai moi aussi. Même quelques adultes nous rejoignirent. Au morceau suivant, nos amis vinrent gambader et tourbillonner avec nous, et plus personne ne pointa quiconque du doigt. Carter avait le chic pour rassembler tout le monde. Je n'avais jamais rencontré un garçon à la personnalité et au regard sur la vie si contagieux !

Une fois que nous fûmes fatigués et que d'autres adultes nous remplacèrent sur la piste, j'entraînai Carter à l'écart.

— Viens, il faut que je te montre quelque chose.

Nous sortîmes de la grande abandonnée qui accueillait depuis toujours la Fête de l'Automne. La nuit était douce, et une petite brise soufflait par intermittence parmi les arbres. Je levai les yeux au ciel.

— Quoi ? demanda Carter.

— Regarde un peu les nuages.

Des éclairs parcouraient le ciel au loin, suivis quelques secondes plus tard par de puissants coups de tonnerre. Ces éclats tissaient des toiles d'araignée électriques, illuminant de l'intérieur les nuages cotonneux.

— C'est magnifique. On dirait que quelqu'un fait de la magie, là-haut, murmura Carter.

Les premières gouttes se mirent à tomber, mais nous ne bougeâmes pas. Je renversai la tête en arrière pour sentir chacune d'entre elles sur ma peau. Ces moments loin de la maison, en paix, n'avaient pas de prix. Un cri de joie attira mon attention vers la piste de danse.

— On dirait que Daisy s'éclate, commentai-je.

— Ouais, c'est quelque chose, hein, cette fille !

Il l'observa un moment, mais se retourna ensuite vers moi avec davantage d'intérêt. Je sentais une chaleur dans ma poitrine, ainsi qu'une sensation curieuse dans le ventre, que je n'avais jamais ressentie jusqu'alors.

— Tu l'aimes bien ? demandai-je.

Il leva la main et passa les doigts dans ses cheveux, comme le faisait souvent son frère aîné, Maxwell. Ce geste avait tracé de profonds sillons, plutôt élégants. J'aurais bien voulu pouvoir me coiffer d'un simple coup de main, mais mes boucles se seraient certainement nouées autour de mes doigts…

— Hum, oui, mais toi aussi, je t'aime bien.

— Tu devrais lui proposer un rencard.

— Je sais pas… Et si je préférais demander à quelqu'un d'autre ?

— Qui ça ?

— Toi.

Quoi ? Non, c'était hors de question. Sortir avec un garçon aurait attiré trop d'attention de la part de Père, et s'il y avait bien quelque chose que je voulais éviter, c'était de me trouver dans sa ligne de mire. Je l'avais esquivé bien assez souvent, et je ne voulais pas me coller de nouveau une cible sur le dos. En outre, nous n'avions que dix ans : sortir ensemble n'était pas envisageable. Je n'aurais pas dû lui poser la question.

— Tu ne peux pas. Je ne peux pas. Père ne me laisserait jamais.

— Je pourrais lui demander.

— Carter, on a dix ans. On n'est pas censés sortir ensemble.

— C'est toi qui en as parlé. Et puis, Nick et Jo le font bien, eux.

— C'est ce qu'ils t'ont dit ?

— Non, mais ils passent leur temps ensemble.

— Ils sont amis, comme nous.

— Tu crois que ton père refuserait ?

— Qu'il refuse, c'est bien le cadet de mes soucis. Je ne peux pas sortir avec un garçon maintenant, et ça n'arrivera pas plus tard non plus. En fait, ça ne sera pas une possibilité avant que j'aie… au moins trente ans, j'imagine.

— Tu es bien trop mûre pour ton âge. Je me disais qu'on aurait simplement pu partager une glace, ou se tenir la main ?

— Carter, je peux te tenir la main quand on est ensemble, mais promets-moi que tu ne me demanderas plus de sortir avec moi. Je t'en prie, promets-moi ! J'ai besoin d'un ami, pas d'un petit copain.

Je regrette de n'avoir pas su, à l'époque, que j'aurais pu avoir les deux. Je regrette d'avoir nourri l'idée absurde que les amis et les petits amis devaient être bien séparés jusqu'au début de ma vie d'adulte, mais on m'avait éduqué ainsi : il fallait éviter les garçons.

Carter tendit la main, dressant l'auriculaire dans ma direction.

— Promis juré, Molly, je resterai toujours ton ami.

Je tendis mon doigt et l'enroulai autour du sien.

Carter Clark avait toujours le chic pour me rendre le sourire.

CHAPITRE 3

Les larmes qui lui étaient montées aux yeux n'étaient pas composées d'eau, mais de peur. De peur et d'impuissance.

— Allez, Molly, dis-je en tendant la main par la fenêtre pour saisir la sienne afin de la hisser.

— Il va me tuer.

Ses yeux exorbités paraissaient sur le point de lui sortir de la tête.

— Tu n'as rien fait de mal. Allez, on y est presque !

D'une vigoureuse traction, je l'aidai à accéder à sa chambre. Elle grimpa enfin par-dessus le chambranle de la fenêtre et je refermai derrière elle.

— Il nous a entendus ? demanda-t-elle, les yeux braqués sur la porte.

Molly retenait son souffle comme si un monstre issu de ses pires cauchemars risquait de surgir d'un instant à l'autre.

— Je ne crois pas.

— Merci, Carter. Je ne serais jamais revenue à temps, sans toi. Je savais que j'aurais dû partir du lac plus tôt.

Molly avait sangloté tout le long du trajet pendant que nous rentrions chez elle en quatrième vitesse. Comme je courais plus vite que Nick, qui n'avait d'yeux que pour Joelle ces temps-ci, j'avais rejoint Molly. Bon sang ce qu'elle cavalait, quand il le fallait ! Bien que plus âgé qu'elle de quelques mois, j'arrivais tout juste à la suivre. Mais j'imagine que c'est ce qui se passe quand on est poussé par la terreur et le désespoir : on détale comme si on avait une meute de lions aux trousses. Certes, je n'avais jamais croisé de lion, mais j'en avais vu à la télé, et ces bêtes-là étaient sacrément rapides…

— Pas de problème. Les amis, c'est fait pour ça. Bon, il vaut mieux que j'y aille. Je ne veux pas t'attirer d'autres ennuis, et si ton père m'attrape ici, je risque de ne plus jamais marcher de ma vie.

J'avais beau essayer de faire de l'humour, nous savions tous deux qu'il y avait davantage de vrai dans cette affirmation que je ne voulais bien l'avouer. Plus vite elle se retrouverait en sécurité dans sa chambre, toute seule, et mieux ça vaudrait. Des parents un peu moins stricts auraient prolongé un peu le couvre-feu d'été de vingt heures. Nous ne l'avions dépassé que d'un quart d'heure, mais en se rendant compte que nous n'arriverions jamais chez elle à temps, la pauvre avait angoissé pendant toute la demi-heure qu'il nous avait fallu pour rentrer du lac. Nous nous amusions tellement que nous avions perdu la notion du temps. La seule solution avait consisté à traverser les bois pour revenir chez elle par-derrière et à l'aider à grimper jusqu'à sa fenêtre.

— Plus question que je rate le couvre-feu, jamais !

— Peut-être que tu devrais parler à tes parents.

— On dirait que tu ne les connais pas.

Elle avait raison. Discuter ne mènerait à rien. On ne pouvait rien reprocher à sa mère. Elle avait toujours des bonbons dans son sac à main. Je me rappelle qu'elle m'en avait donné, après l'église, un jour. Et elle souriait toujours, comme Molly. Mais pas quand M. Fowler se trouvait dans les parages. Ces jours-là, Mme Fowler paraissait toujours triste, et je ne comprenais pas pourquoi : mes parents, eux, adoraient être ensemble, et leur amour mutuel rayonnait dans leurs sourires.

— Désolé, Molly.

Je me retournai pour sortir par la fenêtre, mais je me cognai dans une petite boîte en bois perchée au coin de la commode de Molly. Elle tomba par terre sans se briser, mais quelques bijoux s'échappèrent de sous le couvercle. Le bruit alerta aussitôt le père de Molly.

À l'entendre gravir l'escalier, on aurait cru que c'était un dinosaure qui montait.

— Le voilà, fit-elle avant de se couvrir la bouche.

Je filai vers la fenêtre, mais Molly me saisit le bras et me poussa dans son placard.

— Tu n'y arriverais pas à temps. Reste ici et arrête de respirer, chuchota-t-elle.

La porte se referma sur moi, masquant la lueur du jour. Je poussai légèrement le panneau, comme un volet, pour éclairer un tant soit peu ma cachette et éviter la claustrophobie. Je ne m'étais pas plutôt accroupi en retenant mon souffle, comme Molly me l'avait conseillé, que la porte de la chambre s'ouvrit. Mes parents frappaient toujours avant d'entrer, mais pas le père de Molly.

— Où étais-tu ?

Sa voix sévère me remplit aussitôt d'effroi.

— Je suis rentré à la maison il y a vingt minutes. Vous étiez à la cuisine.

Je perçus distinctement un cliquètement métallique et je me creusai les méninges : la porte de Molly comportait-elle un verrou ?

— Tu mens, bébé. Et tu sais ce qui se passe quand tu mens, n'est-ce pas ?

— Je te dis la vérité, Père.

En entendant sa voix trembler, je sentis les poils se dresser sur mes bras et j'eus envie de sortir du placard. Pourtant, paralysé par ma propre crainte, je restai caché, en priant pour que le petit bobard de Molly fasse illusion.

— Si tu étais là, où est ton pyjama ? Tu connais les règles, Molly.

À huit heures, on se met en pyjama. On dirait bien que tu ne te préoccupes pas vraiment des règles.

— Mais si, je te promets.

— Allez, mets-toi en pyjama, et tout de suite.

— Mais…

— Bébé, je ne te le demanderai pas deux fois.

Parcouru d'un frisson, je l'épiai par la mince fente de la porte : les mains calées sur ses hanches, il attendait. Molly déboutonna lentement son chemisier et je fermai les yeux. Elle n'aurait pas voulu que je la regarde pendant qu'elle se changeait. Pourquoi son père restait-il dans la chambre ?

En entendant un petit déclic métallique, j'ouvris les yeux et je vis M. Fowler qui défaisait son pantalon.

— Je t'en prie, non… le supplia-t-elle.

— La ferme, et fais ce qu'on te dit.

S'il levait la main sur elle, j'étais prêt à surgir du placard pour le frapper de toutes mes forces. Rien que d'y penser, j'en serrai instinctivement les poings. Il n'aurait sans doute aucun mal à me projeter contre le mur, maigrichon que j'étais, voire à me balancer par la fenêtre, mais avec un peu de chance, je le surprendrais suffisamment pour qu'il fiche la paix à Molly. Il avait intérêt à n'avoir desserré cette ceinture que parce que son bide de buveur de bière se sentait à l'étroit, et pour rien d'autre… J'essayais de me persuader qu'il ne pouvait rien lui infliger de pire que de la frapper avec sa ceinture, mais même ce genre de traitement semblait clément de la part de M. Fowler. Cela dit, je ne l'avais pas entendu proférer d'autres menaces. Qu'est-ce qu'il mijotait, au juste ?

— Il te reste assez de tampons ? demanda-t-il.

— Oui, ils me suffisent pour un bon bout de temps.

— Tu as noté la date de tes règles dans le calendrier ?

— Oui.

Elle avait répondu d'une voix à peine audible. N'ayant pas de sœur, j'ignorais la façon de procéder face aux problèmes féminins –

beurk ! –, mais la question du père de Molly me mettait curieusement mal à l'aise.

Je vis le short de Molly tomber par terre, et ses pieds minuscules remuèrent tandis qu'elle se débarrassait de sa culotte. Je fermai de nouveau les yeux. Je ne les rouvris pas avant d'être sûre qu'elle avait enfilé son pantalon de pyjama. Les minutes qui s'écoulèrent tandis qu'elle se changeait, passait à la salle de bain, se brossait les dents, se brossait les cheveux et se livrait à toutes les activités ordinaires pour une fille avant d'aller se coucher, me semblèrent une éternité. Lorsque j'entrouvris les yeux, je découvris que M. Fowler n'avait pas bougé d'un pouce, mais tant qu'il restait loin de Molly, je m'en contentais.

Quinze minutes plus tard, la porte du placard s'ouvrit. Molly passa la main sur ses yeux rougis et me tendit le bras. Elle avait pleuré. J'aurais voulu l'étreindre et lui dire que tout irait bien, mais ce faisant, j'aurais souligné le fait qu'elle venait de verser des larmes, ce qui l'aurait d'autant plus gênée. Je me contentai d'ignorer ses yeux gonflés.

— Désolée pour tout ça, Carter.

— J'ai fermé les yeux. Je ne t'ai pas vue te changer.

— Oh, d'accord. C'est bien. Tu ferais mieux de partir, maintenant, au cas où il reviendrait.

Un frisson me parcourut les bras. Pourquoi serait-il revenu, puisque Molly se préparait à dormir ?

— Ouais, je vais y aller. Mais ça va, toi ? Tu sais, il ne me fait pas peur.

Je prenais quelques libertés avec la réalité, mais je voulais avant tout qu'elle se sente en sécurité.

— Je peux rester avec toi, si tu veux.

Sans attendre ses éventuelles objections, je la pris par la main pour la conduire jusqu'à son lit. Molly se glissa sous les couvertures et je la bordai, couvrant ses épaules. Elle avait refermé les rideaux pour qu'il fasse un peu plus sombre dans la chambre : il était à peine vingt heures trente et le soleil d'été ne se coucherait pas avant une bonne heure. Molly était magnifique, couchée ainsi, ses cheveux bruns déployés sur son oreiller. En fait, je n'avais jamais pris le temps de remarquer sa beauté jusqu'à cet instant.

— Ce n'est pas comme ça tout le temps, murmura-t-elle.

— Il l'a déjà fait ? Te demander de te changer devant lui, je veux dire ?

— Non, c'était la première fois.

Son regard dévia de côté à deux reprises. Elle mentait, mais comme je ne voulais pas la troubler davantage, je fis comme si de rien n'était.

— Il est stressé. Maman vient d'avoir un bébé, et c'est… c'est juste très difficile pour eux deux.

Je me doutais que la présence d'un nouveau-né ne leur facilitait pas la tâche, mais ça ne signifiait pas pour autant qu'on pouvait sacrifier l'intimité de Molly.

— S'il te plaît, ne le dis à personne, Carter. Ça n'est arrivé qu'une fois.

Je l'espérais. Vraiment. J'ignorais alors que c'était l'innocence de mon jeune âge qui m'empêchait de me fier à mon instinct. Je regrettai plus tard de n'avoir pas écouté cette voix qui me taraudait. J'aurais pu éviter bien des chagrins à venir.

— Ne t'inquiète pas, répondis-je en faisant le signe de croix sur ma poitrine.

— Et n'en parle plus jamais. Promets-le-moi, Carter.

La promesse me semblait difficile à tenir, mais mes parents m'avaient toujours appris à laisser le bénéfice du doute à autrui, à m'abstenir de juger et à pardonner, en sachant bien qu'il était rare dans la vie de bénéficier d'une seconde chance.

— Promis, dis-je avant d'ouvrir la fenêtre et de descendre. Ça reste entre toi et moi, Molly. Tu peux me faire confiance.

— Merci. Tu es un vrai ami, Carter, murmura-t-elle derrière moi.

À vrai dire, j'avais l'impression d'être un beau salaud, le pire ami du monde, mais sans vraiment savoir pourquoi.

À dater de ce jour, je me sentis toujours mal à l'aise en présence de M. Fowler, et je regrettai plus tard de pas avoir compris qu'il s'agissait d'un homme malfaisant et d'un pédophile. Peut-être aurais-je pu épargner à Molly les souffrances qu'elle allait connaître dans sa vie de jeune adulte.

Nous ne parlâmes plus jamais de cette nuit, que je choisis égoïstement d'oublier. Mais je savais désormais que si M. Fowler faisait du mal à Molly, c'était moi qui le tuerais.

CHAPITRE 4

MOLLY, 15 ANS

Ce jour-là, c'était l'anniversaire de Père, et il nous emmena dîner au pub local. La dernière fois que nous étions sortis pour une occasion spéciale, c'était trois ans plus tôt, avant que Nathan ne vienne au monde, par coïncidence aux alentours de l'anniversaire de Père. Le ventre de maman était si gros ce jour-là qu'elle ne voyait même plus ses pieds.

Nous prenions toujours à la table de bois ronde du coin. C'était la place favorite de Père. Je tirai ma chaise habituelle et je m'assis, le dos tourné à la salle principale. Ma mère s'installa confortablement à ma gauche, avec Nathan dans son siège pour bébé, tandis que Père se postait en face de moi. Nous commandâmes. En fait, Père commanda pour tout le monde, comme à son habitude, ce qui nous condamnait à manger une fois encore du poulet frit, des pommes de terre et de la salade de chou. Parfois, j'aurais voulu des fish and chips, mais la tradition voulait que Père choisisse le menu pour son anniversaire.

Quand la serveuse apporta nos assiettes, il fallut les serrer à droite de la table. Nous aurions eu davantage de place si Père s'était décalé un peu sur la gauche, mais il nous avait expliqué qu'il aimait la vue depuis cette position exacte. Je ne comprenais pas pourquoi, vu que je l'empêchais de distinguer tout ce qui se trouvait derrière moi. Il me fixa en souriant, d'une façon gênante, et je détournai les yeux.

— Joyeux anniversaire, fiston !

Père s'était emparé d'une canette de bière et la brandissait. Je m'étonnais qu'il se souvienne du jour de la naissance de son fils. Puis il se tourna vers ma mère et ajouta :

— Si tu avais patienté trois jours plutôt que de l'éjecter comme si ça te démangeait la chatte, nous aurions eu un anniversaire commun.

Il posa sa canette et ébouriffa Nathan sans cesser de me regarder, comme il le faisait toujours lorsqu'il voulait me voir réagir à ce genre d'expression vulgaire. Il espérait que je rougisse ou que je me morde la lèvre, mais j'avais appris à ne même plus tressaillir. Je ne lui donnerais pas ce plaisir. J'avais appris depuis longtemps à ne pas lui prêter attention, en particulier lorsqu'il voulait que je le fasse. Il se rembrunit, me dévisagea tandis que je demeurai totalement immobile, mais je m'en fichais.

Ma mère s'éclaircit la voix.

— Tu vas travailler, demain ? demanda-t-elle.

La société pour laquelle Père travaillait comme bûcheron venait de rapprocher ses locaux de la ville. Par conséquent, il pouvait rentrer passer la nuit à la maison, mais avec un peu de chance, il choisirait de rester comme la plupart des hommes dans le dortoir qu'on mettait à leur disposition. Le projet devait durer dix ans, et Père en était à la moitié. Parfois, je craignais qu'il se retrouve au chômage une fois tous les arbres coupés et qu'il reste à la maison, mais je me rappelais que je serais devenue une adulte d'ici là et que je vivrais sans doute ailleurs. Non, je vivrais *forcément* ailleurs.

— Travailler ? Le lendemain de mon anniversaire ? Foutaises. Quand un homme fête son anniversaire, faut qu'il mange à sa faim…

Il se frappa le ventre.

— Qu'il boive comme un trou…

Il avala une gorgée de bière.

— Et qu'il baise comme si c'était son dernier jour sur terre.

Il reporta de nouveau son attention sur moi, son regard descendant petit à petit plus bas. Je le sentais qui fixait mes seins et je me demandai si j'avais mis mon soutien-gorge de travers. Une fois, il l'avait rajusté et m'avait touché la poitrine au passage. Je n'avais pas aimé ça. Mon père insistait pour qu'on porte les sous-vêtements comme il se doit. *Si tu n'es pas capable de les mettre comme il faut, ce n'est pas la peine d'en porter !* avait-il déclaré un jour. Cela va sans dire, j'aimais porter des sous-vêtements, mais je n'appréciais pas la façon qu'il avait de les regarder sur moi.

— C'était quoi, tout ce ramdam, hier soir ? demanda-t-il.

— Nathan fait ses dents. Il a mal aux gencives.

Ma mère fronça les sourcils, inquiète. Sous ses yeux déjà las, des ombres trahissaient une fatigue plus prononcée encore que je ne l'aurais cru. Nathan s'était égosillé pour la troisième nuit d'affilée.

— Tu n'as qu'à lui donner un glaçon ou quelque chose comme ça.

— Je ne peux pas me contenter de ça. En fait, je me demande s'il n'a pas de la fièvre.

Père abattit son poing sur la table. Quelques clients se retournèrent et je baissai la tête. Du coin de l'œil, non loin de là, j'aperçus Carter avec son frère Maxwell et leurs parents. Ils nous adressèrent un signe de tête poli, et je plaquai sur mon visage un sourire figé avant de reporter mon attention sur notre table.

— Ne t'avise pas de dire ça, Clare. Ne t'y avise pas, répéta mon père en secouant la tête. Si j'entends son nom encore une fois, je vais piquer une crise.

— Mais je crois vraiment qu'on devrait l'emmener chez le docteur, Ron.

— Alors je t'emmènerai en ville demain matin.

— Il va nous maintenir éveillés toute la nuit. Et sa fièvre monte dangereusement.

Pendant que ma mère continuait à se disputer avec Père pour

qu'il emmène Nathan consulter le docteur Burke, je demandai à passer aux toilettes. En me dirigeant vers l'arrière du pub, je vis que Carter me suivait et je sortis en douce par la porte du fond.

— Ça va ? s'enquit-il.

— Oui.

— Nathan fait encore ses dents ?

— Oui, en effet. Mais ils trouveraient toujours une raison de s'engueuler, de toute façon. Père ne veut pas que maman emmène Nathan chez le docteur Burke.

— Pourquoi ça ?

— Je ne sais pas. Il est peut-être jaloux que le docteur Burke soit toujours si gentil alors qu'il est sans arrêt en rogne… Je crois que c'est pour ça que ma maman aime tant aller à son cabinet. C'est plus calme là-bas qu'à la maison.

— Tu veux qu'on aille manger une glace ? demanda-t-il. Ça laisserait à tes parents le temps de trouver ce qui cloche chez Nathan. Et on pourrait en ramener une à la vanille à ton frère. Peut-être que ça soulagerait son mal de dents.

J'hésitai : je ne savais pas si mes parents accepteraient de me laisser m'absenter de la fête d'anniversaire, ou plutôt si Père m'y autoriserait. Il n'aimait pas me voir traîner avec les garçons. Je n'aurais pas dû m'en soucier. À vrai dire, je m'en fichais, mais je ne voulais pas attirer son attention sur moi ni sur ma mère.

— Allez Molly. C'est moi qui régale.

Carter m'adressa un clin d'œil avant de se pencher pour ajouter, plus discrètement :

— Tu as besoin de respirer loin des hurlements, autant que ta mère.

— Merci. Il faut simplement que je l'avertisse.

Au lieu de demander la permission à Père, je fis ce qui m'arrivait très peu et ce que je craignais de faire la plupart du temps : je chuchotai à l'oreille de ma mère. Elle hocha la tête et je m'enfuis sans regarder derrière moi, en espérant que ma mère puisse gérer les conséquences et l'interrogatoire que Père ne manquerait pas de lui infliger. Carter m'attendait dehors. Son frère Max nous rejoignit, et nous allâmes commander des glaces à l'italienne au petit comptoir de la fenêtre du pub. Nous nous installâmes dehors, sur le banc. Ma glace dégoulina le long du cône et me coula à l'intérieur du coude. En me retournant pour la lécher, j'aperçus Père qui m'observait par la fenêtre du restaurant en souriant. Des frissons me parcoururent l'échine. Je cessai de regarder dans cette direction.

Lorsque je terminai la glace fondue dans le cône, la porte du pub s'ouvrit. Nous entendîmes la voix de Père :

— Ne pose pas tes pattes sur mon fils, dit-il.

Je restai figée à côté de Carter et de Max, assistant à l'échange tendu entre mes parents et le docteur Burke. Je me dis qu'il valait sans doute mieux rester silencieuse. Père se balançait d'un pied sur l'autre. Tout le monde pouvait voir qu'il venait d'avaler quelques bières, et je sentis mon estomac se tordre. Pourquoi devait-il se comporter de la sorte en public ? Et pourquoi fallait-il que nous venions ici, de toute façon ?

— Ron, il faut qu'on l'ausculte. Ce ne sont pas que ses dents qui lui font mal comme ça…

Père se tourna vers le docteur Burke, les mâchoires serrées.

— T'as pas déjà suffisamment reluqué ma famille ? Je te l'ai déjà dit et je vais le répéter : t'approche pas d'eux, bordel !

Père avança en vacillant, apparemment décidé à rentrer seul à la maison. Ma mère allait le suivre, évidemment. Comme toujours. Mais pendant que Père leur tournait le dos, je la vis effleurer délicatement le bras du docteur Burke en prononçant silencieusement *je suis désolée*.

— Prends soin de ton bébé, Clare. Et emmène-le chez un docteur dès que possible. Allez, ajouta-t-il, la pressant comme s'il savait que mon Père risquait de se déchaîner si elle ne se précipitait pas à sa suite.

Mes parents rentrèrent sans moi ce jour-là. Quand ma mère se retourna pour m'apercevoir et porta un doigt à ses lèvres, je compris qu'il valait mieux que je reste où j'étais. Elle déposa mon frère en pleurs dans sa poussette et le conduisit jusqu'à mon père, puis se mit à marcher lentement. S'il y avait bien un endroit où je n'avais pas envie d'aller, c'était bien ma maison, située juste après le cimetière. Mais je n'aurais bientôt plus le choix : il faudrait bien que j'y retourne. Ce soir-là, je revins pour le couvre-feu de vingt heures. Pendant les trois jours qui suivirent, Nathan resta très malade, mais son état s'améliora dès que ma mère l'eut emmené en secret consulter le docteur Burke.

CHAPITRE 5

CARTER, 15 ANS

J'étais à la caserne de pompiers avec mon père quand on l'appela en renfort : il fallait qu'il se rende sur-le-champ au pub local. Mon père, que tout le monde appelait le capitaine Clark à la caserne, n'était pas en service ce jour-là, mais il m'y avait amené pour me montrer le nouveau camion qu'ils venaient d'acquérir pour la ville.

Nous ne marchâmes pas longtemps avant d'atteindre la voiture de patrouille du shérif, garée devant le pub dont elle éclairait la façade en bleu et rouge. Mon père marchait d'un pas vif et agacé, soulevant des nuages de poussière. Je remerciai la poussée de croissance de l'été précédent : pour la première fois de ma vie, j'arrivais à suivre ses vastes enjambées. Il faisait chaud, comme la plupart du temps en été à Hope Bay, mais ça ne l'empê-chait pas de filer à toute vitesse, sans même avoir besoin de courir.

— Reste là, fiston, me dit-il en désignant le porche.

Je hochai la tête. Un bruit de verre brisé provenant de l'intérieur du pub me fit sursauter. Le volume des voix monta, et une fois mon père entré, j'entendis pendant deux minutes des chapelets de juron assez grossiers pour me griller les tympans. J'avais presque envie de me boucher les oreilles, alors que j'étais un ado, alors imaginez un peu…

Un petit cri au coin du porche attira mon attention, et je me levai pour voir qui émettait ces reniflements pathétiques. En apercevant les boucles brunes, je sentis mon cœur battre la chamade.

— Molly ? Mais qu'est-ce que tu fais là ?

Elle leva la tête. Elle avait le nez qui coulait, les joues en feu et les yeux gonflés. Elle passa son bras nu sous son nez pour essuyer la morve, puis l'essuya sur sa robe qui paraissait toute chiffonnée. De nouvelles larmes lui montèrent aux yeux.

— Hé, mais qu'est-ce qui t'arrive ? demandai-je en m'accroupissant auprès d'elle et en la prenant dans mes bras. Ne pleure pas. Tout va s'arranger.

Elle tremblait si fort que je n'arrivais pas à la contenir, même en la serrant fort, puis en lui caressant doucement les bras et en murmurant sur un ton apaisant.

— Qu'est-ce qui s'est passé ?

— C'est mon père. Il est encore saoul. Il m'a demandé de l'aider à faire les courses, mais il m'a emmenée ici et… eh bien, il a beaucoup bu. Je voulais rentrer à la maison, mais il a dit qu'il n'avait jamais reçu de vrai cadeau pour son anniversaire, et qu'il en méritait un de ma part, et j'ai…

Elle renifla après avoir respiré à fond.

— Et je suis tombée.

— Tu es tombée ?

— Oui. Je me suis écorché les genoux.

Je m'efforçai de distinguer ses égratignures, mais elle s'accrochait tellement à moi que j'avais du mal, et je me contentai donc de lui passer la main dans le dos et de l'y laisser pour la rassurer.

— Tu sais, ce n'est pas bien grave. Tout le monde se casse la figure de temps à autre. Ça cicatrisera.

Elle éclata de nouveau en sanglots.

— Tu me laisses regarder ? demandai-je.

Elle hocha la tête et leva légèrement le jupon de sa robe. Il était déchiré sur le côté, sans doute à cause de la chute. J'examinai ses genoux de plus près, mais je n'y découvris que des plaies superficielles, qui ne justifiaient pas sa panique.

— Ce sang, là, ça vient de tes genoux ? dis-je en désignant des gouttes sur le patio avant d'apercevoir une tache rouge à l'intérieur de sa cuisse.

Il n'y en avait pas tant que ça, mais ses écorchures n'avaient certainement pas saigné autant, et dans tous les cas, le sang ne pouvait pas avoir remonté le long de sa jambe. Un doute lancinant me traversa l'esprit, mais Molly détourna mon attention en reniflant de nouveau.

— Pourquoi tu ne m'accompagnerais pas chez le docteur Burke, pour qu'il t'examine ? Regarde, c'est toujours allumé chez lui, ajoutai-je en désignant la rue où le seul cabinet de médecin de la ville était encore ouvert.

— Je… je ne sais pas. Mon père…

— Laisse-moi en parler à mon père. Il s'occupera de convaincre le tien. D'accord ?

Puis, en me rappelant l'incident avec le docteur Burke sur ce même porche, quelques jours auparavant, j'ajoutai :

— Et s'il ne veut pas, on ira en douce. Il ne sera même pas au courant.

Elle hocha la tête.

Je me hâtai d'entrer dans le pub. À l'intérieur, l'endroit ressemblait à un champ de bataille : au milieu des éclats de verre, des restes brisés d'une chaise et de flaques de bière se dressait le père de Molly, bien campé au milieu de son œuvre. Entouré de huit costauds, parmi lesquels le shérif et mon père, il tenait un pistolet qu'il braquait sur sa propre tête.

Merde !

— Carter, sors d'ici.

Mon père s'était exprimé d'une voix délibérément sévère, comme n'importe quel parent qui voit son enfant entrer dans la même pièce qu'un fou furieux armé.

— Molly s'est blessée aux genoux. Je vais l'aider à se nettoyer.

Je n'avais aucune envie de mentionner le docteur Burke devant M. Fowler, en particulier quand je le voyais avec son pistolet à la main.

— Très bien, fiston. Reconduis-la chez elle et explique à ta mère que je ne rentrerai pas avant la nuit.

— Pas de problème.

Je ressortis du pub, inquiet du regard en coin que m'avait décoché M. Fowler. Je craignais, si je ne refermais pas correctement la porte, qu'il ne retourne son arme contre moi. Lentement gagné par la peur, je ne soufflai qu'une fois dehors, et ce fut à quatre pattes, pour éviter de passer devant la fenêtre, que je rejoignis Molly.

— Qu'est-ce qui se passe, là-dedans ? me demanda-t-elle.

— Rien. Ils essaient juste de faire avaler un peu d'eau à ton père. Je crois qu'il a vraiment bu quelques verres de trop.

Elle n'avait pas l'air de me croire, mais ne m'interrogea pas davantage lorsque nous prîmes le chemin du cabinet du docteur Burke. Lorsque nous y entrâmes, il nous accueillit avec le sourire, et ses lunettes glissèrent lentement le long de son nez, comme toujours lorsqu'il essayait de regarder par-dessus plutôt qu'au travers. Il inclina la tête de côté, agitant ses épais cheveux bouclés, mais son sourire d'origine disparut bien vite lorsqu'il s'aperçut que Molly était blessée. Il bondit aussitôt de sa chaise et se précipita vers nous pour la soutenir. Il avait bien fait : maintenant que je voyais Molly boiter et marcher de travers, je craignais que la chute n'ait été pire que je ne me l'étais imaginé.

— Qu'est-ce qui lui est arrivé ? demanda le docteur.

— Je suis tombée, répondit Molly.

Elle battit des paupières, attirant mon regard vers ses yeux bruns. Je n'avais jamais remarqué qu'ils étaient si grands. Et ses taches de rousseur ressortaient lorsqu'elle pleurait. Elles me rappelaient le visage de Daisy, qui en était constellé.

— Tombée ?

— Oui. Carter dit qu'il faudrait examiner mes genoux. Vous pouvez m'ausculter dans la salle du fond ?

Je voulais l'accompagner. Je voulais lui tenir la main et la rassurer, lui expliquer que ces écorchures ne mettraient pas longtemps à guérir, mais je respectais également son intimité.

— Bien sûr, oui, répondit le docteur Burke, qui la conduisit délicatement en m'adressant un regard désapprobateur.

Mais qu'est-ce que j'ai fait ?

— Nous bavarderons tous les deux quand nous en aurons terminé, jeune homme.

— Oui, bien sûr, acquiesçai-je.

J'étais prêt à aider Molly autant que possible. C'était une amie. Une bonne amie, à vrai dire.

Je restai donc assis à l'accueil, à tapoter du bout du doigt la table basse. Le plateau de verre vibrait à chaque petit impact. Aux fenêtres de la façade, le soleil commençait à se coucher, et je me demandai si mon père était parvenu à ôter ce pistolet de la main de M. Fowler. Je n'avais pas entendu de détonation : il n'avait donc pas tiré.

Gagné par l'impatience, je me levai pour faire les cent pas et lire lentement chaque affiche consacrée aux vaccins, aux virus et aux bactéries. Je passai ensuite aux publicités pour les méthodes permettant d'arrêter de fumer, de perdre du poids et de lutter contre le diabète grâce à de nouveaux médicaments. Une fois que j'eus terminé, je m'aventurai dans le couloir et je jetai un coup d'œil dans une salle d'examen où les affiches se révélèrent bien plus intéressantes.

Sur la première, au coin, figurait la représentation anatomique d'un homme au pénis et aux testicules détaillés, avec les veines, la peau et les poils. Je portai instinctivement la main à mon entrejambe en me demandant quand le mien atteindrait cette taille. À vrai dire, je n'en étais pas si loin. Souriant, je passai à l'affiche suivante qui montrait la version féminine de cette partie du corps.

Je m'approchai de l'image. Il me faudrait un bout de temps avant de me retrouver si près d'un vagin.

Peut-être que je devrais poser des questions à Max ? Mon frère aîné avait déjà une petite amie, et je les avais surpris plus d'une fois à se bécoter tous les deux. En fait, j'étais sûr qu'ils couchaient ensemble au moins deux fois par semaine. Et à en croire la façon dont mes étagères, installées sur le mur commun entre nos deux chambres, oscillaient vigoureusement de temps à autre, ils baisaient comme des lapins au printemps. Sauf que pour eux, le printemps durait toute l'année. Max m'avait d'ailleurs hurlé de frapper avant d'entrer, à l'avenir. En fait, il m'avait carrément interdit de venir quand Annie était à la maison.

En examinant les affiches, je comprenais désormais pourquoi le docteur Burke n'emmenait jamais les enfants dans *cette* pièce pour les vacciner ou examiner le fond de leur gorge.

Molly et le docteur Burke ne ressortirent pas avant que le soleil ne disparaisse derrière l'horizon. Je les entendis bien avant de les voir. Ils bavardaient, et Molly paraissait bien plus enjouée. Je déguerpis de la salle d'auscultation et regagnai l'accueil.

— Je t'assure, Molly, je sais que tu en es capable. Tu as d'excellentes notes et tu es très intelligente.

— Vous croyez que je pourrais venir étudier ici de temps à autre ? C'est la folie, à la maison, avec le bébé, et ma mère manque de patience ces temps-ci.

— Tu peux passer quand tu voudras, tu seras toujours la bienvenue. Rien ne me ferait plus plaisir : cette pièce vide servirait enfin à quelque chose.

— Merci, docteur Burke. Pour tout.

— De rien, Molly. Et comme je te l'ai dit, tout ça restera entre nous.

— J'apprécie vraiment.

Il avait nettoyé les jambes de Molly, qui portait un bandage aux genoux. Elle paraissait bien plus détendue qu'à notre arrivée, et je me sentis soulagé de l'avoir emmenée voir le docteur. Celui-ci leva lentement la tête et m'adressa le regard le plus désapprobateur que j'aie jamais reçu de quiconque, comme si c'était moi qui avais fait trébucher Molly.

— Carter, voilà pour toi, dit-il en sortant une boîte carrée de sous un comptoir.

En voyant qu'il s'agissait d'un paquet de préservatifs, je sentis mes joues prendre feu. M'avait-il vu reluquer ces affiches ? Y avait-il une caméra cachée dans la pièce ?

— Tu es un adolescent désormais, et les adolescents sexuellement actifs doivent prendre des précautions. Ton père en a déjà discuté avec toi, ou dois-je lui rappeler de le faire ?

— Non, ça va. Enfin, on en a parlé, je veux dire.

— Bien. N'hésite pas à revenir s'il t'en faut d'autres... encore qu'à ton âge, tu ne devrais pas avoir des besoins énormes pour le moment. Les gens sont fragiles, Carter. Les rapports sexuels peuvent avoir de graves conséquences pour des adolescents.

— Euh, oui, docteur. Bien sûr.

À cet instant, je sus que je ne reviendrais jamais demander des préservatifs au docteur Burke. En fait, je me promis de boire des litres de jus d'orange et de thé au citron et au miel pour rester en pleine forme et éviter de remettre les pieds dans son cabinet avant un bon moment.

Je pris Molly par le bras et la reconduisis chez elle. Nous ne parlâmes pas beaucoup avant d'arriver devant sa porte. Le paquet de préservatifs, qui frottait contre ma cuisse, me rappela mon étrange conversation avec le docteur.

— Je crois que le docteur Burke ne m'apprécie pas beaucoup.

— Il vieillit, c'est tout. Mais c'est un bon médecin.

— En effet. Tu as compris pourquoi il me donnait des préservatifs ?

Molly rougit légèrement.

— J'imagine qu'il en distribue à tous les garçons... tu sais, il veut juste s'assurer que tout le monde prenne ses précautions.

— Dans ce cas, les filles devraient en avoir aussi. Je devrais peut-être t'en donner quelques-uns pour que tu ne craignes rien…

— Oh, ça va. Merci. Je ne prévois pas de coucher avec qui que ce soit d'ici longtemps.

— Eh bien moi non plus, ça ne faisait pas partie de mes prévisions, et me voilà avec des capotes qui seront périmées avant que j'aie l'occasion de m'en servir.

Molly gloussa et je souris.

— Tu es sûr que tu vas bien ? demandai-je.

— Oui, je crois.

— De quoi vous avez bien pu parler si longtemps ? Tu veux étudier dans son cabinet ?

— Eh bien, je pensais devenir infirmière, pour pouvoir aider les gens comme le fait le docteur Burke.

— Excellente idée.

— Et il pense que j'ai ce qu'il faut.

— Eh bien il est plutôt futé, et je suis bien d'accord avec lui. Tu as tout ce qu'il faut.

— Merci, Carter. Tu es vraiment un bon ami.

Elle jeta un coup d'œil nerveux en direction de la porte derrière elle.

— Il vaut mieux que j'y aille. Maman va s'inquiéter si je ne rentre pas en vitesse.

— Tu es sûre que tu ne veux pas que je t'accompagne, pour expliquer tes blessures aux genoux ?

Je savais d'expérience qu'en cas d'événement imprévu, mieux valait rentrer avec un ami. Les parents hésitaient à vous hurler dessus quand vous étiez accompagné.

— Non. Je suis sûre que Nathan est endormi. Et je ne pense pas qu'on reverra mon père avant un moment.

Je me demandai si elle était au courant pour le pistolet et pour le comportement de son père, au pub.

— Carter, ce qui s'est passé ce soir, est-ce que ça peut rester entre nous ? Je ne veux pas que les gens le sachent, à l'école.

— Tu veux dire, le fait que ton père…

— Ait trop bu, oui.

Je hochai la tête.

— Bien sûr, oui.

Peut-être qu'elle ne savait pas pour le pistolet, au bout du compte.

— Tu sais, je préfère qu'on n'en parle jamais, d'accord ? ajouta-t-elle. Je ne veux pas qu'on se fiche de moi parce que je me suis cassé la figure.

— Et comment tu vas expliquer tes genoux écorchés ?

— Je pourrais rester chez moi jusqu'à ce qu'ils guérissent.

— Pas question. Tu nous manquerais, à l'école. C'est la fin de l'année et on ne travaille plus vraiment. Et M. Simmons nous a promis de nous passer des films. Tout le monde se mettra à poser des questions si tu disparais.

— Ça ne devrait pas prendre plus d'une semaine.

— Peu importe. Dis que c'est ma faute, pour tes genoux. Ça m'est égal. Mais ne va pas manquer les cours à cause d'une chute idiote.

Elle baissa la tête.

— Hé, je ne voulais pas te faire de peine. Si tu veux, tu peux rester chez toi et je viendrai te tenir compagnie, proposai-je.

— Je ne suis pas sûre que ce soit une bonne idée. Ma mère n'aime pas que des garçons viennent à la maison, parce qu'elle est très occupée avec le bébé. Et je ne sais pas vraiment où sera Père cette semaine.

En prison, pensai-je.

— Eh bien, si tu as besoin de quoi que ce soit, je serai là pour toi. Je suis sérieux, Molly.

Une étincelle d'espoir lui éclaira le regard, juste avant qu'elle ne fronce les sourcils, inquiète.

— Carter ? Je croyais que tu appréciais plutôt Daisy.

— Bien sûr. Mais toi aussi, je t'aime bien. C'est agréable de parler à quelqu'un qui a la tête sur les épaules. Et j'aime bien être ton ami.

— Merci. Moi aussi j'aime bien être ton amie. Ne change jamais, s'il te plaît.

— Pas question. Et ça vaut aussi pour toi.

— Merci. Alors on se revoit bientôt, hein ?

— Bonne nuit, Molly.

Je la serrai dans mes bras, un peu plus fort que d'habitude, pour la rassurer. Je voulais qu'elle sache qu'elle pouvait compter sur moi.

M. Fowler n'appuya jamais sur la détente. Je le sus, car le lendemain matin il était toujours vivant, assis dans une cellule de prison. Mme Fowler changea les serrures de leur maison. Apparemment, il n'était pas près de recevoir l'autorisation d'y retourner.

J'aurais voulu rendre visite à Molly le lendemain, mais lorsque je l'appelai au téléphone, sa mère me dit qu'elle était malade. Même si nous n'en parlâmes plus jamais, la journée où je l'avais emmenée chez le docteur pour faire examiner ses genoux écorchés resta gravée dans ma mémoire.

Je me rappellerais jusqu'à la fin de mes jours la souffrance que j'avais lue dans son regard en la trouvant sur ce porche.

CHAPITRE 6

MOLLY, 16 ANS

Je poussai ma commode contre la porte de ma chambre pour la bloquer, ce qui rendit Père absolument fou de rage.

— Allez, Mols, ouvre ! C'est ta dernière nuit à la maison, je ne peux pas te laisser partir sans te dire au revoir !

Je ne comprenais pas ce qu'il pouvait bien fabriquer ici, chez nous. Ma mère était sortie faire quelques courses de dernière minute pour Nathan : à trois ans, mon petit frère était encore devenu trop grand pour son pantalon. Elle aurait déjà dû revenir, mais je savais que ce n'était pas le cas. Sinon, elle n'aurait jamais laissé Père entrer pendant que j'étais là. Nous ne parlions jamais de ce que Père m'avait fait subir, mais je savais que ma mère cherchait à me protéger. Et compte tenu de son tempérament violent, ce n'était pas une mince affaire.

— Va-t'en !

— Allons, ce n'est pas comme ça qu'on parle à son papa !

J'aurais voulu lui dire d'aller se faire foutre. Lui crier que je regrettais qu'il soit mon père et que je ne voulais plus jamais le voir, mais ça n'aurait fait qu'aggraver les choses et attiser sa rage. Père ne renoncerait pas tant que cette porte qui nous séparait n'aurait pas cédé.

— Maman sait que tu es là ?

— Oh, je t'en prie, bébé, c'est juste une visite amicale.

Amicale mes fesses. Il savait que ma mère lui avait interdit de passer, même si les menaces de cette dernière se révélaient moins efficaces que je ne l'avais espéré. Si on m'avait proposé de ne plus jamais le voir, j'aurais accepté les yeux fermés. J'aurais même vendu mon âme au diable s'il avait pu exaucer ce souhait. À vrai dire, j'espérais que ma mère finisse par le quitter. Je ne comprenais pas pourquoi elle ne l'avait pas encore fait.

— Je ne te laisserai pas entrer.

Après avoir vérifié que la commode bloquait définitivement la porte, je montai le volume de ma radio. Je n'étais censée partir pour l'excursion de camping de l'école que le lendemain, mais maintenant que je savais que Père avait trouvé un moyen de s'introduire dans ma chambre, comme autrefois, au beau milieu de la nuit, il n'était pas question que je passe vingt-quatre heures de plus dans cette maison. Je m'emparai du sac de vêtements que j'avais préparé, je le jetai par la fenêtre et je descendis à mon tour. Père était trop maladroit et trop gros pour accéder à l'étage, ce qui me laissait donc une issue.

Le dos appuyé contre le mur, je progressai de côté, vers la droite et en direction du plus court sentier menant à la forêt. Une fois au coin du bâtiment, je bandai les muscles de mes jambes, prête à sprinter, mais une main m'attrapa par-derrière.

Il tira violemment sur mes cheveux. Je ressentis une douleur cuisante au cuir chevelu et je donnai un coup de coude qui l'atteignit dans les côtes. Il poussa un grognement de douleur tandis que je hurlais :

— Lâche-moi !

— Tu ne croyais pas que tu partirais sans me dire au revoir comme il faut, non ?

Je parvins à me dégager, mais alors que je m'apprêtais à m'élancer, il me saisit aux hanches et me plaqua dans l'herbe, pesant de tout son poids. Je griffai le sol, cherchant désespérément à lui échapper, jusqu'à ce que la terre me rentre sous les ongles. En vain. Je me contorsionnai et je me retrouvai sur le dos. Père était sur le point de m'enfourcher. Mue par l'instinct de survie, je lui décochai un coup de pied à l'entrejambe suivi d'un direct en plein visage. Pendant qu'il s'écroulait de côté avec un glapissement de souffrance, j'en profitai pour me relever et déguerpir. Je courus jusqu'à en avoir mal aux jambes, jusqu'à ce que mes poumons en feu refusent d'accueillir un souffle de plus.

Quinze minutes plus tard, mon sac à l'épaule et en nage, je marchai d'un pas vif parmi les buissons et les bosquets. Dès que je ralentissais, j'entendais derrière moi l'écho de branches brisées. Il ne me lâchait pas, et je craignais qu'il ne renonce jamais. Voûtée, je me faufilai derrière un des arbres les plus massifs et je descendis le long d'un petit escarpement. J'aperçus un rocher en surplomb et, à quelques mètres en contrebas, les douces vagues qui léchaient la rive de Pebble Beach, la plage aux galets. Je me rappelais ce sentier, que Carter et moi avions emprunté pour tenter de rentrer avant mon couvre-feu, et je priai pour que Père en ignore l'existence. Je sautai en bas en espérant que la courbe du terrain me cache, et j'attendis.

En entendant s'approcher des pas bien plus rapides que je ne l'aurais cru, je compris que je l'avais échappé belle. Collée à la paroi de terre et de pierre, je patientai tandis que Père se dressait sur le rebord, juste au-dessus. Son souffle rauque emplissait l'air, répandant parmi les arbres les échos de sa fureur. En contrebas, le sommet de son crâne chauve se reflétait sur l'eau. Je ne bougeai pas. Je venais de passer une longue année à me remettre depuis la dernière fois où il m'avait touchée de cette façon, trois cent soixante et onze jours pour être exacte. Des nuits à me cacher, à mentir, à lui échapper de peu, trop souvent, et à éluder trop de questions de ma mère auxquelles je ne voulais pas répondre. Et puis il y avait eu ces nuits où je n'avais pas réussi à me dérober, où il s'était faufilé dans la maison et avait plaqué sa main sur ma bouche… Je fermais les yeux en m'imaginant qu'il ne s'agissait que d'un cauchemar. Je ne comptais pas ces jours-là. Je ne voulais pas m'en souvenir. Mais cette fois, je ne renoncerais pas. Il me fallait lui échapper cette fois, parce qu'une crainte me torturait : un jour, il finirait par m'attraper et m'enfermer, pour ne plus jamais me laisser repartir. Et ce jour approchait, je le savais.

Les minutes qu'il passa à me guetter me semblèrent des heures. Durant tout ce temps, recroquevillée en position fœtale, je retins mon souffle, sentant son ombre au-dessus de moi. Je ne saurais dire combien de temps il lui fallut pour repartir, mais je dus bien attendre une heure pour trouver le courage de bouger de nouveau. J'étendis mes jambes pleines de crampes et je marchai le long du lac, prenant le plus long chemin pour rentrer en ville.

Près de la plage qui allait me mener à l'avenue principale, j'entendis des voix et je m'accroupis de nouveau dans les buissons. Carter et Daisy, assis sur des rochers au bord de l'eau, bavardaient gaiment. Je ne les entendais pas et je ne voulais vraiment pas les épier, mais au moment où je m'apprêtais à partir, ils commencèrent à s'embrasser. Et ils ne se contentaient pas d'un baiser avec la langue : ils s'embrassaient fougueusement, dans une étreinte intime, de celles qu'on ne voudrait pas que quelqu'un d'autre surprenne.

Le rouge me monta aux joues.

Je suis arrivée pile au bon moment !

Je voulais partir pour préserver leur intimité, mais quand Daisy s'étendit sur les galets et que Carter s'installa au-dessus d'elle, je me sentis prise au piège : si je bougeais, il me verrait à coup sûr. Je demeurai dans ma cachette, bouche bée, à les regarder se tripoter et se bécoter à quinze mètres de moi. Carter l'embrassait profondément, enveloppant les lèvres de Daisy avec les siennes. Tendant la main, il descendit le long de sa taille, se dirigeant ensuite vers sa cuisse. Daisy portait une robe que les doigts de Carter chiffonnèrent lentement en cherchant à s'introduire dans sa culotte, et je dus détourner le regard.

Je haletais, les jambes en coton. Prenant le risque de retomber sur Père, je reculai lentement, longeant l'orée de la forêt et m'efforçant de ne pas faire de bruit. Intérieurement, je priai pour que Père ait renoncé à me débusquer. Tandis que je m'éloignais de la plage, je hasardai un coup d'œil entre les hautes herbes et... oui, ils étaient encore l'un sur l'autre. Et ils resteraient certainement là jusqu'à la tombée de la nuit.

En secret, j'avais souvent désiré vivre ce genre d'histoire d'amour, mais il ne s'agissait que d'un rêve. Je savais bien que je ne pourrais jamais me donner à un homme. Personne n'aurait voulu d'une femme brisée, et j'étais plus que brisée : j'avais j'impression qu'on m'avait fracassé le corps et le cœur en mille morceaux. Et certains de ces fragments avaient disparu à tout jamais, j'en étais sûre.

J'étais heureuse pour Carter et Daisy, vraiment. Je ne souhaitais que le bonheur à mon meilleur ami, mais je m'étais néanmoins figuré que c'était avec moi qu'il le partagerait. Un souhait bien naïf, nourri par tout ce temps que nous avions passé ensemble, enfants...

— Je n'ai pas peur d'être toute seule, murmurai-je en tirant sur les manches longues de mon sweat-shirt sur mes bras pour me couvrir les poignets, et je poursuivis mon chemin jusqu'à l'avenue principale de la ville.

Je jetai un dernier coup d'œil derrière moi. Je n'aperçus pas Père, ce qui était bon signe, mais ici, en plein milieu de la ville, je n'avais nulle part où aller, et il me faudrait attendre encore vingt-quatre heures avant que le bus qui nous emmenait faire du camping n'arrive pour ramasser les élèves. Je ne pouvais pas rentrer à la maison et je ne le voulais pas. J'envisageai un instant d'aller dormir dans une des granges abandonnées qu'on trouvait ici et là, mais j'aurais pris un risque : Père allait probablement fouiller les environs de fond en comble pour me retrouver.

Je pourrais peut-être essayer le motel ?

J'avais mis de l'argent de côté en faisant du babysitting et en travaillant à la ferme de Mme Gladstone, où je l'aidais à s'occuper des vaches, mais toute cette somme se trouvait bien cachée sous la troisième latte du plancher de ma chambre. Elle devait servir à payer mes études, et de toute façon, il n'était pas question que je rentre pour la récupérer.

En voyant le cabinet du docteur Burke, je souris et je me dirigeai vers la porte ouverte. S'il y avait bien un endroit où Père ne me chercherait pas, c'était à la clinique. En trouvant la salle d'attente vide, je fis sonner la petite cloche du bureau de l'accueil. Le docteur Burke n'avait pas de secrétaire. Il sortit d'une des pièces du fond et me sourit dès qu'il m'aperçut.

— Salut, Molly. Comment vas-tu ? Je croyais que tu partais demain.

Mes yeux s'égarèrent en direction de la pièce d'où il venait et où j'entendais des bruits de pas.

— Pardon, je ne voulais pas vous interrompre si vous avez un patient.

— Oh, mais non, ce n'est que ta mère.

— Elle va bien ? demandai-je, et le docteur Burke se retourna tandis que ma mère émergeait à son tour de la petite salle.

— De simples migraines, ma puce. Je suis venue faire renouveler mon ordonnance.

Ma mère et le docteur Burke avaient toujours entretenu une relation spéciale. Ils étaient amis depuis le lycée. Mais Père était jaloux d'eux. Ils étaient sortis ensemble pendant leurs études, ce n'était un secret pour personne, mais cela datait de bien des années, et ni l'un ni l'autre n'en parlaient plus désormais.

— Où est Nathan ? demandai-je.

Je ne l'avais tout de même pas laissé tout seul à la maison avec ce cinglé, si ?

— À la supérette, occupé à manger des friandises avec M. Grafton. Mais toi, que fais-tu là, ma puce ? Je croyais que tu te préparais pour ton voyage.

— J'ai terminé plus tôt.

Le froid me gagnait le visage rien qu'à penser à cet après-midi. Faire mes bagages pour l'excursion scolaire était censé figurer parmi les moments les plus enthousiasmants de l'année, mais Père avait réussi à tout gâcher.

— Et je suis sortie par la fenêtre de derrière, ajoutai-je dans un souffle.

Ce fut sans doute à cet instant que ma mère remarqua le sac sur mon dos. Elle se précipita vers moi et me saisit par les épaules.

— Il t'a fait du mal ?

— Non, ça va. Je vais bien. Je suis sortie en douce, par-derrière, expliquai-je doucement. Mais je n'ai pas eu l'occasion de prendre de l'argent pour mon voyage.

— Oh, ma pauvre, dit ma mère en me couvrant la bouche. Eh bien, je peux rentrer avec toi.

— Je ne veux vraiment pas y retourner, maman.

— Il ne se montrera pas si j'y suis.

Elle me serra un peu plus fort, essayant de me transmettre la force qui me fuyait lorsque je devais affronter Père.

— J'irai toute seule. Tu n'as qu'à attendre ici, chez le docteur Burke, et je reviendrai dans vingt minutes.

Alors qu'elle se dirigeait vers la porte, je posai la main sur son bras pour l'arrêter.

— Maman, dis-je à voix basse pour cacher ma gêne, tu sais bien comment il est quand il se fâche. Je ne veux pas que tu subisses ça ce soir.

— Il n'aurait même pas dû venir à la maison, murmura-t-elle comme pour s'excuser.

— Clare, si tu me permets, fit le docteur Burke. Je crois qu'il est plus que temps que nous lui tenions tête.

Nous ?

— Donald, sache bien que je le souhaiterais plus que tout au monde, mais ce n'est pas le bon moment. Je ne peux pas les perdre.

Donald ?

— Il y a quelque chose que je devrais savoir, pour vous deux ? demandai-je.

Une relation entre ma mère et le docteur Burke m'aurait paru curieuse, parce que le divorce n'était même pas encore à l'ordre du jour. Cela dit, si je devais me la représenter avec quelqu'un, c'était avec lui, sans l'ombre d'un doute. Prévoyait-elle de divorcer ?

— Non, ma puce. Nous sommes amis, c'est tout, répondit ma mère.

— Nous sommes bons amis depuis longtemps, ajouta le docteur Burke, mais le regard affectueux qu'il adressa à ma mère laissait entendre qu'ils étaient bien plus proches qu'il ne le laissait entendre.

— Peu importe. Je ne retourne pas chez nous tant qu'il reste en ville. Je crois que je préférerais dormir dans la rue.

Le docteur Burke fouilla dans sa poche et commença à compter les billets de cent dollars.

— Cette fois, c'est moi qui m'en occupe, Molly, déclara-t-il.

Il me tendit une liasse. Il y avait là bien trop d'argent : je n'avais besoin au mieux que d'une vingtaine de dollars.

— Oh non, je ne pourrais jamais… fis-je en levant la main pour interrompre ce geste inattendu.

— Mais tu vas le faire, parce que tu le mérites, insista-t-il en me forçant à prendre les billets.

— Docteur Burke, c'est beaucoup trop.

— Molly, crois-moi quand je te dis qu'au contraire, c'est loin d'être suffisant.

Je me tournai vers ma mère pour qu'elle m'aide à échapper à cette situation, mais elle se contenta de sourire, ce qui signifiait que je pouvais accepter.

— Et tu peux passer la nuit chez moi si tu veux. J'ai un appartement séparé, où vivait ma mère. Si les rideaux de grand-mère et les vieux meubles ne te font pas peur, bien sûr…

— Tu serais d'accord, maman ? demandai-je.

— Oui, en fait je t'y encourage même. Tu y seras en sécurité jusqu'à demain.

Pourquoi avais-je tant de scrupules à accepter ce conseil ?

— Je ne crois pas qu'on me propose mieux pour cette nuit, dis-je en souriant. C'est très généreux de votre part, docteur Burke. Je vous rembourserai, je vous le promets. Ça risque de prendre un peu de temps, parce que je ne projette plus simplement d'être infirmière, mais de devenir docteure.

Ma mère porta la main à sa bouche et ses yeux brillèrent.

— Oh, Molly !

— Qu'est-ce qui t'a fait changer d'avis ? s'enquit le docteur Burke. Le métier d'infirmière n'est pas facile, mais les études de médecine nécessitent une grande implication personnelle. Cela dit, s'il y a bien quelqu'un qui peut y arriver, c'est toi, Molly. Je n'en doute pas un instant.

— Merci, répondis-je. J'ai l'impression que je prends la bonne décision, et je crois que je suis faite pour aider les autres. Mais gardez ça pour vous, s'il vous plaît. Je ne veux pas que Père soit au courant, et je dois continuer à avoir de bonnes notes pendant deux ans si je veux bénéficier d'une bourse.

— Tu as notre parole.

Je me tournai de nouveau vers ma mère, qui rayonnait tout simplement.

Cet après-midi, tandis que je m'installais à une table devant la supérette avec ma mère, le docteur Burke et Nathan pour boire une simple tasse de thé, je me sentis en paix. Pour la première fois de ma vie, j'avais un aperçu de ce que pouvait être une famille, de ce qu'elle *devait* être : heureuse, respectueuse, sereine. Ma mère ne pouvait pas s'arrêter de sourire. Nathan abreuvait le docteur Burke de questions sur le squelette, et je profitai de cet instant de bonheur que j'aurais voulu pouvoir prolonger éternellement.

CHAPITRE 7

D'un coup de pied, j'envoyai voler une pierre dans la forêt. Quel imbécile je faisais ! Je m'étais fait une joie de participer à cette excursion scolaire en nature avec le lycée, et voilà que j'avais tout fait foirer dès le premier jour. Mais qu'est-ce qui m'avait pris d'embrasser Jo, ma meilleure amie ? Je savais qu'elle en pinçait pour Nick depuis le premier jour, mais il avait quand même fallu que je tente le coup… Cette erreur aurait pu me coûter notre amitié, mais heureusement, Jo était assez futée pour comprendre qu'il ne s'agissait de ma part que d'un instant de faiblesse. Un instant de faiblesse provoqué par le refus de Daisy. Quand une fille acceptait de rouler des pelles à un mec, pourquoi aurait-elle refusé de sortir avec lui ?

En toute franchise, je voulais simplement montrer à Jo combien elle et Nick étaient faits l'un pour l'autre. Je voulais lui prouver qu'elle n'aurait pas dû perdre son temps à le considérer simplement comme un ami.

Je ramassai une branche sèche pour gratter le sol. J'aurais aussi bien pu me faire tatouer « gros naze » sur le front, compte tenu de ce que j'éprouvais. Je restai là, à broyer du noir, jusqu'à ce que Molly me fasse signe de venir. Je me débarrassai de ma branche et, les mains dans les poches, le dos voûté, je me dirigeai vers l'endroit où elle entassait du bois mort pour le feu de camp.

— Qu'est-ce qui te tracasse ? demanda-t-elle. On croirait que tu viens de perdre la personne à laquelle tu tiens le plus…

— Si ça se trouve, c'est le cas…

— Impossible, parce que je suis là, devant toi, fit-elle en souriant.

Évidemment, la seule fille à laquelle je m'intéressais vraiment, et qui était aussi ma meilleure amie et tentait de me remonter le moral, n'avait aucune envie de sortir avec un garçon elle non plus.

— Comment fais-tu pour rester aussi cool, Molly ? Ça ne t'intéresse vraiment pas, le maquillage, les fringues et les derniers potins ?

— Je n'ai pas le temps de m'occuper de tout ça.

— C'est vrai, il faut que tu surveilles ton petit frère.

— Je ne fais pas que le surveiller. Enfin, j'ai encore du temps pour moi, mais je préfère l'occuper autrement.

— Comment ? C'est quoi, tes passe-temps ?

— À la bibliothèque, ils ont toute une série de DVD sur la Terre, par exemple. J'aime bien les regarder. Oh, et les séries médicales, aussi, j'adore !

— Ça ne te dégoûte pas ? m'étonnai-je. Une fois, j'en ai vu une avec ce type qui avait les yeux comme des boules de billard, comme ça…

J'aspirai une grande bouffée d'air pour gonfler mes joues, en espérant que l'opération ferait ressembler mes yeux à des ballons énormes dans de minuscules orbites.

— Je l'ai vue aussi, répondit-elle. Arrête. C'est dégueu, et c'était bien pire que ce que tu essaies de faire, ajouta-t-elle en désignant mon visage.

Je m'assis sur le tronc qu'on avait fait rouler là pour alimenter le feu de camp, ce soir. Molly m'imita sans dire un mot. Elle faisait partie de ces filles pleines d'intuition qui savent que le silence en dit parfois davantage que de grands discours.

— Merci de m'avoir remonté le moral.

— De rien.

— Je peux te raconter ce que j'ai fait d'idiot aujourd'hui ?

— Ce ne serait pas la première fois, hein ? s'esclaffa-t-elle.

Non, en effet.

— J'ai embrassé Jo.

— Non !

— Ben si. Et elle m'a collé une baffe.

En voyant Molly faire de son mieux pour réprimer tant bien que mal un gloussement, j'eus envie de m'effondrer et de faire le mort. Peut-être que ça me permettrait d'échapper à la honte que je ressentais.

— Mais qu'est-ce qui t'a pris ? Nick vous a surpris ?

— Je ne sais pas, je n'ai pas réfléchi. Et non, il ne nous a pas vus. On ramassait du petit bois en forêt. Et ce n'est pas comme s'ils sortaient ensemble.

— Tu ne t'es pas rendu compte que c'est tout comme, avec ces deux-là ?

— Ouais, j'aurais dû y penser. J'ai quand même dit à Jo qu'elle devrait courir après Nick.

— Vraiment ?

— Ouais. Ils sont faits l'un pour l'autre.

En me retournant vers elle, je m'aperçus que Molly se mordait la lèvre. Je me serais volontiers séparé de toutes les pièces d'un cent que je thésaurisais dans un bocal, sur une étagère au-dessus de mon lit, pour savoir quelle idée pouvait bien lui traverser la tête à ce moment-là, les joues rouges et un mystérieux sourire aux lèvres.

— À quoi tu penses ? demandai-je au bout du compte.

— Je... eh bien, on sait déjà que Jo et Nick sont deux âmes sœurs, mais tu crois que tout le monde en a une ? Et si on n'en a pas ? Qu'est-ce qui se passe ?

— Hum, ce n'est pas vraiment moi qu'il faut interroger sur les âmes sœurs. Je ne crois pas en avoir, moi non plus, mais elles arrivent peut-être plus tard dans la vie. C'est comme ça que mes parents se sont rencontrés à la fac. À les entendre, ils ont su qu'ils étaient faits l'un pour l'autre dès le premier regard.

— Tu as de la chance d'avoir des parents qui s'aiment à ce point.

— J'imagine que ce n'est pas la même chose, pour les tiens, hein ?

La première image qui me traversa l'esprit était celle de Molly telle que je l'avais trouvée sur le porche du pub, les genoux écorchés, un an auparavant. Elle prétendait être tombée, mais j'avais toujours eu l'impression qu'elle ne m'avait pas raconté tout ce qui s'était passé ce soir-là, et que son père le poivrot n'y était pas étranger. Je m'étais souvent demandé s'il ne l'avait pas frappée ou poussée. Le souvenir de ses yeux baignés de larmes me hantait encore certaines nuits.

— Ils ont une relation bizarre. Père ne vit plus avec nous.

— Pourquoi ?

Molly baissa la tête.

— Ce n'est pas grave, tu n'es pas obligée de répondre.

— C'est une bonne chose qu'il soit parti. En fait, c'est probablement ce qui est arrivé de mieux dans cette maison depuis très longtemps.

— Et où est-ce qu'il loge ? Je l'ai vu traîner en ville.

— La plupart du temps près de son travail, là où ils coupent les arbres. Quand il revient en ville, je ne sais vraiment pas, mais plus il est loin, mieux ça vaut.

— Molly, est-ce qu'il t'a fait du mal ?

Elle n'eut pas besoin de répondre : son expression la trahissait. Je passai mon bras autour de ses épaules et je la serrai contre moi. Mes parents m'avaient toujours dit qu'un câlin pouvait presque tout guérir, et si cette étreinte la soulageait un tant soit peu, eh bien je pouvais estimer que j'avais fait mon job.

— Le passé, c'est le passé, soupira-t-elle en restant contre moi. C'est ce qu'on fait de l'avenir qui compte.

— C'est pour ça que tu te taillades la peau ? dis-je en désignant ses poignets qu'elle essayait de couvrir avec son sweat-shirt.

Il faisait chaud, mais depuis que j'avais trouvé Molly sur le porche du pub, un mois auparavant, quand elle avait essayé de s'ôter la vie, elle avait opté pour des manches longues. J'avais promis de garder son secret, ou du moins un autre de ses secrets... Mais quelqu'un finirait bien par le découvrir. Elle ne pourrait pas dissimuler éternellement ces cicatrices bien visibles.

— C'était un moment de faiblesse. Rien de plus. Je t'en prie, Carter, je n'ai pas envie d'en parler.

Je poussai un soupir. Elle ne voulait jamais évoquer sa propre douleur et ne se préoccupait que de celle des autres. Molly se tourna vers moi pour me regarder droit dans les yeux. Ce que je vis dans les siens faillit me faire perdre l'équilibre. Je fis abstraction du chagrin, parce que je savais que Molly avait été blessée par le passé, mais la détermination que je découvris là me coupa le souffle. Elle était si forte. Je ne parvenais pas à comprendre d'où elle tirait encore tant de résistance et de pugnacité.

— Tu n'es pas comme les autres filles, Molly.

— Et c'est un bien ou un mal ?

— C'est bien. Tu es unique, intelligente, volontaire... et bien trop mûre pour ton âge.

— Quoi ?

— Je vais me donner pour mission de m'assurer que tu t'amuses pendant cette sortie camping.

Je contemplai sa main, où une marque rouge dépassait de sous son blazer. Elle tira sa manche pour la couvrir de nouveau.

— Eh bien, on campe, c'est déjà amusant, dit-elle, ramenant mon attention vers ses beaux yeux sombres.

— Non, ça, ça ne compte pas. Je te parle de faire des choses que tu ne fais jamais d'habitude.

— Tu vas essayer de m'embrasser comme tu as embrassé Jo ? Je te préviens, je te gifle aussi !

Le plus drôle, c'est que je n'y avais pas songé, mais maintenant qu'elle en parlait, je n'arrivais pas à détacher mon regard de ses lèvres. Leur courbe naturelle faisait ressembler sa bouche à un cœur. Lorsque je repris enfin mes esprits, je remarquai que le rouge lui était monté aux joues.

— J'ai embrassé Jo parce que je voulais qu'elle comprenne qu'elle était faite pour Nick. Alors non, pas de baiser.

— Bien. Un moment, j'ai eu peur que tu n'aies décidé d'embrasser toutes les filles de la classe.

— Qu'est-ce que tu veux dire ?

— Et Daisy, alors ?

Comment était-elle au courant, pour Daisy ?

— Hier, j'ai pris un raccourci à travers bois et je vous ai vus, tous les deux, sur Pebble Beach.

— Oh.

— Pardon, je ne voulais pas vous espionner. Vous aviez l'air drôlement occupés…

Je m'éclaircis la voix.

— Pas la peine de t'excuser. Ouais, on se bécotait un peu. Mais Daisy, c'est une vraie tigresse, bon sang. Je ne suis pas sûr d'être à la hauteur, avec elle…

Elle éclata de rire.

— S'il y a bien quelqu'un qui est à la hauteur, pour Daisy, c'est toi.

— Je ne sais pas. Hier, c'était super avec elle, mais elle grille les étapes… Je ne sais pas si je suis prêt.

— Alors, vous sortez ensemble ?

— Non. Elle ne veut pas.

Je baissai la tête et je me retournai légèrement pour la regarder de nouveau.

Elle resta assise, songeuse. À quoi pensait-elle ? Nous avions passé un moment extraordinaire à la plage, Daisy et moi, et je ne m'attendais pas du tout à cette séance de baisers, mais une fois dans le feu de l'action, il n'y avait pas moyen d'arrêter cette fille. Et quant à moi, eh bien, je n'étais pas du genre à dire non à ce genre d'activité, même si je ne cessais de lui répéter que nous étions juste amis… Mais quand je lui avais demandé si elle voulait sortir avec moi, elle avait refusé. Je renonçai officiellement à comprendre les femmes.

— Bon, Carter Clark… si on ne parle pas de s'embrasser, quel genre de divertissement tu me proposes ?

— On crache, répondis-je en souriant.

— On crache ?

— Ouais, tu peux essayer.

J'allais chercher un crachat maous au fond de ma gorge et je le catapultai du bout de la langue.

— C'est dégueu, Carter !

— Merci. À ton tour.

— Non.

— Comment ça, non ? Si tu le fais, c'est à toi de choisir la prochaine activité. Et je saurai si ce que tu proposes est vraiment amusant, parce que je suis un petit marrant.

— D'accord, alors.

Elle fit la moue, essayant de rassembler sa salive.

— Ça aide si tu prends ton élan avec les épaules, expliquai-je en bombant le torse et en tendant le cou. Comme ça, tu améliores la portée.

Elle devait avoir obtenu un projectile de taille suffisante, car je la vis tendre les lèvres en fermant les yeux et expectorer un crachat… qui ne s'envola jamais. La salive lui dégoulina sur le menton tandis qu'elle me souriait de toutes ses dents.

— C'est parti loin ?

Pris de fou rire, je me pliai en deux, l'estomac secoué par de douloureux spasmes d'hilarité.

— Non, carrément pas ! Tu en as plein le menton, expliquai-je en tendant le doigt, arrivant à peine à m'exprimer.

Elle passa la main sur sa figure pour s'essuyer.

— Je crois que j'ai besoin d'entraînement.

Elle effectua une seconde tentative. Je m'étonnai qu'elle ne renonce pas, mais sa persévérance n'aurait pas dû me surprendre : Détermination aurait pu être son deuxième prénom. Je m'arrêtai de rire en la voyant se préparer. Le jet de salive s'envola haut dans les airs, bien plus loin que le mien.

— T'as réussi ! m'écriai-je, rempli de fierté, en lui tapant dans la main.

Soit j'étais un bon enseignant, soit Molly était une bonne élève. Au fond de moi, je savais bien qu'il s'agissait de la deuxième possibilité.

— C'est en forgeant qu'on devient forgeron, déclara-t-elle.

— Ça c'est ce que j'appelle du talent, Molly. Sérieux ! T'as vu ce jet ?

— Belle distance, hein ? Bon, à mon tour. Est-ce que tu sais faire ça ?

Molly tira la langue et la tendit au maximum. La pointe lui toucha le nez.

— Mais comment c'est possible ? m'extasiai-je.

— Tu serais étonné du genre de don qu'on développe quand on passe son temps à faire la babysitter.

— D'accord, qu'est-ce que tu sais faire d'autre ?

Elle tendit de nouveau la langue en lui donnant une forme de louche, puis d'arc, avant de la faire onduler. J'en restai comme deux ronds de flan. Cette fille avait une langue de contorsionniste. J'avais beau essayer de l'imiter avec la mienne, il n'y avait pas moyen, et je devais certainement avoir l'air d'un abruti. Mais plutôt passer pour un abruti avec Molly auprès de moi que pour un sage sans elle.

— Non, je n'y arrive pas non plus. Je n'aurais jamais cru me faire battre à un jeu de langue contre toi, fis-je.

Mon clin d'œil la fit rougir : elle rayonnait, et j'aimais ça.

— Tu as une langue de compétition, Molly, ajoutai-je. Merci de m'avoir remonté le moral.

Rougissant davantage, elle se mordit la lèvre.

— Ça sert à ça, les amis.

Nos regards se dirigèrent vers les tentes, d'où Daisy émergea avec son nouvel ensemble, lequel comportait un short à motif de marguerites… un short extraordinairement court ! On voyait sans difficulté le bas de ses fesses. Je n'arrivais pas à en détacher les yeux, comme tous les autres garçons qui regardaient dans sa direction. Lorsqu'elle fit un petit geste de tête pour jeter ses cheveux par-dessus son épaule, j'eus presque l'impression qu'elle se mouvait au ralenti.

Ben merde, alors !

Mes hormones adolescentes passèrent aussitôt en surrégime. Le temps que je comprenne que mon cœur battait à fond la caisse, je bandais déjà, et je dus tirer sur mon tee-shirt sur mon short pour cacher cette érection inattendue. Si Molly avait remarqué, elle n'en fit rien paraître.

— Tu devrais lui demander de nouveau, dit-elle. Les filles peuvent changer d'avis.

— Elle est belle, mais ce n'est pas elle qui me plaît.

— Qui, alors ? murmura Molly.

Je sentais mon cœur qui me martelait les côtes. Quand je me tournai vers elle, Molly était occupée à tortiller entre ses doigts un coin de son sweat-shirt en se mordant la lèvre inférieure. Elle attendait sans doute la réponse que nous savions tous deux inévitable. Je levai la jambe, enfourchant le rondin où nous étions assis pour mieux la regarder.

— La fille qui est assise devant moi en ce moment.

— Carter…

— Je sais que tu ne sors pas avec des garçons à cause de tes parents, mais réfléchis-y, quand même.

— Je ne peux pas. Et je sais que ma réponse ne changera pas, même si je réfléchis. Ce n'est tout simplement pas possible.

— Pourquoi ?

Sa lèvre inférieure tremblait. Elle paraissait si fragile que je craignis de pousser notre amitié plus loin, de peur que Molly ne s'effondre. Je me demandai ce qui lui faisait si peur, et la seule raison que je voyais, c'était son père.

— Je ne suis pas prête et franchement, je ne veux pas. J'ai besoin d'attendre le bon moment, et ce n'est vraiment pas maintenant. Je dois me concentrer sur mes études et mon petit frère.

— Tu me diras quand le bon moment sera arrivé ?

Elle respira à fond, souffla… Je l'interrompis toutefois avant qu'elle n'ait l'occasion de me décevoir.

— Molly, je ne te demande pas de te décider tout de suite, je veux simplement avoir une chance, plus tard. Pour le moment, tout ce que je souhaite, c'est qu'on soit amis.

— D'accord. Eh bien tu as mon amitié. Et tu l'auras toujours, Carter.

— Alors dis oui à un avenir possible !

L'attente me parut durer une éternité. Je n'entendais même plus les bruits de la forêt ni des autres occupants du camp.

— Oui, si on peut rester amis jusqu'à ce jour, rien ne me rendrait plus heureuse que d'envisager quelque chose de plus avec toi.

— Vraiment ?

— Mais je ne te promets rien.

— Ça me va.

Tout ce dont j'avais besoin, c'était d'espoir. En espérant que l'espoir n'ait pas de date de péremption.

CHAPITRE 8

MOLLY, 18 ANS

L'enfer devait ressembler à la vie de Carter Clark. Il avait versé assez de larmes pour y éteindre tous les brasiers de Satan en personne. Qu'est-ce qui pouvait bien justifier qu'on inflige ce genre de souffrance à un homme ?

Le froid de l'hiver me saisit jusqu'aux os tandis que je me dirigeai vers la silhouette sombre déployée sur les flocons blancs, en priant pour que ce ne soit pas lui. C'était la troisième fois, ce mois-ci, que je le trouvais dans le champ qui bordait le cimetière. La neige crissa sous mes semelles quand je pressai l'allure. Je ne me faisais pas vraiment une joie de rentrer chez moi, à cent soixante kilomètres de la fac, au début de mon deuxième semestre. Mais j'aurais fait le trajet tous les jours pour lui s'il avait fallu. Après tout, je lui étais redevable. Mais plus que tout, je voulais être là pour lui.

Ç'aurait été différent si j'avais su que nous nous retrouverions chez lui. En fait, n'importe quelle maison de Hope Bay me semblait préférable à un séjour dans la mienne, pleine de souvenirs qui me mettaient mal à l'aise. Je n'avais pas vraiment vécu une enfance toute rose, pleine de sucreries et de joyeux week-ends en famille. Ne me faites pas dire ce que je n'ai pas dit : Hope Bay était un endroit merveilleux où passer sa vie... à condition de la passer avec la bonne personne.

En dehors de ma mère et du docteur Burke, personne ne savait que je projetais de devenir médecin. Tout le monde s'imaginait que je voulais être infirmière, et j'entendais bien garder le secret aussi longtemps que possible. Ce qui me permettait de tromper Père. Partir pour l'université, loin d'ici, était le plus beau cadeau que je pouvais m'offrir à moi-même.

Cinq mois plus tard, j'avais compris que je n'avais d'autre choix que de revenir. Carter avait besoin de moi, et même s'il ignorait quels sacrifices j'avais dû faire pour l'aider, il en valait la peine.

Je m'accroupis auprès de son corps inerte et portai la main à son visage bleui par le froid. Cette température proche de celle d'un cadavre me fit craindre, l'espace d'un instant, qu'il ne soit vraiment mort. Soulagée de voir un souffle de buée s'échapper de ses lèvres, je m'agenouillai près de lui. Je n'arrivais donc pas trop tard. Je sentis aussitôt une odeur d'alcool et de vomissure, et je dus réprimer un haut-le-cœur.

— Carter, réveille-toi, dis-je en lui secouant l'épaule.

Il poussa un grognement.

— Allez, Carter, il faut que tu te réchauffes.

— Daisy... grommela-t-il en tendant le bras et en désignant le cimetière.

— Je sais, mon chou, mais Daisy ne voudrait pas te voir comme ça, pas vrai ? Allez, on va te ramener à la maison.

C'était une bonne chose que ma mère emmène Nathan en visite chez notre grand-mère à l'autre bout de la ville tous les week-ends, laissant ainsi la maison vide. Trois ans auparavant, elle avait fichu Père dehors pour de bon après l'avoir vu me reluquer par la porte de la salle de bain entrebâillée pendant que je me douchais. Trop occupée à me récurer la peau pour oublier ce qu'il m'avait fait, je ne l'avais pas remarqué lorsqu'il était entré pour se masturber. Heureusement, ma mère l'avait pris sur le fait. Tout ça, deux jours après qu'on l'avait libéré de prison pour avoir mis le pub sens dessus dessous, muni d'une arme sans permis.

En entendant ma mère crier, j'avais bondi de la douche pour me couvrir, mais il était déjà trop tard. Père s'était soulagé sur la porte de la salle de bain. Ce soir-là, ma mère m'avait prise dans ses bras pour me poser énormément de questions. Son intuition ne l'avait pas trompée, et j'étais sûre qu'elle était au courant de la vérité, mais rien à faire, je n'arrivais pas à prononcer les mots. Comment lui annoncer ce genre de chose au sujet de l'homme qu'elle avait épousé ? Elle le flanqua à la porte malgré tout. Ce fut le plus beau cadeau, le plus affectueux qu'elle m'ait jamais fait.

Une bourrasque souleva des flocons et me les jeta au visage. La première fois où j'étais revenue à Hope Bay cet hiver-là, j'étais tombée sur Carter. Je ne comprenais pas ce qui avait bien pu me pousser à rentrer jusqu'à ce que je le trouve à moitié mort, couché dans la neige. Il avait bien failli succomber à l'hypothermie ce jour-là, et manifestement, ça ne lui avait pas servi de leçon.

— Elle est morte…

— Oui, elle est morte.

Je le traînai par le coude. Il pesait sur moi de tout son poids, et j'avais l'impression de tracter un rocher. La chaleur de son corps avait fait fondre une partie de la neige sous lui, mais l'eau avait ensuite gelé dans son épais manteau. Carter se retrouvait quasiment pris dans un bloc de glace. Tout en le soutenant, son bras par-dessus mes épaules, je le conduisis vers ma maison, située juste derrière les champs. Je m'estimais à la fois heureuse parce qu'aucun habitant de la ville ne nous verrait, et malheureuse parce qu'il me faudrait une fois encore franchir le seuil que je m'étais promis de ne plus jamais passer lorsque j'étais partie faire mes études.

Derrière une petite colline, j'aperçus enfin la maison, mais Carter perdit l'équilibre et tomba à genoux. Il s'écroula ensuite, étalé dans la neige, le visage plongé dans les flocons.

— Carter, on y est presque.

Il ne bougeait toujours pas.

— Je te ferai du thé bien chaud et de la soupe de poulet. Je sais que tu aimes ça.

Il ouvrit les yeux un moment et se força à m'adresser un sourire benêt.

— Oh oui, j'aime ça, dit-il.

J'éclatai de rire à cause du ton coquin qu'il avait pris, puis il perdit de nouveau connaissance.

Merde !

Je dus le faire rouler jusqu'au porche, puis lui assener une gifle vigoureuse. Il se réveilla en sursaut. Cette fois, il écarquillait les yeux, claquait des dents et tremblait de tout son corps.

— Il faut que je t'aide, mais tu dois m'aider toi aussi. Tu ne peux pas me claquer dans les doigts, Carter. Pas question.

— Froid…

C'était à peine si son souffle produisait de la buée. Je craignais que sa température ne soit tombée trop bas.

— Je sais. Tu seras bien au chaud à l'intérieur. Allez, encore trois pas et tu te sentiras mieux.

Il paraissait plus lourd, comme s'il portait sur ses épaules tout le poids du monde. J'avais hâte que l'hiver s'achève, car je craignais de le trouver un jour mort dans ce champ. Je dénichai le double de la clef que ma mère cachait sous un pot de fleurs vide et je l'enfonçai dans la serrure.

— Elle ne reviendra pas.

— Je suis navrée, Carter. En effet. Mais elle veille sur toi, j'en suis sûre.

— J'ai froid aux pieds.

— Encore un pas.

Je poussai la porte. Comme je m'attendais à devoir traîner les fesses de Carter ici, j'avais étendu quelques serviettes dans l'entrée avant de partir dans le champ. Il resta debout au milieu du couloir pendant que je retirai son manteau gelé. Son sweat-shirt et son tee-shirt étaient trempés, raides de glace. Il fermait les yeux par intermittence.

— Carter, il faut que tu me suives, s'il te plaît.

Je le pris par la main pour le guider jusqu'à la salle de bain. Là, sans lui demander la permission, je débouclai sa ceinture, défis l'unique bouton de son pantalon et baissai la fermeture éclair.

Comme il n'avait apparemment pas remarqué, je pris le haut de son jean et je le lui baissai jusqu'aux cuisses. Pour le faire descendre aux chevilles, je dus m'accroupir, le visage au niveau de son entre-jambe, et mon cœur faillit s'arrêter.

Je me figeai.

Les yeux braqués sur le V parfait de sa taille.

Les lèvres à hauteur d'un pelvis aux muscles bien définis et couvert d'une fine toison.

Je déglutis, la salive se frayant difficilement un chemin dans ma gorge sèche, et j'écartai les pensées impudiques qui venaient de me traverser l'esprit. Il devait avoir senti la chaleur de mon souffle à travers son boxer. Mais il ne bougeait toujours pas.

Tu as déjà fait ça auparavant, Molly.

Certes, je l'avais déjà déshabillé pour le mettre au lit. Mais à en juger par son teint grisâtre et ses tremblements constants, il allait me falloir bien plus d'efforts pour le réchauffer ce soir-là.

J'ouvris le robinet. D'abord de l'eau froide.

— On va te mettre au bain, d'accord ?

— Seulement si tu m'accompagnes, Daisy.

Hein ?

Il hallucinait. Mieux valait jouer le jeu plutôt que de lui expliquer que je n'étais pas sa fiancée, la femme qui avait porté son enfant, et de lui rappeler qu'elle était morte. Qu'ils étaient morts tous les deux.

— Sinon je n'entre pas.

Il tapa du pied comme un gosse et se mit à se dandiner sur place, les orteils du pied gauche sur ceux du pied droit et inversement.

Sachant qu'il était urgent de le réchauffer, je me mis rapidement en tee-shirt et culotte, et Carter me suivit dans l'eau.

— Chaud !

Carter retira son pied de la baignoire comme s'il venait de se brûler alors que l'eau me semblait froide.

— Ça ne l'est pas, je te promets. Il faut vraiment que tu t'asseyes, s'il te plaît.

Ignorant les frissons qui me parcoururent de prime abord, je m'assis à une extrémité de la baignoire et je le guidai pour qu'il s'installe entre mes bras. Il s'appuya contre moi avec un profond soupir, sans cesser de trembler. J'avais l'impression de me coller contre un iceberg.

— Tu es tellement belle, Daisy !

— Hum, merci…

— Tu m'as tellement manqué, ajouta-t-il d'une voix pâteuse.

À l'entendre et à le regarder, j'avais l'impression qu'il rêvait.

— Toi aussi, tu m'as manqué, répondis-je, jouant le jeu.

— J'ai fait un cauchemar. Il y avait une tornade qui passait en ville et qui t'a emportée, toi et le bébé.

Je me sentis prise au piège. Comment lui dire qu'il ne s'agissait pas d'un cauchemar, mais de la réalité ? J'avais mal au cœur pour lui, pour Daisy et pour leur enfant qui ne naîtrait jamais.

— Mais je suis là, maintenant, Carter.

Je passai la main dans ses cheveux pour attirer sa tête en arrière, contre mon épaule. Son corps se détendit contre le mien. Je le sentais se réchauffer, mais pas encore suffisamment. J'évacuai donc un peu d'eau et tournai le robinet sur la position chaude.

Carter ferma les yeux, son souffle devint plus régulier et sa peau reprit une teinte plus saine. J'ignore combien de temps s'écoula, mais il ne rouvrit pas les paupières avant au moins une heure, pendant laquelle je m'assurai que l'eau reste tiède.

— Molly ?

— Oui ?

— Merci.

— De rien.

Du coin de l'œil, je le vis froncer les sourcils, l'air pensif.

— Ça te paraît bizarre si j'ai envie de t'embrasser, Molly ?

Mon cœur s'arrêta. Il ne me prenait donc pas pour Daisy ? Pensait-il réellement ce qu'il venait de dire ? Ce jour-là, c'était la première fois que Carter se comportait normalement à mon contact. Ces dernières années, chaque fois que je le voyais, nos conversations ne s'engageaient plus dans la bonne direction. Pas comme lorsque nous bavardions durant notre enfance, quand l'innocence était encore à portée de main. À force de geler dehors, avait-il perdu cette habitude qu'il avait de parler sans le moindre filtre ? En temps normal, il se laissait emporter par ses sous-entendus salaces…

— C'est parce que tu es saoul, ou parce que j'ai sauvé tes miches gelées.

— Hmm… tout à fait pertinent, comme raisonnement, mais je sais que je ne suis plus saoul. Enfin, peut-être un peu, tout de même.

Il fit un geste en rassemblant son pouce et son index pour former un petit rond.

— Et je n'aurais jamais gelé. Les pompiers sont chauds comme la braise, c'est bien connu.

Je gloussai en entendant sa voix éméchée. Son haleine garderait sans doute une odeur d'alcool jusqu'au soir. S'il y avait bien une qualité agréable chez Clark quand il était ivre, c'est qu'il restait drôle plutôt que de devenir agressif comme Père.

Et moi aussi j'aurais voulu l'embrasser… j'en rêvais, en fait. Je voulais sentir la chaleur de ses lèvres, le contact de sa langue et la tendresse avait laquelle il s'emparerait de ma bouche. Mais je souhaitais également qu'il désire *mes* lèvres, pas que je serve simplement à remplacer Daisy, et je craignais que ça n'arrive pas avant un bon moment. Il l'aimait toujours, ce que je pouvais comprendre. Malgré l'attirance que j'éprouvais pour cet homme, j'avais peur que son cœur appartienne longtemps à Daisy : après tout, c'était son premier amour. Et je ne voulais pas exploiter son esseulement.

Cela dit, je ne cesserais jamais d'avoir besoin de lui dans ma vie. C'était le seul homme à qui j'aie jamais fait confiance, celui qui m'avait sauvée, et il ne s'en doutait sans doute même pas.

Nous restâmes assis dans la baignoire, son dos contre ma poitrine, encore une heure. Quand je sentis que son corps reprenait une température normale, je remuai, l'arrachant aux pensées où il était plongé.

— Molly ? demanda-t-il.

— Oui ?

— Pourquoi tu fais ça ? Pourquoi tu t'occupes de moi ?

— Parce que tu es mon ami.

— Tu n'es vraiment pas obligée. Je suis un vrai abruti.

— Carter, je te connais depuis… eh bien, depuis toujours, et tu es loin d'être un abruti.

— Mais parfois, je dis des choses… des conneries…

— Tu es nerveux, c'est tout.

Il soupira de nouveau.

— Tu n'as jamais fait ça dans la baignoire. Merde… enfin, avec moi… enfin, ce n'est pas ce que je veux dire…

Je me penchai pour lui chuchoter à l'oreille :

— Et qui te dit que je n'ai jamais fait *ça* dans une baignoire ?

Il s'immobilisa et je me mordis la lèvre. Avais-je dépassé les bornes ? Probablement. Je ne savais pas ce qui m'avait pris. Peut-être le contact de sa peau, qui prenait un tout autre sens maintenant que Carter avait dessoulé. Ou le besoin désespéré d'avoir quelqu'un pour m'aimer, comme n'importe quelle femme a le droit d'être aimée ? S'il faisait partie de ma vie, il pourrait me protéger. Je le savais. Je m'étais promis un jour de ne jamais me donner physiquement à un homme. Bon sang, je n'aurais même pas su comment m'y prendre. À une époque, j'avais même envisagé de me retirer dans un couvent pour éviter le moindre contact avec la population masculine, mais je m'étais demandé si je parviendrais à mener ce genre d'existence jusqu'à la fin de mes jours. Avait-on le droit de se contenter de regarder passer les jours sans jamais vivre réellement ?

On venait d'annoncer à Sarah, ma petite cousine, qu'elle souffrait de leucémie. Elle aurait certainement su saisir la vie si on lui en avait donné l'occasion. La voir s'affaiblir de jour en jour me brisait le cœur. Elle savait mieux que quiconque qu'on n'avait qu'une chance de saisir les occasions qui s'offraient à nous. Voilà pourquoi quand la chance de quitter Hope Bay s'était présentée, j'avais sauté dessus sans me poser de question. Je ne laisserais pas mon passé définir la femme que j'étais, sinon je deviendrais aussi malheureuse que ma mère au sein de son mariage. Grâce aux quelques encouragements de ma mère et du docteur Burke, je m'étais prise en charge tout en m'assurant que personne d'autre ne me dise où devait mener cette nouvelle route que j'avais décidé d'emprunter. Le moment où j'avais pris cette décision, trois ans auparavant, comptait parmi les meilleurs de toute ma vie. Père ne savait même pas à quelle école je m'étais inscrite, ce que rendaient encore plus agréables les années de préparation.

— Je crois qu'on devrait sortir d'ici avant se transformer en pruneaux, déclarai-je.

Carter remua et se retourna brusquement vers moi. Il éclaboussa tout autour de nous et l'eau déborda un peu. Nos regards se croisèrent ; je savais que je n'aurais pas dû le regarder avec autant d'insistance, mais comment m'en empêcher ? Ses superbes yeux marrons brillaient comme de jeunes étoiles. Les contempler me mettait les nerfs à fleur de peau. Les pointes de mes seins durcirent sous mon tee-shirt mouillé en le voyant me dévorer des yeux, le regard focalisé sur ma poitrine. Je ne savais plus où me mettre.

— Ne change pas de sujet, Molly. Quand on me fait du rentre-dedans, je sais ce que je vois, et je suis sûr que c'est précisément ce qui vient de se passer.

— Je ne te faisais pas du « rentre-dedans »…

— Alors qu'est-ce que ça voulait dire ?

Il se rapprocha, ses mains près de la mienne sur la partie incurvée de la baignoire… bien trop près à mon goût. Je me mis à haleter, comme si je manquais d'air.

— Parce que j'aurais bien besoin d'un peu de distraction.

Il se lécha les lèvres comme s'il venait de me goûter et qu'il avait envie d'une autre bouchée.

— Je… je ne sais pas. Tu… tu me troubles quand tu me regardes comme ça. Et je ne veux certainement pas être ce genre de distraction pour toi. Je ne suis pas ce genre de fille.

Il va me prendre pour une coincée.

Mais je m'en fichais, sur le moment. Il fallait simplement que je m'éloigne de lui avant que nous ne commettions une erreur tous les deux.

Carter eut l'air désemparé, et cette étrange sensation que je ressentais au creux du ventre ne voulait pas s'en aller. Il se concentrait sur mes seins, qui commençaient à me faire mal, et je me demandai si le moment n'était pas venu de les laisser caresser comme il se doit par un homme.

— Je ferais mieux de partir avant de dire ou de faire une bêtise, dit-il. Je ne suis pas prêt pour ça, et toi non plus.

Sa réponse me tira de mes pensées. Il avait raison. Nous n'étions pas prêts.

— Je crois que c'est ce que tu as dit de plus pertinent de toute la soirée.

Je me levai, sortis de la baignoire en inondant le sol carrelé de blanc, et m'enveloppai d'une serviette.

Il m'attrapa le poignet et m'arrêta.

— Pourquoi ?

— Pourquoi quoi ?

— Pourquoi est-ce la chose la plus pertinente ? demanda-t-il en fronçant les sourcils, troublé.

Je me dégageai en serrant la serviette autour de moi comme si elle allait me permettre de rester intacte, parce qu'à l'intérieur, je commençais à tomber en morceaux. Je sentais arriver une crise de larmes, et Carter n'avait pas besoin d'assister à ça.

— Parce que je t'ai trouvé ivre mort dans un champ pour la sixième fois cet hiver. Je suis sûre que certaines cellules de ton cerveau n'ont même pas dégivré, et je m'étonne que ta capacité à réfléchir ait dégelé, elle.

Je ne pouvais pas me laisser aller à faire ce pour quoi nous n'étions prêts ni l'un ni l'autre. Il fallait que je le repousse. Ce n'était pas le bon moment pour lui… et pour moi non plus.

— Eh bien ça alors, c'est un peu fort ! C'est toi qui m'as fait du rentre-dedans, tu te rappelles ? La prochaine fois, ne me touche pas à moins d'être prête à aller jusqu'au bout.

— Va te faire foutre, Carter.

— Je ne te savais pas si vulgaire, Molly. Pour une vierge, t'as vraiment un vocabulaire de merde.

— Mais va te faire foutre, à la fin ! Tu crois que ça me plaît, de faire ça ? Tu crois que j'ai envie de traîner ton cul dans cette maison, celle-ci en particulier, chaque fois que tu te bourres la gueule ? J'ai eu assez d'ivrognes dans ma vie, et toi, tu ne comprends rien à rien ! Tu ne sais pas ce que ça me coûte de revenir ici, de t'aider. Je crois que ça vaudra mieux pour tout le monde si je te laisse te geler le cul et crever dehors la prochaine fois que tu n'as pas assez de couilles pour affronter la vie.

J'eus un mouvement de recul et je respirai vivement, portant la main à ma bouche. Je tremblais de tous mes membres, sous le choc. Je sentis les larmes me monter aux yeux, mais je refusai de cligner des paupières. Pas question que je le laisse me voir pleurer. Je vis ses traits se crisper de douleur à cause de ce que je venais de lui dire, et sa tête s'avachit.

Ce n'était pas la première fois que nous nous querellions. En fait, toutes nos petites réunions finissaient ainsi. Nous nous faisions mutuellement du mal, parce que c'était moins douloureux que de rester ensemble. Le problème, c'est que nous ne voyions même pas la solution qui se trouvait sous nos yeux.

Carter se leva, retira ses vêtements du sèche-linge où je les avais enfournés auparavant, s'habilla et partit sans un mot. Et je ne pus que rester là, sans bouger, et le regarder m'abandonner de nouveau.

J'eus beau surveiller les champs, je ne le vis plus jamais évanoui, ivre mort dans les champs cet hiver. Ni le suivant.

CHAPITRE 9

CARTER, 19 ANS

e décrochai le téléphone, raccrochai et continuai à faire les cent pas jusqu'à la fenêtre. Les marguerites que Joelle avait plantées devant ma maison s'étaient ouvertes au soleil ce matin. Je souris : chaque fois que ces fleurs s'épanouissaient un tant soit peu, mon humeur s'améliorait, je l'avais remarqué. Jo me faisait du bien. Ma meilleure amie me transformait en individu respectable. Comment ce miracle s'était-il produit ? Peut-être le devais-je à la façon qu'avait la vie de m'apporter du bonheur par son intermédiaire ?

Jo et Nick. Le couple parfait. Je soupirai.

J'avais cru autrefois pouvoir connaître ce genre d'amour avec Daisy, mais elle était morte. Et à une époque, j'avais voulu mourir moi aussi. Parfois, je le souhaitais encore, mais la joie qui m'entourait avait quelque chose de contagieux. Une pensée effrayante me venait : j'avais vraiment envie de partager tout ça avec quelqu'un, et le premier nom qui me traversait l'esprit était celui de Molly. Je ne l'avais pas vue depuis près d'un an, quand elle était rentrée à Hope Bay pour le mariage des parents de Jo et Nick. Je me souvenais de l'avoir complimentée sur son derrière, mais déclarer qu'elle avait

« de jolies miches » ne s'était pas révélé aussi diplomatique que je l'avais espéré.

Je consultai de nouveau mon téléphone, cherchant son numéro dans ma liste de contacts. Pourquoi avais-je tant de mal ? Et si elle refusait ? Je ne pouvais pas prendre le risque. Pariant sur le fait que Molly ne pourrait pas me rejeter si je lui parlais face à face, je courus à la maison de mes parents pour emprunter la voiture de Max. Mon père m'avait donné un vieux camion que je retapais depuis un an. Je l'avais entièrement démonté, et je le remontais désormais pièce par pièce. Ce vieil engin pouvait encore rouler au moins cent cinquante mille bornes sans broncher, mais la moitié du moteur reposait encore sur le sol de mon garage, et je n'avais pas le temps de m'en occuper tout de suite.

Une demi-heure plus tard, je me garai devant l'appartement de Molly. Comme elle refusait que quiconque sache où elle habitait, je me sentis un peu malsain une fois devant la sonnette. Jo m'avait confié l'adresse en toute discrétion, mais maintenant que je me retrouvais sur place, je commençais à me demander si c'était une bonne idée. Adossé au mur, j'avisais de nouveau le bouton de sonnette quand j'entendis mon nom.

— Carter ?

Je sursautai et découvris Molly qui me souriait depuis le trottoir. Dans sa blouse d'infirmière grise, elle était splendide.

— Qu'est-ce que tu fais là ? demanda-t-elle.

— En fait, je venais te voir.

— Mais comment est-ce que tu as su où… C'est Jo, hein ? fit-elle en se rembrunissant.

— Oui, en effet. Mais je te promets de n'en parler à personne, jamais.

— Ça va. Je te fais confiance. Il s'est passé quelque chose à la maison ? Tes parents vont bien ? Oh mon Dieu, c'est Jo ?

— Non, non. Tout va bien. Je suis venu pour des… raisons personnelles.

— Oh. Je peux t'aider ?

— Oui, certainement.

Un sourire incurva ses lèvres et ce fut à cet instant que je compris que j'avais bien fait de venir. Molly était plus belle que jamais. En fait, c'était la femme la plus raffinée que j'aie jamais vue. Elle patienta en me regardant et en inclinant la tête de côté, curieuse, puis se mit à glousser.

— Eh bien, tu vas m'en parler ou il faut que je devine ?

Oh oui, c'est vrai !

— Voilà : je me demandais si tu accepterais de dîner avec moi ce soir.

— Ce soir ?

— Oui, euh, je comprendrais si ça tombe mal…

— Eh bien ça tombe mal.

Merde.

— J'ai des engagements, à l'hôpital.

— Ils te font travailler pendant tes études ?

— En fait, je me suis portée volontaire.

Ce qui ne m'étonnait pas de sa part. Et elle se débrouillait sans doute très bien, par-dessus le marché.

— Mais maintenant, je suis libre, dit-elle en souriant, me donnant l'impression que le soleil se mettait à briller plus fort. Si ça ne t'ennuie pas de déjeuner plutôt que de dîner, bien sûr.

Quoi ? Elle était vraiment prête à sortir avec moi ?

— Pas du tout. J'ai garé ma voiture près d'ici.

— Tu as une voiture ? demanda-t-elle tandis que je me dirigeais vers le véhicule.

Molly s'approcha et resta tout près de moi. Je me rappelai brièvement cette époque où nous étions encore jeunes et insouciants. Où nous nous tenions la main en sautant dans les flaques quand il pleuvait comme vache qui pisse.

— C'est celle de Maxwell.

C'est à peine si mon frère ne m'avait pas fait signer de mon sang un contrat stipulant qu'au moindre accroc à la carrosserie, il avait le droit de me tuer.

— Elle roule plutôt bien. Il m'a dit qu'il me la prêtait jusqu'à ce que je retape le vieux camion de mon père.

— Eh bien, on dirait que tu es un vrai adulte !

Je m'arrêtai pour lui adresser un regard de côté.

— Tu te fiches de moi ?

— Pas du tout. Je m'étonne de voir à quel point tu as changé depuis la dernière fois où je t'ai vu.

— Pas tant que ça, tout de même.

Je mentais, bien sûr. J'avais fini ma formation de pompier, je vivais désormais seul et je gagnais ma vie en réparant des voitures. Plus qu'à m'occuper de l'aspect relationnel et je pourrais dire que tout se goupillait parfaitement.

— On m'a dit que tu étais devenu propriétaire, ajouta-t-elle.

— Oui, j'ai acheté la vieille maison de M. Grafton.

— Wow, et ça ne te fiche pas la trouille, de vivre là-bas ?

— Nan ! répondis-je avec un petit geste, en me rappelant que la maison hantée du vieil homme était la mieux décorée pour Halloween. Il y a des monstres bien pires à craindre que de simples fantômes.

Elle ouvrit de grands yeux et me considéra d'un air entendu. C'était comme si elle me comprenait entièrement. Puis elle sourit de nouveau, et j'oubliai ce que j'étais en train de dire.

— Alors, où on va ? demanda-t-elle.

— Tu aimes les fish and chips ?

— Tu es vraiment mon ami depuis si longtemps pour me poser une question pareille ?

— Va pour les fish and chips, alors, répondis-je comme si j'ignorais qu'il s'agissait de son plat favori.

Je lui ouvris la porte de la voiture avant de faire le tour et de m'y installer. Lorsque je mis le contact, le moteur toussa avant de ronronner.

— Max a du mal avec son moteur. Il n'a pas vraiment de chance avec les voitures. Toutes celles qu'il achète finissent par rendre l'âme.

En tournant à droite, j'entendis Molly glousser.

— Qu'est-ce qui t'amuse à ce point ? demandai-je.

— Tu es nerveux.

— Non !

— Dommage qu'il ne pleuve pas, soupira-t-elle. On aurait pu sauter dans les flaques.

Je pris note de consulter la météo la prochaine fois que nous sortirions ensemble, et de m'assurer qu'il pleuve. Au bout de quinze minutes de trajet, nous arrivâmes à un petit restaurant douillet en bordure de la ville. Je me garai, sortis et fis le tour pour aller ouvrir la portière à Molly. Si elle était nerveuse, elle ne le montrait pas.

Nous nous installâmes à une table, et Molly ne perdit pas de temps : elle commanda aussitôt des fish and chips. J'optai pour une assiette de chicken wings avec un soda, la même boisson qu'elle.

— Alors, tu es vraiment venu jusqu'ici simplement pour m'inviter à dîner ? demanda-t-elle avant que la serveuse ne parte.

— Eh oui.

— Merci, Carter. C'est très gentil de ta part.

— J'avais une bonne raison de t'inviter à sortir, Molly. En fait, j'en avais deux. Tout d'abord, je veux te présenter des excuses. De vraies excuses, je veux dire. Tu t'es montrée tellement douce et attentionnée envers moi quand j'avais… besoin d'aide. Je serais mort de froid dans ce champ, tu sais… Tu m'as sauvé la vie, et je suis vraiment navré de m'être montré si grossier et indélicat.

J'entendais ma voix trembler.

Merde !

Présenter des excuses n'était pas vraiment mon fort. Les mots avaient du mal à sortir et chaque fois que j'essayais de parler, mes cordes vocales se tendaient comme des cordes à piano. Inviter une fille à sortir ne m'avait pas posé tant de problème, avec Daisy. Cela dit, Daisy était… différente. Et techniquement, je ne lui avais jamais vraiment proposé de sortir avec moi, nous nous étions retrouvés tous les deux, tout simplement. Molly ouvrit les yeux et la bouche en grand, stupéfaite.

— Je n'aurais jamais cru entendre Carter Clark demander pardon un jour !

Un peu gêné, je haussai les épaules.

— Tu as parlé de deux raisons. Alors, la seconde ?

— Eh bien, c'est un peu plus difficile à expliquer. Je pensais à toi et moi. Enfin, à nous…

— Attends. Tu sais que ça…

Elle nous désigna l'un et l'autre.

— … ça ne peut pas dépasser le stade de l'amitié, pas vrai ?

— Ah bon ?

En entendant l'espoir s'éteindre dans ma propre voix, je remuai sur ma chaise. Qu'est-ce que j'espérais, après avoir m'être comporté comme un abruti vis-à-vis de Molly ? Mais s'il y avait bien une chose qu'elle m'avait enseignée, c'est qu'il ne fallait jamais renoncer. Et je n'étais pas près de le faire tant qu'elle n'aurait pas changé d'avis. Il me suffisait d'adopter une approche différente.

— Oh, Carter, je suis navrée. Je ne voulais pas te blesser.

Elle me regardait comme un pathétique loser. Avec des yeux pleins de pitié.

Me blesser ?

L'enthousiasme que j'avais ressenti en conduisant jusqu'en ville s'était évaporé. Il avait disparu au moment où elle m'avait collé l'étiquette « ami », que j'avais pourtant prévu de transformer en « un peu plus qu'un ami ».

— Ça ne fait rien, dis-je avec un petit geste. Rester amis, c'est déjà pas mal, non ? Et quand tu reviendras à Hope Bay, on le sera toujours.

— Je ne reviendrai pas.

Je me figeai en entendant la détermination d'acier de sa voix. Mon plan s'effondrait, et en beauté…

— Mais c'est ta ville d'origine.

Elle secoua la tête.

— J'aime bien vivre ici. On y est… plus en paix.

— Il n'y a pas plus paisible que Hope Bay, insistai-je, avant de remarquer qu'elle levait les yeux au ciel.

Je ne l'avais jamais vu se comporter de la sorte auparavant, ce qui me surprit un peu. La vie citadine l'avait-elle changée à ce point ?

— Ça dépend pour qui, déclara-t-elle.

Bien sûr.

La réalité me frappa à cet instant. Il s'était écoulé tant d'années que j'en avais presque oublié combien Molly détestait son père. Mais je ne voulais pas évoquer cet homme. Pas question que je me concentre sur quoi que ce soit d'autre que nous deux, ce jour-là.

— Je suis désolé que tu ne trouves pas les mêmes qualités que moi à Hope Bay, répondis-je.

— Je ne vois simplement pas d'avenir à Hope Bay.

— Mais on a besoin de gens intelligents comme toi. Enfin, tu te destines à la médecine, pas vrai ? Tu pourrais aider le docteur Burke à la clinique ? Il n'est plus tout jeune, tu sais ?

— Je sais bien, mais Hope Bay… ce n'est pas pour moi. Et ça ne le sera pas avant longtemps.

— Qu'est-ce que tu entends par là ?

Pouvais-je caresser l'espoir qu'elle change d'avis un jour ?

La serveuse nous apporta nos commandes et nous sirotâmes tous deux notre soda pendant que j'attendais sa réponse.

— On ne pourrait pas parler d'autre chose ? demanda-t-elle finalement.

Bien. Cette conversation ne nous réussissait pas vraiment, de toute façon. Je pouvais même *faire* autre chose. Je jetai un coup d'œil à la salle, un peu plus nerveux qu'au début du déjeuner, et j'avisai un taureau mécanique au fond du restaurant.

— Ils ont un taureau de rodéo ! Il faut qu'on l'essaie, Molly.

— Pas question. Je ne veux pas me ridiculiser, mais fais-toi plaisir si ça te chante.

Je pris son doux sourire comme une invitation à démontrer mes talents de cow-boy amateur. Je n'avais jamais chevauché de taureau, à vrai dire, mais je vivais près d'une ferme et je considérais Betsy la vache comme une amie. Ç'avait été le déclic entre nous. Même si je préférais garder pour moi le fait qu'il m'arrivait de parler à cette amie tachetée, plus souvent qu'à mes congénères, à vrai dire.

Je me léchai les doigts, me levai et tendis ma main à Molly. Elle me regarda, la prit et nous nous dirigeâmes en riant vers le coin de la salle où m'attendait à mon insu un destin funeste.

— Je n'arrive pas à croire que tu vas faire ça.

Allez savoir pourquoi, je me figurais que j'avais le rodéo dans le sang. Ça ne pouvait pas être bien plus sorcier que de cuisiner un gâteau, non ? Jo avait essayé de me montrer quelques fois, mais sans succès : il fallait passer par tant d'étapes et d'instructions que je savais que je me planterais avant même de lâcher le premier œuf par terre.

Mais le rodéo ? Les doigts dans le nez. On monte. On s'accroche. Et avec un peu d'huile de coudes – ou de hanches, plutôt –, il n'y a plus qu'à se fier à la divine providence.

— Tu veux parier sur le temps que je tiendrai ?

Je me sentais tellement sûr de moi que rien ne me faisait peur.

— Pas plus d'une minute, dit-elle en souriant, les bras croisés sur sa poitrine.

Une minute ? Ha ! Je pouvais y arriver les yeux fermés.

— Ô femme de peu de foi !

Je consultai les instructions affichées sur le flanc de l'appareil en regrettant de ne pas avoir acquis une paire de jambières de cuir avant de venir. Et aussi un chapeau de cow-boy et un lasso, tant que j'y étais. J'aurais pu attraper Molly et l'amener vers le clou du spectacle : moi.

Une petite foule s'était rassemblée autour du périmètre rembourré. Un type se mit à siffler et une femme applaudit. J'entendis quelqu'un prononcer le mot *danger* et le bon sens me remua brièvement les tripes. Je l'ignorai bien sûr immédiatement.

— Si je tiens plus d'une minute, tu seras forcée d'accepter un vrai rencard avec moi. Et je parle d'un dîner, d'un ciné et de tout ce que ça implique, de nos jours !

Elle s'esclaffa, mais s'arrêta net. Elle réfléchit un moment, examinant le taureau mécanique et les badauds un peu inquiets…

— Marché conclu !

Je vais sortir avec Molly !

Elle secoua la tête comme si elle lisait sur mon visage l'étendue de mon orgueil, ce qui ne devait pas être bien difficile.

— Attends, et si c'est moi qui gagne ? demanda-t-elle.

— Ça n'arrivera pas. Je vais épuiser ce taureau comme personne avant moi.

Ce qui ne sonnait pas aussi bien à voix haute que dans ma tête… J'enfourchai la machine et je m'agrippai à la poigné de devant, puis je me calai sur le dos glissant de la bête mécanique.

— Yee-ha ! criai-je avant d'appuyer sur le bouton marche-arrêt.

Un minuteur se mit à tourner dans ma tête tandis que je commençais à compter les soixante secondes les plus douloureusement pénibles de ma vie. L'appareil démarra doucement, mais prit un élan inattendu, manquant de me faire perdre l'équilibre. Au bout de dix secondes, j'oscillais à de gauche à droite, puis dans l'autre sens, forçant en diagonale et suivant le mouvement lorsque l'engin partait dans l'autre sens. La sueur me dégoulinait sur le front. Je serrai la poignée de toutes mes forces tandis que le taureau me secouait comme un prunier.

Au bout de quinze secondes, je rêvais déjà que la torture s'achève. Les secousses me remuaient les tripes et mettaient les membranes de mon cerveau à rude épreuve lorsque l'élan me projetait la tête en avant et que le reste de mon corps ne suivait qu'avec un temps de retard. Mais pas question de lâcher prise.

La plus longue. Minute. De ma vie.

Au bout de trente secondes, je faillis renoncer, mais j'aperçus Molly et ses ravissants yeux de biche, et je m'agrippai de plus belle, mâchoires serrées, bien déterminé à tenir encore plus longtemps que prévu. Pendant que je comptais les dernières secondes dans ma tête, mon corps s'avachit. Quelqu'un avait dû arrêter l'engin avant la fin, ce dont je lui en étais reconnaissant… mais je vis Molly qui me regardait d'en haut et je sentis que je reposais sur un sol molletonné… Molly tourbillonnait. Son sourire s'estompait et ses lèvres remuaient, mais je ne l'entendais pas. Les acclamations et le ronronnement de la machine me vrombissaient encore aux oreilles, même si le taureau s'était immobilisé à ma droite.

— Ça va ? demanda Molly en s'agenouillant près de moi.

— Ouais, je crois… J'aurais pu continuer. Il fallait que je gagne ce pari.

— Carter, tu as failli t'évanouir. Tu aurais pu te blesser.

— Non, j'aurais pu… j'aurais pu… Oh bon sang, écarte-toi !

Mais elle ne le fit pas. Je roulai sur le côté, mon estomac se serra et je vomis sur ses genoux. J'aurais dû respecter l'instruction « Ne pas manger avant de monter sur la machine », parce que je venais de régurgiter mes chicken wings à moitié digérées sur ses jambes.

— Pardon, vraiment, dis-je en essuyant la salive mêlée de vomi de ma manche.

— Ce n'est rien, Carter. Comment tu te sens ?

— Ben… j'ai le vertige ?

Elle gloussa. Même avec mes sucs gastriques sur les genoux, c'était la plus belle femme que j'aie jamais vue.

— Alors, j'ai gagné ou pas ?

— Gagné ?

— Oui, un rencard avec toi.

— Oui, tu as gagné, répondit-elle en souriant.

Ce ne fut qu'un peu plus tard que j'aperçus le compteur au mur au-dessus du bar. Il affichait les trente-huit maigres secondes que j'avais tenues sur le taureau mécanique.

Une des serveuses avait une paire de leggings de rechange qu'elle prêta généreusement à Molly. Après m'être débarbouillé moi aussi dans les toilettes, je sortis pour la rejoindre.

— Je suis vraiment désolé, Molly, je t'assure. Ce n'est pas vraiment ce que j'avais prévu pour aujourd'hui.

— Carter, assieds-toi un instant, dit-elle en faisant pivoter un des tabourets de bar, où je m'affalai.

Le ton confus de sa voix ne me laissait guère d'espoir concernant de futurs rencards.

— D'accord.

— Qu'est-ce que tu avais prévu, au juste ?

— En toute franchise ?

— Je crois que nous sommes amis depuis assez longtemps pour ça, oui.

— Je voulais que ce dîner soit un rendez-vous officiel.

— C'est bien ce que je pensais. Mais tu vois, les rendez-vous, ce n'est pas pour moi.

— Avec personne ?

— Pas en ce moment, et pas dans un avenir proche.

— Ça vient de moi ?

— Non, pas du tout.

D'une certaine façon, j'arrivais à la croire.

— Je ne me sens pas prête pour ça. Et je ne sais pas si je le serai un jour, mais je veux que nous restions amis. En fait, j'en ai besoin plus que tout.

Je pouvais toujours me contenter de cette amitié le jour et rêver que j'ôtais sa blouse pour dévoiler son corps splendide la nuit.

— Amis et plus si affinités ?

— À ton avis ?

— Bon, j'imagine que non…

— Et cette amitié n'a pas de date de péremption. Je suis sérieuse, tu sais ?

Je pouvais m'en satisfaire. Et je me sentais tout à fait capable d'attendre que Molly soit prête, même s'il fallait patienter des années. Je la reconduisis chez elle cet après-midi, avec au creux de la poitrine une douce sensation que je n'avais plus éprouvée depuis bien longtemps. Même si je venais de recevoir la carte « restons amis », je ne l'aurais échangée contre aucune autre du paquet.

CHAPITRE 10

MOLLY, 20 ANS

Carter fut le premier à frapper à ma porte depuis que j'étais arrivée à Hope Bay. Je me jetai à son cou et je l'étreignis avant même de dire quoi que ce soit.

— Salut, toi, dis-je. Ça faisait un bail !

— Trop longtemps si tu veux mon avis. Quand es-tu rentrée ?

— Il y a trois jours. Ma mère m'a convaincue de venir assister le docteur Burke pendant l'été. Ça me fera une bonne expérience, en plus.

Je ne mentionnai pas l'absence de Père, parti travailler autre part pendant l'été, dont elle m'avait également fait part. Sinon, je n'aurais jamais remis les pieds à Hope Bay ou dans les environs.

— Je suis ravi que tu sois là. Prête ? demanda-t-il.

C'était le premier anniversaire de Mackenzie ce jour-là, et j'avais hâte de voir ma filleule. Je saisis mon sac à main et me dirigeai vers la porte. La maison de Jo ne se trouvait qu'à dix minutes du cabinet, et on pouvait donc s'y rendre à pied en peu de temps, comme à peu près à n'importe quel endroit de Hope Bay.

Nous n'étions qu'en mai, mais l'été prenait un peu d'avance. Les fleurs s'épanouissaient, les oiseaux gazouillaient. Je ressentais une sérénité et une chaleur auxquelles je n'étais plus habituée depuis longtemps.

— Je n'arrive toujours pas à croire que c'est toi qui l'as mise au monde, commentai-je.

Je n'étais pas sûre que Carter comprenne combien il était formidable. Un an auparavant, il avait aidé Jo à accoucher sous l'arbre de la ferme de Mme Gladstone, et d'après ce que le docteur Burke m'avait rapporté, il s'était bien débrouillé.

— Moi non plus. Une naissance rapide et sanglante.

— Et tu ne t'es pas évanoui ? Je devrais peut-être faire appel à toi si une patiente perd les eaux au cabinet, dis-je, mi-hilare mi-sérieuse. Tu travailles à la caserne de pompiers, maintenant ?

— Non, j'ai encore le temps de m'y mettre. Ça faisait partie des rêves de Daisy, et je ne me sens pas encore prêt à passer cette étape. Bientôt.

Carter portait le deuil de Daisy depuis deux ans maintenant. Et même s'il semblait aller beaucoup mieux, je savais qu'il lui faudrait du temps pour tourner la page après avoir perdu son premier amour et son enfant à naître.

— Je sais que tu y arriveras, Carter. Tu es l'un des hommes les plus solides que je connaisse.

Il rougit et m'adressa un sourire de guingois, plutôt sexy.

— Merci, Molly.

— Qu'est-ce que tu lui apportes ? demandai-je en remarquant qu'il tenait un immense paquet-cadeau.

— Une vache. Pas une vraie, hein ! fit-il en gloussant nerveusement.

De toute évidence, il en pinçait encore pour moi, ce qui ne me dérangeait pas tant que nous pouvions rester amis.

— Comme elle est née le même jour que Tank… Mac adore les vaches. J'aimerais l'emmener se promener aujourd'hui, si Jo veut bien me la confier.

— Ha ! Il faudra d'abord que tu la saoules ! Je ne crois pas qu'elle acceptera de lâcher ce bébé.

— Tout de même ! Je suis oncle maintenant. J'ai des droits. Et puis, Mac m'adore.

Ce qui ne m'étonnait pas. D'après ce qu'on m'avait raconté, la petite craquait pour Carter, comme n'importe quelle autre gamine l'aurait fait à sa place. J'avais déjà vu beaucoup de bébés à l'hôpital, mais la fille de Jo était vraiment la plus adorable. Je me demandais souvent si l'amitié qui liait Jo et Carter ne perturbait pas la petite, et si elle considérait ce dernier comme son père. Nick, le petit ami de Jo, s'était engagé dans la Navy et avait été envoyé en mission secrète : elle n'avait pas réussi à avoir de ses nouvelles depuis le jour où elle avait découvert qu'elle était enceinte. Il était censé revenir lors des deux prochains mois.

À huit cents mètres de la maison de Jo, nous croisâmes le père de cette dernière, qui se promenait avec une poussette.

— C'est ma nièce, là-dedans ? fit Carter en se précipitant pour voir Mac et en manquant de tomber.

— En effet. Elle dort encore. Jo se repose à l'intérieur.

— On peut l'emmener se promener ? demandai-je. Ça permettra à Jo de se reposer un peu plus longtemps.

— Bien sûr. Il y a de quoi grignoter dans son sac de couches.

— Attendez… des couches ?

En voyant l'expression nerveuse de Carter, je ne pus m'empêcher de sourire. Il ne se rendait même pas compte qu'il était adorable, terrorisé par de minuscules couches.

— Tu l'as mise au monde et tu as peur de changer une couche ? m'esclaffai-je. Ne vous inquiétez pas, M. Kagen, je m'en occuperai en cas de besoin.

— Bien, parce que moi et le caca de bébé, on ne fait pas très bon ménage. Ça me retourne l'estomac, et je t'ai déjà assez vomi dessus, Molly.

M. Kagen haussa un sourcil perplexe, mais il agita finalement la main comme pour ignorer le commentaire de Carter.

— Je préfère ne pas savoir, finalement. Pourquoi ne nous

retrouverions-nous pas à la ferme de Mme Gladstone ? J'ai quelques courses à faire avant de rentrer à la maison.

— Parfait. Mac pourra dire bonjour à Tank.

J'avais entendu dire que Carter s'entendait à merveille avec le taureau né le même jour que Mackenzie. Apparemment, Tank comptait parmi les animaux que la petite appréciait le plus de caresser.

Nous marchâmes côte à côte pendant que Mackenzie continuait à dormir, c'est-à-dire jusqu'à ce que nous arrivions devant le portail de Mme Gladstone et qu'un meuglement sonore émis par Tank ne nous y accueille. Mackenzie bondit dans sa poussette, les yeux grands ouverts.

— Tank ! s'exclama-t-elle.

C'était un des rares mots qu'elle connaissait.

— Tank, Tank, Tank ! fit-elle en tendant le bras et en regardant tour à tour Carter et le taureau.

Elle m'adressa une expression étonnée, en se demandant sans doute qui j'étais. Elle m'avait déjà vue, mais j'imaginai qu'un bébé de trois mois ne se rappelait pas vraiment son baptême.

— Oui, c'est Tank. Tu veux le caresser ? demanda Carter tandis qu'elle tendait les bras pour qu'on la prenne.

Bon sang, y avait-il quelque chose de plus sexy qu'un homme séduisant avec un tout petit dans les bras ? Mon cœur battait si fort que j'arrivais à peine à profiter du spectacle. Un pincement me surprit, au creux du ventre, comme si mes ovaires tenaient à me rappeler quelque chose.

— D'abord, un bisou pour tonton Carter ! fit-il en désignant sa joue où la petite appliqua aussitôt sa bouche en cœur.

Je craque...

Carter ouvrit le portail et nous pénétrâmes dans le champ. Tank s'était déjà rapproché pour fouiller la poche de Carter pendant que Betsy, sa maman, continuait à brouter en déambulant paresseusement. Carter tira un cupcake de sa poche.

— Tu veux le lui donner ? demanda-t-il à Mackenzie.

La petite prit le gâteau dans sa main minuscule et le brandit à hauteur du museau de Tank. Celui-ci l'arracha d'un coup de langue, l'enfourna et l'avala d'une bouchée. La petite rit aux éclats. Betsy pressa le pas, comme si elle sentait que Carter en avait un autre dans sa poche. Il le sortit et le lui tendit.

— Elle m'adore, déclara-t-il, tout fier.

— Tank ! s'exclama Mackenzie.

— Oui, Tank t'adore aussi.

— Tank !

— Je crois qu'elle ne s'arrêtera pas tant qu'elle ne sera pas montée dessus. Qu'est-ce que tu en dis, Mac ? Tu veux monter sur Tank ?

— Tank !

— Carter, je ne sais pas si Jo serait d'accord. Ce n'est pas prudent.

J'étais presque sûre que Tank, en tant que taureau, n'était pas le genre d'animal que n'importe qui pouvait gérer.

— Eh bien moi je suis d'accord. Je ne laisserais rien de mal arriver à Mac.

Il se posta près du jeune taureau et lui tapota le dos en tenant toujours Mackenzie.

— Maintenant, tout doux, mon garçon. Sinon, il y aura du veau au dîner !

— C'est cruel, m'esclaffai-je.

Carter se retourna pour chuchoter :

— Surtout, ne lui dis pas que ces menaces, c'est du pipeau.

J'avais mal aux côtes à force de rire.

Carter maintint Mackenzie, qui gloussait elle aussi, et s'approcha de Tank. Il était tellement doué avec elle ! Ses biceps gonflèrent tandis qu'il assurait sa prise sur la petite et la posait sur l'animal. En progressant dans le champ, je dus me concentrer pour éviter de marcher dans une bouse. Carter avait du mal lui aussi, et manqua de peu la catastrophe à plusieurs reprises.

— Alors, est-ce que j'aurai enfin droit à mon dîner cet été ? demanda-t-il.

— Ça dépend. On dirait que j'ai de la concurrence, ici.

— C'est vrai que tu es magnifique, Molly, mais ouais, je crois que cette petite a mis le grappin sur mon cœur.

— Tu seras un père formidable un jour, Carter.

Il s'arrêta un instant, et Tank aussi. Son sourire s'estompa et je me couvris la bouche.

— Pardon, murmurai-je.

Je n'étais pas sûre qu'il m'ait entendue. Quelle idiote j'étais, de lui rappeler qu'il aurait déjà pu avoir un petit garçon ou une petite fille, qui aurait sans doute été aussi adorable que Mackenzie !

— Ce n'est rien, Molly. Vraiment. Je n'oublie pas, mais ce n'est pas toujours facile de se rendre compte de ce qu'on a raté.

— Je ne veux pas que tu sois triste.

— Je ne suis pas triste.

— Carter…

— Vraiment. Je t'assure.

Je me rapprochai pour qu'il m'entende mieux.

— Dans les moments difficiles, je me concentre sur ce que j'ai devant moi. Je ne peux pas changer le passé, mais le futur, je peux carrément le contrôler. Regarde ce qui se trouve devant toi, Carter, pas ce qui est derrière.

Il prit une profonde inspiration avant de souffler d'une voix que je trouvai particulièrement sexy :

— C'est ce que je fais.

Les jambes en coton, j'eus l'impression que mon cœur tentait de vérifier combien de battements il parvenait à placer en une minute chrono. Je n'arrivais pas à me concentrer sur Tank, sur cette ferme, sur le fait que j'étais revenue dans cette ville où je m'étais juré de ne pas retourner, parce que la tête me tournait. Et si j'arrivais à le guérir ? Si un jour je parvenais à rassembler assez de courage pour lui prendre la main et s'il devenait mon homme ? Si *lui* pouvait me guérir ?

— On dirait que ma petite-fille s'amuse ! Bien joué, Tank ! fit M. Kagen par-dessus la clôture, m'arrachant à mes pensées.

En entendant son nom, Tank pressa l'allure, mais Carter ne s'y attendait pas. Avant que je puisse réagir, il courait à côté du taureau et glissa sur une des bouses de vache, attrapant Mackenzie qui venait de tomber du dos de la bête. Je vis au ralenti la petite qui s'accrochait au cou de Carter, et ce dernier qui s'arrangeait pour amortir sa chute alors qu'il tombait lui-même. Elle se nicha dans ses bras et fronça le nez en sentant l'odeur de la bouse qui recouvrait désormais le jean de Carter de haut en bas.

— Oh Tank ! Qu'est-ce que tu as fait ! se lamenta-t-il.

Je fus prise de fou rire en m'approchant d'eux. Mackenzie tendit les mains vers moi, l'air révulsée par la puanteur. Je ne pouvais pas lui en vouloir : j'avais du mal à respirer moi-même.

— On t'attendra près de la poussette, Carter.

Je transportai ma filleule auprès de M. Kagen, dont l'inquiétude initiale se dissipa dès que la petite se retrouva en sécurité dans sa poussette. Carter nous rejoignit finalement, accompagné de relents difficilement supportables.

— Désolé. Je crois que j'ai fichu la trouille à Tank, dit M. Kagen.

— Je dois avoir un problème avec les fluides corporels, maugréa Carter. Il faut que je me change avant de rendre visite à Jo.

— Elle dort encore, répondit M. Kagen. Et je suis sûr qu'elle ne te laisserait pas approcher de la maison dans ce jean. Désolé, Carter.

— Ce n'est rien. On reviendra dans une heure ?

— Parfait.

M. Kagen se mit à siffler une chanson et repartit avec la poussette.

— Ça ne t'ennuie pas qu'on repasse chez moi ? me demanda Carter. C'est au coin de la rue.

— Non, bien sûr.

Quand nous arrivâmes devant la maison de Carter, je découvris les marguerites qui en décoraient le parterre de devant et je sentis mon cœur se serrer.

— C'est Jo qui les a plantées, expliqua Carter. C'est une bonne amie.

— Elles sont magnifiques.

Je le suivis à l'intérieur de l'adorable maison dotée d'un porche.

— Ne fais pas attention aux meubles. Ils étaient là à mon arrivée, et comme je ne travaille pas encore à temps complet, c'était une bonne affaire.

— Et ça faisait longtemps que ça te branchait, de vivre dans les années soixante-dix ? le taquinai-je.

— Le disco, c'est la vie, bébé !

Je me figeai en me rappelant que Père me désignait par ce surnom autrefois.

— Qu'est-ce que j'ai dit ?

— Rien, fis-je en secouant la tête. Tu vas te changer ou tu préfères continuer à répandre ce doux fumet ?

— Un jour, ils finiront bien par avoir pitié de moi, là-haut, dit-il en désignant le plafond et en pensant sans doute au ciel. J'en ai pour une seconde.

Pendant que Carter montait se changer à l'étage, je piétinai un instant sur place avant de m'aventurer dans la cuisine, en direction du jardin, dans l'espoir de trouver des toilettes. Revenant bredouille, je posai le pied sur la première marche de l'escalier et je criai :

— Il n'y a pas de toilettes en bas ?

— Non, mais il y en a deux ici. N'hésite pas à utiliser l'autre.

— D'accord.

Sentant que ma vessie avait atteint sa limite, je montai rapidement les marches et j'ouvris la première porte.

La chambre.

Je passai donc à la suivante, de l'autre côté du couloir, et je m'arrêtai, bouche bée. Carter était là, nu dans la baignoire et dressé dans toute sa splendeur, occupé à se sécher les cheveux. De l'eau lui ruisselait sur le torse, dégoulinant sur les collines de ses muscles, dans la vallée entre ses abdominaux, le long de son pelvis… et plus bas. *Oh là là !*

— Tu sais que ce n'est pas très poli de fixer les gens comme ça ?

Je sursautai en l'entendant.

Oh mon Dieu !

Ce n'était pas possible. Carter, mon ami, venait de me surprendre à baver devant son corps sculptural.

La honte !

— Pardon ! J'ai cru que tu étais au bout du couloir. Désolée. Je m'en vais…

Je me retournai.

— Attends… Les autres toilettes sont cassées.

Il tenait sa serviette de manière à couvrir en partie ses abdos et sa nudité. Mais ses jambes musclées restaient visibles… et carrément sexy.

— Carter, il faut que je fasse pipi.

— Mais vas-y, Molly. Je ne t'en empêche pas.

— Eh bien retourne-toi, au moins.

Avec un sourire suffisant, il finit par s'exécuter en me donnant un long aperçu de ses fesses fermes avant de s'enrouler la serviette autour de la taille. Décidément, on ne pouvait pas qualifier Carter de timide. Mais d'alléchant, si. Ah ça oui !

En temps normal, je me serais inquiétée de devoir faire pipi devant mon ami, mais ce jour-là, je n'avais pas le choix. C'était ça ou inonder ma culotte. Je m'essuyai hâtivement et je me lavai les mains avant de sortir de la salle de bain en manquant trébucher.

Un ami. C'est un ami et tu n'es pas prête, me répétai-je mentalement. *Et lui non plus.*

Ces marguerites devant la maison lui rappelaient certainement Daisy.

L'école.

Il fallait que je décroche mon diplôme pour devenir une femme autonome, capable de subvenir à mes propres besoins sans m'appuyer sur un homme avant de prendre le genre de décision qui risquait de changer ma vie.

Quand Carter descendit, ce fut à peine si j'osai le regarder dans les yeux. Je m'étais assise sur un accoudoir de fauteuil. Il s'approcha et s'accroupit devant moi en soupirant.

— Désolé, Molly. Je ne voulais pas te gêner.

— Non, ce n'est rien, dis-je en croisant les bras sur ma poitrine.

— Alors qu'est-ce qui t'arrive ?

— Mais rien !

— Ce n'est pas rien. Parle-moi. Je ne suis peut-être pas pudique, mais je reste ton ami.

— Carter, je sais reconnaître quand quelqu'un flirte. Si tu es vraiment mon ami, tu vas arrêter ça.

— C'est impossible, Molly.

— Pourquoi ?

— Parce que je t'apprécie. Je t'apprécie beaucoup, Molly.

— Alors je crains qu'on ne soit pas très doués pour l'amitié…

— Molly, ne…

— Je suis sérieuse. J'ai besoin de me concentrer, en ce moment. Je ne pourrai pas gérer une relation. Et je ne suis pas sûre d'y arriver un jour.

Je n'étais pas prête, et lui non plus. Il n'avait pas vu ces signes qui ne m'avaient pas échappé : les marguerites, sa façon de se comporter avec Mackenzie… Daisy et leur bébé lui manquaient. Il voulait retrouver sa vie passée, et je ne pouvais pas revenir en arrière. Impossible pour moi de me retourner pour imaginer ce qui aurait pu exister, parce que ça m'aurait rendue folle. Je me serais tailladé les poignets à nouveau, pour en extraire la vie goutte à goutte.

Il marqua un temps avant d'ajouter :

— Si je ne peux être que ton ami, alors je m'en contenterai, parce que je ne peux pas imaginer ma vie sans toi.

Nous restâmes donc simples amis pour l'été. J'étudiai pendant l'année et je revins l'été pour voir Mackenzie et travailler au cabinet du docteur Burke. Mais notre bonheur n'allait pas durer, parce que notre meilleure amie était sur le point d'avoir le cœur brisé.

CHAPITRE 11

CARTER, 20 ANS

Je fixai cette boîte noire qu'ils déposaient dans la terre, en me demandant ce qu'elle contenait. D'ordinaire, il y avait des corps dans les cercueils, mais pas dans celui-là. Pas celui de Nick, parce qu'on ne l'avait jamais retrouvé. Le fiancé de Jo et le père de Mackenzie, qui ne savait même pas qu'il était papa, avait donné sa vie pour notre liberté.

Une petite main m'ébouriffa. Je retournai Mac dans mes bras pour tapoter son petit nez.

— Comment ça va, Mac ?

Elle me sourit, répondit en baragouinant et termina par « d'accord », son nouveau mot préféré.

— Ton père était un héros, tu le sais ? Et ton oncle va s'assurer que tu ne l'oublies jamais.

Nous avions fêté le premier anniversaire de Mac une semaine auparavant seulement. Jo attendait tellement le retour de Nick, et voilà qu'à la place, elle avait reçu la visite de deux officiers de police portant un drapeau américain soigneusement plié.

— D'accord.

Jo était assise sur une chaise, totalement immobile. Elle n'avait plus de larmes à verser, et malgré le bronzage radieux qu'elle arborait la semaine passée, elle paraissait blême, catatonique ce jour-là. Jo n'avait plus dit un mot depuis qu'elle s'était évanouie dans le salon. Je ne l'avais plus vue cligner de l'œil ni respirer, même si je savais que c'était impossible.

Elle était en train de mourir à l'intérieur, et mon cœur saignait pour elle. J'aurais tellement voulu pouvoir soulager sa douleur. Quand je la regardais, la souffrance que je lisais dans ses yeux devenait la mienne. Le chagrin qui émanait de ses gestes me rappelait mon affliction après la mort de Daisy. Mais Daisy et moi n'avions pas eu la chance d'avoir un enfant.

Je comprenais ce qu'elle éprouvait. Je savais combien elle souffrait, et je ressentais son déchirement. Je savais ce que ça faisait de ne plus avoir de larmes, de se sentir vide à l'intérieur, perdu et désespéré. Elle devait avoir l'impression qu'on lui avait arraché jusqu'à la dernière fibre de son corps. Et le pire, c'était que Nick n'avait jamais su qu'il était le père de cette adorable petite fille dont la main minuscule reposait à présent sur ma joue.

Mon cœur se serra et je me tournai vers elle pour lui embrasser la paume.

— Papa, fit Mac en désignant le cercueil.

— Oui, c'est là que repose désormais ton papa, Mac. Il est au Ciel et veille sur toi. Pour toujours, murmurai-je à son oreille avant de lui embrasser délicatement la joue en réfléchissant à tout ce dont l'absence d'un père risquait de la priver.

Cette étreinte qu'ils auraient partagée le jour où elle aurait appris à faire du vélo, toutes ces fois où il l'aurait félicitée lorsqu'elle aurait réussi à frapper la balle avec une batte, les soirs devant la cheminée à compter les étoiles filantes ou à regarder les satellites traverser paresseusement le firmament... Tout ça n'arriverait jamais. Et il ne lui enseignerait jamais à faire de ricochets.

Jo et Nick aimaient regarder les étoiles et faire des ricochets.

Je pris mentalement note d'emmener Mac à la plage plus souvent et je soupirai, le cœur lourd. Nick ne serait pas là pour fêter avec Mac les moments importants de sa vie, pour repousser les garçons tatoués et pour la conduire un jour à l'autel. Cela dit, il existait des pères indignes, comme celui de Molly. Des pères qui traitaient leurs filles comme du bétail, voire pire. Je l'avais vu plusieurs fois déjà. Heureusement qu'il n'était pas là cet été. J'avais l'impression que dans le cas contraire, Molly ne serait jamais revenue à Hope Bay.

Elle était assise auprès de Jo et tenait la main de notre amie commune. À plusieurs reprises, je la surpris à me jeter un coup d'œil. Elle avait le regard triste, plein de compassion pour Jo et sa famille.

Les feuilles bruirent au-dessus de nos têtes tandis que Mac me glissa des genoux pour aller déposer une rose sur le cercueil.

Jo ne bougeait toujours pas.

Elle n'esquissa même pas un geste lorsque Mac s'agenouilla près du trou, contre toute attente, pour embrasser le couvercle de bois. Elle agita sa petite main et dit : « Au revoir, papa. »

Sa première petite phrase.

Jo demeura figée. Je n'étais pas un expert, mais je commençais à croire que mon amie n'allait pas revenir de sitôt de l'endroit où elle s'était perdue.

L'atmosphère de la veillée ne s'améliora guère. Jo resta assise comme un mannequin dans un fauteuil, les mains posées sur les accoudoirs. Je la vis se lever pour passer aux toilettes, puis elle revint et s'installa à la même place.

— Ça ne me dit rien qui vaille, fit Molly en s'approchant.

— En effet. Je ne sais pas si elle va réussir à tourner la page.

— Tu l'as bien fait.

— Non. Pas encore. Ça s'améliore au fil du temps, mais il faut réapprendre à vivre. On perd la foi, l'optimisme et toute notre force physique et émotionnelle. On passe par des phases et si on a de la chance, ça devient un peu plus facile chaque fois. Tout d'abord, on fait comme si on n'avait pas perdu la personne dont on était le plus proche. Ce n'est pas simple de revenir de ce genre d'expérience. Je n'y serais pas arrivé sans toi. Je vais faire tout ce qu'il faut pour que d'ici quelques mois, ce moment ne soit plus que du passé, et que Jo comprenne qu'il lui faut penser à l'avenir avant tout.

— Carter, je suis…

— Ça va. Enfin, elle a quand même Mac, pas vrai ? Elle s'en sortira avec notre aide.

Le bruit de mon cœur couvrit le brouhaha de la pièce. Je n'aurais jamais pensé assister aux funérailles de mon meilleur ami, ni voir mon autre meilleure amie se faire briser le cœur de façon si brutale.

— Oui, elle s'en sortira, dit Molly en passant sa main sur mon bras.

— Quoi ?

— On s'assurera que Jo survive à cette épreuve. Mais… *toi*, tu vas bien ?

Bonne question. Je ne savais pas vraiment. Je vivais une journée pénible, pas de doute. Je me sentais pris de vertige, et… tout se bousculait dans ma tête, en particulier des citations philosophiques idiotes. Je ne pouvais m'empêcher de penser que j'avais eu la chance de faire quelque chose de ma vie parce que j'avais été épargné. Pourquoi moi ? Pour aider Jo ? À cet instant, je vis Mac s'approcher de Jo et l'embrasser sur la joue. Je sus alors ce qu'il me fallait faire : devenir un homme.

C'est fini, les imbécillités.

Je n'avais pas le temps de m'apitoyer sur mon sort. J'avais déjà survécu une fois, je pouvais y arriver de nouveau, et je pouvais également aider cette petite fille et sa maman à surmonter cette épreuve.

C'était *moi* qui tenais les rênes de mon destin. *Moi* qui prenais mes décisions.

— Je crois que je suis prêt à travailler à la caserne.

— Et ça t'est venu comme ça ?

— Il faut que je fasse un meilleur usage de ma vie… comme toi, Molly. Je veux aider les gens, et éteindre des incendies est la seule chose que je sache vraiment faire.

— Il n'y a pas que ça. Tu répares des voitures, et tu es doué avec Mac et avec les bêtes. Mais évite le rodéo, si tu veux mon avis. Ce n'est vraiment pas ton fort.

Je ris, et pour la première fois depuis qu'on m'avait annoncé la mort de Nick, je sentis un peu de lumière se frayer un chemin dans ma vie.

— J'essaierai de garder ça en tête. Et toi ? Tu crois que des changements s'annoncent dans ta vie ?

— J'espère que non. Tout va bien pour le moment. Je crois que je n'ai jamais été si heureuse, alors je n'ai pas trop envie que les choses changent. Il faut que je me concentre sur mes études.

— Et un tout petit changement… dîner avec moi, par exemple ? Après tout, j'ai gagné ce pari, sur le taureau mécanique.

— Je me rappelle. Compte tenu de l'atmosphère en ville, tu ne préférerais pas quelque chose de plus calme ?

— D'accord. À quoi tu penses ?

— Et si je cuisinais pour nous deux ? Chez toi.

Quoi ? Elle demandait à venir dans ma maison ?

— Pas question ! m'exclamai-je.

— Quoi ?

— Pardon, ce n'est pas ce que je voulais dire. Si on cuisinait *tous les deux*, plutôt ?

Ses joues rosirent et ses taches de rousseur ressortirent, très sexy. Quand je la regardais, la vie avait réellement un sens.

— Demain, ça te paraît trop tôt ? demandai-je.

— Ça m'a l'air parfait. Je vais parler à Jo à présent, mais en toute franchise, je ne sais pas trop quoi dire d'autre.

— J'imagine que nous faisons tous de notre mieux. Elle s'en sortira, je le sais. Il le faut, pour Mac.

Dès que Molly fut partie, je sentis un vide au creux de ma poitrine.

À cet instant précis, mon père se rua hors de la cuisine. Son regard accrocha le mien au passage, et je me figeai. Je reconnus l'expression qu'il avait, une expression qui voulait dire « incendie », et je me dirigeai vers lui.

— Il y a un feu quelque part, murmurai-je à Molly au passage. Je vais aller les aider.

— Oh mon Dieu ! Je pars à la clinique pour voir si le docteur Burke a besoin d'aide, répondit-elle.

Je hochai la tête et je me précipitai vers la porte, suivant mon père et quelques autres pompiers. Chaque minute comptait désormais. Je sautai dans la vieille voiture de mon père et je mis le contact. Le moteur se mit à tousser comme un vieux canasson, mais il démarra malgré tout. Au loin, un panache de fumée s'élevait au-dessus de l'horizon, et une sensation oppressante me traversa.

Des flammes jaillissaient d'une vieille grange abandonnée, montant dans le ciel. Les pompiers de garde devaient être arrivés quelques instants avant nous, parce qu'ils déroulaient déjà les tuyaux des lances à incendie.

— Comment je peux vous aider ? demandai-je à mon père.

— L'herbe est sèche, derrière. Commence à creuser une tranchée. Il ne faudrait pas que le feu se répande.

Je m'emparai d'une pelle et je contournai le bâtiment en courant. Les vagues de chaleur se déversaient sur moi tandis que je me mis à creuser. Des flammes s'élevèrent du toit au moment où les pompiers commencèrent à arroser la façade. Deux hommes me rejoignirent derrière, et nous creusâmes rapidement. Je me rapprochai des bois. La sueur me ruisselait dans le dos, et quand j'atteignis l'orée de la forêt, les flammes avaient commencé à décroître. En jetant ma pelle, j'aperçus une bonbonne rouge abandonnée dans les buissons.

— Merde.

L'air empestait l'essence à cet endroit. Il ne me fallut pas longtemps pour comprendre que quelqu'un avait délibérément mis le feu à la grange. Je repérai des mouchoirs en papier dont je suivis la piste, m'aventurant dans les bois jusqu'à ce que j'entende des pas.

— Hé ! Il y a quelqu'un ? criai-je, mais seul un petit reniflement me répondit. Molly ?

Elle passa la main sous son nez. Elle avait les yeux gonflés, comme si elle venait de pleurer. Je me précipitai à ses côtés pour la prendre dans mes bras.

— Molly, qu'est-ce que tu fais là ? Je croyais que tu te rendais à la clinique. Qu'est-ce qui se passe ?

Je lui pris les mains pour les porter à mes lèvres et embrasser ses paumes afin de la rassurer, mais je m'arrêtai lorsqu'une forte odeur d'essence me monta aux narines.

Elle ouvrit la bouche, mais ne parvint pas à dire un mot.

— Mais qu'est-ce qui se passe ? demandai-je.

Elle se mordit la lèvre inférieure et demeura dans cette posture.

— C'est toi qui as fait ça ?

Elle ne dit pas un mot.

— Réponds-moi, Molly. C'est toi qui as mis le feu à cette grange ?

L'écho de ma voix me revint, cette fois.

— Je… je… Non, ce n'est pas moi, fit-elle en secouant la tête.

Je m'éloignai de quelques pas sur sa gauche, là où gisait un briquet.

— Qu'est-ce que c'est que ça ?

Je ramassai le petit objet orange et je le lui tendis. Elle haussa les épaules.

— Je ne sais pas, murmura-t-elle.

— Je ne te crois pas.

Mais Molly se contenta de renifler de nouveau. Ses yeux se remplirent de larmes, mais elle se retint de pleurer.

— Ils vont faire le rapprochement entre l'essence que tu as sur les mains et celle de la grange, ajoutai-je.

Elle cligna des yeux, et des perles roulèrent sur ses joues tandis qu'elle me jetait un regard plein de rancœur.

— D'accord. C'était moi.

— Pourquoi ?

Elle ferma les yeux un instant. Son visage se transforma, devint celui d'une autre, une femme que je n'avais encore jamais vue.

— Pour la même raison que je me taille les poignets. Je suis malade, ça te va ? Je fais des trucs débiles de temps à autre. Pourquoi tu crois que c'est si difficile pour moi de revenir en ville ? Je n'ai pas de beaux souvenirs d'enfance colorés, comme toi. Comme toi ou comme n'importe qui, du reste. Je ne peux pas m'en empêcher, quand je reviens. Les émotions me submergent, et je n'ai pas pris mes médicaments aujourd'hui, parce que je me suis préparée en vitesse pour l'enterrement de Nick.

— Des problèmes, on en a tous, Molly. Attends… quels médicaments ?

— Je me fais aider, mais ce n'est pas toujours facile.

Son regard fuyant me fit m'interroger.

— Quel genre d'aide ? demandai-je.

— À l'hôpital. Tu vas leur dire ?

Est-ce qu'elle s'attendait à ce que je me taise ? Je n'étais pas sûr de pouvoir le faire. C'était mal. Toute cette situation. Ça ne rimait à rien, de mettre le feu à une grange pour un mobile aussi stupide… Quelque chose me titillait, tout au fond de moi, me soufflant que j'aurais dû dire la vérité au capitaine Clark. Il fallait que j'en parle à quelqu'un. Mais était-ce la vérité ?

— Ne me demande pas de dissimuler ça. Tu sais bien ce que je pense des pyromanes.

— Je ne pourrai pas devenir… devenir infirmière. Je n'obtiendrai pas mon diplôme. Il faudra que je revienne habiter ici, à Hope Bay, et je ne suis pas sûre de pouvoir le supporter.

Merde !

Je ne voulais pas être celui qui priverait Molly de ses chances de devenir infirmière.

— Molly, c'est complètement absurde…

— Je t'en prie. Il faut que tu me croies. C'est moi qui ai mis le feu. Moi et personne d'autre. Mais je te promets que j'irai mieux. Je paierai les dégâts, du moment que tout ce qui s'est passé reste entre toi et moi.

Elle me déboussolait. Je ne savais pas pourquoi, mais j'avais l'impression qu'elle me disait déjà adieu. Je me sentais encore plus mal que le matin à la veillée… On me déchirait le cœur, en tout petits morceaux, avant d'y mettre le feu.

La poitrine me brûlait, j'avais mal à la tête et le chagrin qui me coulait dans les veines me donnait l'impression que mes bras et mes jambes ne m'appartenaient plus.

— Bonne chance pour tes études, Molly, dis-je en tournant les talons.

Je la laissai là.

Ça ne faisait pas partie de mes projets du matin, et ça ne m'aiderait certainement pas à devenir un homme. *Espèce de lâche.*

CHAPITRE 12

MOLLY, 20 ANS

*D*ès que Carter fut parti avec son père, je courus vers le cabinet du docteur Burke, en ville.

— Je peux aider ? demandai-je.

— Je m'en vais rejoindre les lieux de l'incendie. On ne risque pas de recevoir beaucoup de monde ici, parce qu'ils sont tous partis à la grange, mais en cas d'urgence… oui, s'il te plaît, reste ici, Molly. Tu peux m'appeler en cas de besoin.

— Je n'hésiterai pas.

Pendant que le docteur Burke se rendait à la grange, j'embrassai du regard l'accueil de son cabinet en priant pour que personne ne soit blessé. Par la fenêtre, je vis passer une foule d'habitants de la ville qui se dirigeaient vers l'incendie, à un petit kilomètre et demi à l'est. Mon frère de sept ans ouvrit la porte de la clinique.

— Molly, y a le feu ! Un incendie dans une grange !

— Je sais. Qu'est-ce que tu fais là ? Où est passée maman ?

— À l'épicerie. Elle m'a dit de venir ici me mettre à l'abri.

— Tu ne veux pas rentrer à la maison ? demandai-je.

— Non, répondit-il en secouant la tête. Maman a vu Père qui rôdait près de la ville.

96

Mon estomac se noua et mon cœur s'arrêta quelques secondes. Il n'était pas censé rentrer. Pas encore. Avais-je commis une erreur en revenant à Hope Bay ? Il ne savait pas que j'étais rentrée, pas vrai ?

— Quand ça ?

Ma voix tremblait et je sentis mes mains devenir moites.

— Elle te cherchait aussi, mais le temps qu'on arrive à la cérémonie de tata Joe, t'étais déjà partie.

Même s'ils n'étaient pas de la même famille, Nathan avait toujours appelé ma meilleure amie « tata ».

— Oh… Et elle t'a dit où elle l'avait vu ?

Il secoua la tête.

— Mais elle m'a dit de me mettre à l'abri ici, répéta-t-il.

— Oui, tu n'as rien à craindre ici. Tu veux des crayons de couleur ?

Je ne désirais pas l'effrayer davantage. Depuis que ma mère avait fichu Père à la porte, elle protégeait Nathan, et il était de mon devoir de le défendre moi aussi. Elle craignait que mon Père ne lui fasse du mal, comme à moi, même si elle ignorait à quel point il m'avait ravagée. Mais moi, je le savais, et je comptais bien tout faire pour garantir la sécurité de mon petit frère.

Nathan avait un don pour les travaux manuels, et il ouvrit de grands yeux lorsque je lui montrai le livre de coloriage que j'avais acheté sans avoir l'occasion de le lui donner. Je le conduisis dans la salle du fond, où il se mit en condition pour colorier. Il semblait tellement innocent. J'aurais pu passer toute la journée à le regarder, mais on sonna à l'entrée et je dus répondre.

Munie d'un pack d'eau et de muffins que le père de Jo avait préparés pour la veillée, Mme Gladstone ouvrit la porte en la poussant avec son large derrière.

— Laissez-moi vous aider.

J'attrapai le pack de bouteilles que je déposai à côté du comptoir.

— Je croyais que des gens blessés viendraient ici, dit-elle.

— Espérons qu'ils ne seront pas trop nombreux, répondis-je en souriant.

— Ça brûle fort, là-bas, fit-elle en calant les mains sur ses hanches avant de pousser un soupir d'épuisement.

— Vous avez vu Carter ? Il va bien ?

— Oh, ma pauvre chérie. Je ne me suis même pas approchée jusque-là. Le shérif a interdit l'accès. Tout ce raffut attirait trop de gamins. Même Betsy n'arrêtait pas de meugler. Je peux me servir de vos toilettes, avant d'y retourner pour voir si je peux donner un coup de main ?

— Allez-y. Il n'y a que Nathan et moi ici.

— Merci, ma chérie.

Dès qu'elle disparut, la porte d'entrée s'ouvrit de nouveau et mon cœur s'arrêta. Le sourire parfaitement exécuté me fit froid dans le dos, et j'en eus les jambes en coton.

— Que… qu'est-ce que tu fais là ?

— C'est comme ça que tu accueilles ton père ?

Trois longues enjambées lui suffirent à s'approcher du comptoir. Reconnaissante de me trouver protégée par une demi-cloison, je battis en retraite vers le classeur à tiroirs.

— Va-t'en maintenant, dis-je en désignant la porte.

— C'est un lieu public, que je sache.

— Tu détestes le docteur Burke. Pourquoi voudrais-tu…

— On n'a pas beaucoup de temps, bébé. À moins que tu ne veuilles que je dise tout fort quel genre de salope tu es, pour que tout le monde ici soit au courant, tu vas sortir de derrière ton bureau et m'accompagner. Et tout de suite.

Merde !

Peu m'importait qu'il m'insulte, mais je savais qu'il aurait mis ses menaces à exécution, et j'étais prête à tout pour épargner à mon petit frère ce genre de commentaires vulgaires… ou pire. Au fond de moi, j'avais peur qu'il se serve de Nathan pour m'atteindre.

Posant le stylo que je tenais, je fis le tour du bureau de l'accueil. Il me tint la porte pendant que je sortais, les jambes tremblantes. En fait, je tremblais de tout mon corps, je tremblais jusqu'à l'intérieur. Une odeur d'essence m'assaillit. Dès que je fus sortie, je le sentis qui se tenait derrière moi et me murmurait à l'oreille :

— Maintenant, sois une brave fille et tourne à gauche.

— Je n'irai nulle part avec toi.

Je ressentis un picotement douloureux au niveau de la cage thoracique. En baissant les yeux, j'aperçus le couteau qu'il tenait.

— À moins que tu n'aies envie d'écarter tes jolies cuisses pour moi au beau milieu de la rue, tu vas me suivre. Ou faut-il que je retourne à la clinique récupérer ton petit frère pour qu'il te persuade, lui ?

Merde !

La rue était déserte. À présent, tout le monde était parti voir l'incendie, et ceux qui n'y étaient pas allés étaient restés à la veillée.

— T'arrête pas. Tourne à gauche.

Je me laissai guider par la pression de sa main contre mes reins, espérant secrètement qu'il cesse de me toucher, tout en me préparant à m'enfuir. Lorsque nous approchâmes des bois, chacun de mes pas devint plus hésitant. L'odeur de fumée me prit à la gorge, et je remarquai que nous nous rapprochions du feu.

C'est bien. Ça veut dire que Carter n'est pas loin.

Si je parvenais à m'enfuir, je savais que je pouvais le distancer. Je savais qu'il ne me rattraperait pas, parce que je l'avais déjà fui assez souvent. Mais il maintenait son couteau tout près de mon ventre et mes chances de m'échapper s'amenuisaient.

Une fois que nous entrâmes dans les bois, je ne parvins plus à contrôler les tremblements de mes genoux.

— Qu'est-ce que tu me veux ? demandai-je.

— À ton avis ?

— Ce n'est pas une réponse.

— Ne fais pas ta maligne avec moi.

— Je ne te laisserai pas faire.

Pas sans me battre.

Il me saisit le bras pour me faire pivoter de force. Ma nuque heurta un arbre lorsqu'il pressa son corps puant contre le mien et maintint son couteau contre ma gorge.

— Plutôt mourir que de te laisser me toucher encore une fois.

Je tendis le cou et je sentis la lame affûtée qui m'entaillait la peau. Je n'eus même pas mal. Il inclina la tête de côté, et un sourire amusé se peignit sur ses traits. J'arrivais à peine à le regarder.

— Ton vœu pourrait bien être exaucé, bébé. Tu crois qu'on est ici par hasard ? Le hasard, ça n'existe pas.

Je suivis son regard vers les volutes de fumée qui s'élevaient au-dessus des arbres.

— C'est toi qui as mis le feu ?

— Fallait bien que j'attire ton attention. Pour qu'on ait un peu d'intimité.

— Tu es complètement cinglé.

— Non. Je sais ce que je veux, c'est tout. Bordel ! On dirait bien qu'on n'a plus beaucoup de temps.

Il tourna la tête comme s'il venait d'entendre quelqu'un. Mon cœur battait si vite que j'entendais à peine les sons qui m'entouraient, mais je perçus malgré tout une voix familière.

— Hé ! Il y a quelqu'un ?

C'était la voix de Carter. Avant que je puisse crier, Père plaqua sa main sur ma bouche. L'odeur d'essence sur sa peau m'irrita les narines.

— Eh bien, on dirait que quelqu'un veut gâcher nos retrouvailles, pas vrai ?

Son haleine empestait et me donnait de plus en plus envie de vomir.

Je voulais répondre à Carter, mais je ne pouvais pas. Sa main me bâillonnait. Il pressa son corps contre le mien pour m'immobiliser. Je fermai les yeux et sentis les larmes qui montaient.

— Changement de programme, bébé, dit-il en fouillant sa poche pour en sortir un chiffon taché. Allez, passe-toi ça sur les mains.

Voyant que je secouais la tête, il appuya sa lame contre ma gorge.

— Il y a quelqu'un ? insista Carter.

— Fais-le, dit Père, ou je le mets dans notre petite combine. Je lui dirai combien tu aimes ça. Il saura que tu n'es qu'une salope.

Mon Dieu ! Pourquoi me torturait-il ainsi ? Je ne comprendrais jamais comment un père pouvait se montrer si cruel envers sa propre enfant. Son attitude me blessait plus que le viol en lui-même.

Je pris le chiffon sale et je me frottai les mains. Il était graisseux, crasseux, et l'odeur infecte de l'essence me suffoqua dès que j'en eus terminé.

— Tu vas t'attribuer cet incendie. Dis-lui que c'est toi qui l'as allumé. Il te couvrira, et eux, ils arrêteront de me chercher. Hoche la tête pour que je sache que tu es d'accord.

J'acquiesçai.

Il retira lentement sa main de ma bouche, fouilla de nouveau sa poche et jeta un briquet et le chiffon sale par terre.

— Je ne serai pas bien loin. Dis-lui que c'est toi, pour le feu, ou je lui raconte quelle petite salope tu es.

Pendant qu'il reculait, je séchai les larmes sur mes joues, je retirai mon sweat-shirt et je l'attachai autour de mon cou pour dissimuler l'entaille.

Il ne fallait pas que Carter sache la vérité. Ni lui ni personne. J'étais complètement mortifiée à l'idée que quiconque puisse découvrir ce qui m'était arrivé cinq ans auparavant. Ces horreurs me semblaient dater d'hier. J'entendais encore ma culotte et ma robe qui se déchiraient, je sentais ses doigts sur mes hanches, ses mains sur des parties de mon corps où aucune fille de quinze ans n'aurait dû sentir les caresses de son père. Une douleur cuisante me traversa les genoux à ce souvenir, et la honte me submergea de nouveau.

— Hé, il y a quelqu'un ? insista Carter pendant que je reniflais une fois encore.

— Molly ?

Dès que je l'aperçus, je m'essuyai le nez du dos de la main, consciente de la puanteur d'essence qui m'environnait. Il courut à ma rencontre et je me réfugiai dans ses bras réconfortants, des bras que je n'allais plus sentir autour de moi avant longtemps, je le savais.

— Molly, qu'est-ce que tu fais là ? Qu'est-ce qui se passe ?

Il prit d'abord mon visage entre ses mains, puis les glissa le long de mes épaules et de mes bras pour prendre les miennes, qu'il porta à ses lèvres pour les embrasser. Mon cœur faillit se briser.

La bouche de Carter ne toucha jamais ma peau. Je vis la stupeur envahir son regard lorsqu'il sentit l'odeur caractéristique de l'essence.

Je n'arrivais même pas à parler. Si je le faisais, je craignais de craquer, parce qu'au fond de moi, je savais que j'étais sur le point de tirer un trait sur notre amitié et notre confiance mutuelle... tout ça pour protéger mon secret.

— Mais qu'est-ce qui se passe ? demanda-t-il.

Désespérée, je me mordis la lèvre.

— C'est toi qui as fait ça ?

Il se retourna vers l'orée des bois, dans la direction de la grange en feu.

Je voulais lui hurler que non. Je voulais lui dire la vérité, mais je savais que Père se terrait non loin de là et qu'il nous écoutait. Je ne dis pas un mot.

— Réponds-moi, Molly. C'est toi qui as mis le feu à cette grange ?

Je me crispai lorsque sa voix résonna. Peut-être que la vérité suffirait. Peut-être qu'il valait mieux en finir avec ça.

— Je... je... Non, ce n'est pas moi.

Je secouai la tête. Carter me lâcha les mains et examina le sol où Père avait jeté le briquet et le chiffon souillé, bien en évidence.

— Qu'est-ce que c'est que ça ?

Je ne pus que hausser les épaules et répondre :

— Je ne sais pas.

— Je ne te crois pas, dit-il en secouant la tête, atterré. Ils vont faire le rapprochement entre l'essence que tu as sur les mains et celle de la grange.

Pourquoi n'arrivait-il pas à me croire ? Ne me connaissait-il pas ? Il m'aurait fait confiance si je lui avais tout expliqué, mais quelque chose au fond de moi refusait de lui dire. Au fond de moi, je voulais que Carter ait foi en notre amitié, qu'il ne mette pas ma parole en doute. Un vrai ami n'avait pas besoin de preuves. Mais c'était différent. J'étais sur le point d'avouer que j'avais provoqué un incendie à un homme qui me disait le matin même qu'il allait terminer sa formation de pompier. Cette révélation lui briserait le cœur. *Moi*, j'allais lui briser le cœur, et je ne pouvais pas m'y résoudre.

Au moment où je m'apprêtais à tout raconter, j'aperçus du coin de l'œil Père qui nous épiait derrière des buissons. Il agita son index dans ma direction comme pour me mettre en garde, et je battis en retraite.

— D'accord. C'était moi.

Incapable de supporter l'expression de surprise, de confusion et de déception qui se peignit sur ses traits, je fermai les yeux. Il fallait qu'il me croie.

— Pourquoi ? demanda-t-il.

S'il apprenait la vérité, je le perdrais. Je balaierais d'un geste des années d'amitié. Le seul espoir qui me restait consistait à me dire que cette fois, je parviendrais peut-être à réparer ce que je venais de briser. Je me repris intérieurement et je lui débitai le deuxième plus gros mensonge de toute ma vie.

— Pour la même raison que je me taille les poignets. Je suis malade, ça te va ? Je fais des trucs débiles de temps à autre. Pourquoi tu crois que c'est si difficile pour moi de revenir en ville ? Je n'ai pas de beaux souvenirs d'enfance colorés, comme toi. Comme toi ou comme n'importe qui, du reste. Je ne peux pas m'en empêcher, quand je reviens. Les émotions me submergent, et je n'ai pas pris mes médicaments aujourd'hui, parce que je me suis préparée en vitesse pour l'enterrement de Nick.

— Des problèmes, on en a tous, Molly. Attends… quels médicaments ?

La supercherie pouvait fonctionner. S'il y croyait, je garderais mes secrets enfouis au fond de moi.

— Je me fais aider, mais ce n'est pas toujours facile.

Je jetai un autre coup d'œil en direction des buissons, mais Père avait disparu. Je savais pourtant qu'il n'était pas loin. Je savais qu'il tendait l'oreille.

— Quel genre d'aide ? demanda Carter.

— À l'hôpital. Tu vas leur dire ?

Il ne pouvait pas. Carter allait garder mon secret, parce que c'était un ami, un vrai. Il allait le garder même si ça le tuait à petit feu.

— Ne me demande pas de dissimuler ça. Tu sais bien ce que je pense des pyromanes.

Je t'en prie, crois-moi. Allez, dis-le ! Il me restait une dernière munition à utiliser contre lui, et qui garantirait qu'il ne parle des événements d'aujourd'hui à personne.

— Je ne pourrai pas devenir… devenir infirmière. Je n'obtiendrai pas mon diplôme. Il faudra que je revienne habiter ici, à Hope Bay, et je ne suis pas sûre de pouvoir le supporter.

Il serra les dents, et je vis la colère poindre sur son visage. Ses yeux irradiaient littéralement de déception et de chagrin.

— Molly, c'est complètement absurde…

Et voilà. Il ne m'adresserait plus jamais la parole.

— Je t'en prie. Il faut que tu me croies. C'est moi qui ai mis le feu. Moi et personne d'autre. Mais je te promets que j'irai mieux. Je paierai les dégâts, du moment que tout ce qui s'est passé reste entre toi et moi.

Il semblait tellement désemparé. Je voyais bien qu'il refusait de me croire, mais qu'il devait bien s'y résoudre. Mon cœur saigna de le voir souffrir à ce point. Il me faisait confiance, mais je n'avais pas le choix.

— Bonne chance pour tes études, Molly.

Je poussai un hoquet d'affliction lorsqu'il tourna les talons et s'éloigna. Le seul point positif, lorsque je le regardai partir et m'abandonner dans la forêt, c'était que mon père avait lui aussi disparu.

~

Cher Carter,

Pardon de t'avoir tant blessé. J'arrive à peine à m'imaginer combien tu dois me haïr à présent, mais merci d'avoir gardé mon secret. Ça compte beaucoup pour moi. Je sais que je ne mérite pas ton amitié, à cause de ce que je t'ai demandé. Ce n'était pas juste de ma part, mais cette journée s'est révélée injuste de tant de façons que je ne saurais même pas les compter. Cela dit, on ne peut pas changer le passé, pas vrai ?

S'il y a eu un moment où tu as cru en nous, je voudrais que tu y repenses à présent. Souviens-t'en et accroche-toi à ce moment, parce que je te jure sur Ta vie (oui, j'ai bien écrit Ta vie) que depuis ce moment et jusqu'à maintenant, rien n'a changé entre nous. En fait, notre amitié s'est renforcée.

Je dois t'expliquer quelque chose dont tu ne pourras jamais parler. Ni à moi ni à personne d'autre. Je t'en prie. On ne peut pas changer le passé ni ce qui est arrivé (et Dieu sait que je voudrais pouvoir le faire !), mais il faut que tu saches la vérité.

Je sais que tu auras du mal à me croire à présent, mais ce n'est pas moi qui ai provoqué cet incendie.

Il a fallu que je le prétende, et je ne peux pas te dire pourquoi. Et tu ne peux pas en parler. S'il te plaît. Je ne le supporterais pas. Et parce que j'ai confiance en toi, je sais que tu ne le feras pas. Voilà pourquoi je confie cette lettre à Nathan pour qu'il te la remette.

J'ai besoin de me redécouvrir et d'apprendre à m'aimer moi-même avant de laisser quiconque entrer de nouveau dans ma vie. Je sais que ça ne veut pas dire grand-chose pour toi, mais j'ai besoin de passer seule les quelques années à venir. Je reviendrai voir Mackenzie et mon frère, mais je ne logerai pas en ville. Je ne peux plus rester à Hope Bay, jamais.

Une fois encore, je te demande pardon.

Et Carter, tu vas devenir un des meilleurs pompiers de cette ville, voire du monde entier.

Ton amie pour toujours,
Molly

CHAPITRE 13

CARTER, 25 ANS, AUJOURD'HUI

Lorsque deux âmes se touchent, elles émettent un parfum. Je le sais, parce que je suis pompier, et les odeurs, ça me connaît. Quand je te vois, Molly, je sens naître cette étincelle spéciale et mon âme s'enflamme.

— ET MERDE. Ça ne me ressemble pas. Je ne suis pas un poète !

Je roulai en boule la feuille de papier et je la jetai dans le feu.

— Tu en fais trop, Carter.

Ma meilleure amie Jo éclata de rire et posa le verre de vin sur la table, puis leva ses jambes pour les poser sur une chaise. Elle avait des jambes splendides.

— Peut-être que je n'étais pas fait pour devenir oncle.

— Et tu es un oncle formidable pour Mackenzie. Je ne sais pas ce que j'aurais fait sans toi. Mais honnêtement, il faut que tu vives ta vie.

Est-ce que j'avais entendu sa voix trembler ? Elle avait soudain les yeux brillants, les paupières lourdes. Jo arborait ce sourire presque factice qui persisterait jusqu'à ce que son métabolisme évacue l'alcool. Et à présent, j'avais l'impression que c'était le vin qui prenait les commandes… ce qui signifiait que Jo était sur le point de perdre le contrôle, ce que je ne pouvais décemment pas la laisser faire.

Elle leva les pieds et ramena les genoux contre sa poitrine, dévoilant l'une des parties les plus séduisantes de son corps.

Merde !

Elle avait certainement beaucoup trop bu. Sa jupe remonta le long de ses cuisses, révélant sa culotte blanche. Je considérai brièvement la bouteille au quart pleine sur la table, me demandant une seconde si je devais la vider dans son verre.

Il faut que tu vives ta vie, me répétai-je mentalement. Pathétique, non ? Ce qu'il me fallait surtout, c'était une femme avec qui coucher, parce que mes burnes étaient prêtes à exploser comme des ballons surgonflés.

— Tu as remarqué que la cuisinière déconnait ? demandai-je.

— Non, mais je peux demander à Nick d'y jeter un coup d'œil. Il m'a dit qu'il faisait beaucoup d'entretien de matériel dans la Navy.

De l'entretien de matériel. Je poussai un soupir de consternation.

J'étais pompier. Si quelqu'un s'y connaissait en cuisinières, c'était bien moi.

— Je vois ce que tu essaies de faire. Maintenant que Nick est revenu, c'est lui que tu veux dans ta vie, plutôt que moi.

J'avais l'impression que l'enterrement de Nick datait de la veille, et voilà qu'il était revenu bien vivant parmi nous après être passé pour mort à cause d'une erreur administrative de la Navy concernant son nom. J'espérais bien que quelqu'un s'était fait virer pour ça.

— Toi et moi, nous savons tous les deux que nous serons amis tous les deux, rien de plus.

Amis et rien de plus. Je connaissais la chanson.

— Tu vas me rappeler cette honte, parmi toutes celles que j'ai vécues, jusqu'à la fin de mes jours ?

Si j'avais pu remonter le temps, je me serais abstenu d'embrasser Jo lors de notre excursion scolaire. Et aussi, j'aurais surveillé Daisy de plus près quand la tornade s'était abattue sur la ville, sept ans auparavant. Oh, et peut-être que je ne me serais pas comporté en connard avec Molly, cinq ans plus tôt. Finalement, la liste était longue.

Oh, sans oublier ce qui s'était passé la semaine précédente, avant que le grand amour perdu de Jo ne revienne d'entre les morts : nous nous étions embrassés pour tester les limites de notre amitié. Et qu'est-ce qui s'était passé, ensuite ? Rien : nada, zip, nichts, zéro. Même pas un petit chatouillement dans le calbut, en ce qui me concernait.

Les petites amies potentielles se faisaient furieusement rares pour moi, ces derniers temps. En outre, celle qui avait pris la poudre d'escampette m'avait envoyé une lettre cryptique qui m'interdisait d'évoquer ne fût-ce que son existence. Elle ne voulait rien avoir à faire avec moi, mais ça faisait cinq longues années... Je la voyais de temps à autre, mais je gardais mes distances et je ne posais pas de question. Je lui laissais ces années de solitude qu'elle avait demandées, en me demandant tout de même si elle avait changé. La Molly que j'avais connue pendant mon enfance était-elle la même qui me promettait son amitié dans la lettre ? J'avais tellement de choses à lui demander, mais je ne pouvais pas.

— Carter, mon cœur appartient toujours à Nick, et toi...

— Quoi ? fis-je.

— Tu m'écoutes, au moins ?

— Oui. Pardon.

— Ton cœur à toi est brisé, Carter. Je m'inquiète. Tu crois que tu arriveras à tourner la page un jour, pour Daisy ? Je pense vraiment qu'il est temps de passer à l'étape suivante, pour toi.

J'aurais bien voulu. J'avais l'impression d'avoir tourné la page. Je ne demandais que ça, merde, mais la femme à laquelle je m'intéressais, celle que je convoitais depuis notre enfance me demandait du temps. Et je me devais d'accéder à sa requête. Et en ce qui concernait Daisy, j'avais fini par comprendre que mon cœur lui appartiendrait toujours en partie.

— D'une certaine façon, j'ai l'impression que je n'aimerai plus jamais. Pas comme j'ai aimé Daisy. C'était tellement innocent et pur… Mais ensuite, je vois Molly, et tout change. Elle est différente, et elle me comprend. Je sais que je compte pour elle, mais je ne suis pas sûr de le mériter.

Je soupirai.

— Je me suis comporté comme un salaud avec elle, et je ne peux pas changer le passé. Et elle a besoin de temps.

— Comment ça, elle a besoin de temps ? Comment le sais-tu ?

Je poussai un soupir en frottant la poche de mon short de pêche où j'avais rangé la lettre que Molly m'avait envoyée après avoir avoué qu'elle avait mis le feu à la grange. Pourtant, même après avoir lu et relu cent fois ce papier soigneusement plié et plein de sagesse, je ne me sentais pas plus futé que cinq ans auparavant. Si ce n'était pas elle qui avait provoqué l'incendie, alors qui d'autre ?

— Je le sais parce qu'elle m'a envoyé une lettre. Je n'ai jamais rien lu de si énigmatique de toute ma vie.

— Une lettre ? Pourquoi tu n'en as jamais parlé ?

— Parce qu'elle m'a justement demandé de ne pas le faire, et voilà que je romps ma promesse.

— Où est-elle ?

Je sortis la feuille blanche un peu noircie aux pliures. Jo la déplia délicatement et se mit à lire. Les larmes lui montèrent aux yeux.

— Tu croyais que c'était elle qui avait mis le feu ?

J'expliquai à Jo comment j'avais trouvé Molly dans les bois. Elle ne trahirait pas notre secret.

— Mais tu es idiot, ou quoi ?

— Hein ?

— C'est un appel au secours, Carter.

— Qu'est-ce que tu veux dire ?

— Oh, les hommes ! Tu ne comprends pas ? Pour une raison qui m'échappe, elle a été forcée de te mentir ce jour-là.

— Ne lui dis rien, surtout !

Jo baissa la voix.

— Mais non, Carter. Je te le promets. Mais pourquoi tu n'as rien fait, au sujet de cette lettre ? Je sais qu'elle t'a demandé de lui laisser du temps, mais bon sang, Carter… Ça ne colle pas. Bien sûr qu'elle n'a pas mis le feu.

Jo émit un hoquet de stupeur et porta la main à sa bouche.

— Je te parie que c'était son minable de père. Je ne l'ai jamais aimé. Je ne sais pas pourquoi, mais c'est lui qui lui a fait ce sale coup. J'en suis sûre.

Je fronçai les sourcils. Avait-elle vu juste ? Je savais que Molly ne s'entendait pas avec son père, qu'elle le détestait à vrai dire, mais elle ne lui manquait pas de respect en public, contrairement à lui, qui avait toujours manifesté la pire insolence à l'égard de toute sa famille.

— Allons, tu sais bien que c'est le pire cinglé de la ville, dit Jo.

— Et quand bien même ce serait vrai, que veux-tu que je fasse ? demandai-je comme un lâche.

— Mais va la voir !

Jo s'était levée et pointait le ciel du doigt, comme une patriote. En la voyant vaciller, je bondis pour la rattraper et je la saisis par la taille pour la reposer sur sa chaise. Ouais, Jo commençait vraiment à être pompette.

— Je crois que j'ai vraiment fait la gaffe de trop avec Molly. Elle est tellement… parfaite.

Je n'avais pas peur d'avouer que je craignais qu'elle me rejette encore, comme les dernières fois où j'avais évoqué ne fût-ce que vaguement la possibilité de sortir avec elle. Mais elle n'était pas prête à l'époque. Après tout, elle avait besoin de temps… Et maintenant, Molly vivait seule et avait entamé des études pour devenir médecin, à ce que sa mère m'avait dit la dernière fois que je lui avais parlé. J'étais fier d'elle, et ravi qu'elle ait enfin réalisé son rêve. Est-ce que je me sentais blessé pour autant, chaque fois qu'elle passait en ville et m'évitait ? Oh oui, carrément. Est-ce que je pouvais y faire quelque chose ? Sans doute, puisque j'avais tenté ma chance et échoué. Et je ne voulais plus échouer.

— La perfection, ça n'existe pas. Et il n'y a pas de mal à aimer Daisy. Je n'ai jamais oublié Nick quand je le croyais mort, et maintenant qu'il est revenu, je me sens déboussolée, mais je comprends ce que ça fait d'aimer un disparu.

Jo butait sur ses mots. Elle jeta un coup d'œil à la fenêtre de l'étage. Mackenzie s'était sans doute endormie. J'avais aidé Jo à élever leur fille, à elle et Nick, après l'avoir mise au monde dans un champ, une de mes grandes fiertés dans la vie. Nous vivions ensemble depuis trois ans : elle et Mackenzie avaient emménagé chez moi au deuxième anniversaire de la petite. Jo souffrait beaucoup moins ici que dans l'ancienne maison de Nick, où le moindre détail lui rappelait son fiancé qu'elle croyait mort à l'époque. Mais maintenant que Nick était revenu, je ne savais plus exactement quelle place j'occupais dans leur vie. Merde : en fait, je ne savais plus quelle était ma place dans l'absolu, point barre.

— Je croyais qu'il y avait quelque chose de solide entre toi et moi.

J'avais besoin de changer de sujet et j'agitai les sourcils, une habitude chez moi. Jo leva évidemment les yeux au ciel.

Pourquoi les filles me font-elles toutes ça ?

Au moins je parvenais à la divertir pendant qu'elle comprenait péniblement qu'elle et Nick étaient faits l'un pour l'autre et qu'ils finiraient inévitablement par se rapprocher. Et oui, je gagnais du temps pour ne pas avoir à gérer mes propres sentiments.

— Toi et moi, eh bien… Tu sais que je ne peux pas te considérer autrement que comme un… frère.

— Vraiment ? Même quand je te fais le coup des sourcils ?

— Même quand tu « oublies » de t'enrouler une serviette autour de la taille après ta douche.

Elle avait mimé les guillemets en parlant, mais elle avait raison : je faisais bel et bien semblant d'oublier.

— Bon sang, et moi qui pensais que tu flirtais avec moi, dis-je.

— Qu'est-ce qui a bien pu te donner cette idée ?

— Je vois ta culotte. Elle se plisse au milieu. C'est de l'humidité, que je vois là ? fis-je en pointant son entrejambe du doigt.

— Carter !

Elle posa ses longues jambes par terre. Je n'aurais rien dû dire, mais si je m'étais tu, je serais resté dur toute la nuit…

— Quoi ?

— Un peu de tact, Carter ! Et sois un gentleman, tu te rappelles ? Je suis pompette, et tu es censé t'occuper de moi quand ça arrive.

Je pris la bouteille et je lui versai le reste du courage liquide. Si Jo se saoulait bel et bien, elle n'aurait rien à craindre de ma part. Je savais que je ne la toucherais pas. Je ne l'avais pas fait durant ces trois années où elle avait vécu avec moi, et ça n'arriverait jamais sans sa permission. Hé, quand un homme doit se vider les couilles, peu importe le moyen employé. Et puis, elle était comme une sœur à mes yeux : je ne pouvais décemment pas faire ça. En outre, j'avais jeté mon dévolu sur une autre : une femme qui me chavirait et qui me faisait me comporter comme un chiot écervelé. Ou comme un lâche.

— Vous n'avez pas eu un rencard après le mariage de papa ? demanda Jo.

— Molly et moi ? Ouais, mais ça ne s'est pas particulièrement bien passé.

Parce que comme un abruti, j'avais décidé de chevaucher un taureau mécanique. Et ensuite, je lui avais gerbé dessus. Ce qui n'était que le début de ma longue descente vers le célibat éternel.

— On était censé réitérer l'expérience, mais il y a eu l'incendie, et Molly est partie en coup de vent.

Jo soupira.

— Je regrette qu'elle ne te voie pas tel que je te connais. Allez, Carter. Laisse-toi une autre chance.

— Vraiment ?

J'aurais voulu la croire. Les encouragements de Jo me faisaient l'effet d'un philtre d'amour : voilà que des idées me traversaient la tête et que je m'imaginais Molly entourée de bouquets de roses. Merde, j'aurais peut-être dû y aller mollo sur le vin, moi aussi...

— Oui, vraiment.

— Tu n'es pas en train de me dire ça parce que tu te sens toute chose à l'égard de Nick, hein ? Parce que tu rayonnes littéralement, quand tu parles de lui.

Elle se contenta de hausser les épaules et de m'adresser un regard béat et éméché. Ces deux-là allaient se remettre ensemble, le doute n'était plus possible.

Elle va tortiller un peu du derrière, et lui aussi, et...

— La Terre appelle Carter ! s'exclama Jo en claquant des doigts sous mon nez.

— Je crois que je vais aller rendre visite à Molly dès demain, déclarai-je. Histoire de voir ce qui se passe, tu sais ?

— Ce n'est pas la porte à côté, mais tu devrais vraiment le faire. Il n'y a rien de mieux qu'une surprise agréable. Mais il te faut un plan.

Jo se leva de nouveau de sa chaise et oscilla sur place.

— Je projetais d'improviser.

— Tu as suffisamment improvisé comme ça. Allez, imagine que tu es devant chez Molly. Qu'est-ce que tu vas lui dire ?

J'avais mal à la tête rien que de chercher quelque chose à dire, mais mieux valait sans doute me préparer pour éviter d'avoir l'air d'un idiot... et de me comporter comme tel.

— Molly, moi sans toi, c'est comme un océan sans eau.

Jo soupira.

— Et voilà, c'est reparti ! Tu en fais trop, Carter, sois simplement toi-même. Molly te connaît depuis qu'on est enfants.

— Et je crois que c'est de la que vient mon premier problème. Elle me connaît, et c'est pour ça qu'elle ne me voit pas comme un petit ami potentiel. Je l'ai déjà déçue.

— Pourquoi ? Tu as toujours été un ami merveilleux, et maintenant tu es un homme et tu as énormément à offrir.

— Merci, Jo. Je veux simplement retrouver son amitié, et ensuite on verra.

— Alors… sois toi-même !

Elle sourit. Comment avais-je pu laisser une fille comme Joelle me filer entre les doigts ? Comment croire à une justice quand l'univers nous cantonnait au rôle d'éternels amis ? Nous vivions ensemble, nous élevions sa fille, nous nous entendions comme larrons en foire… mais elle resterait toujours ma meilleure amie, et rien de plus.

— Tu vas retourner chez Nick ? demandai-je.

— Je ne sais pas.

Elle peut-être, mais moi, je le savais. Je savais qu'elle irait. Tenter d'éloigner ces deux-là revenait à essayer de séparer des aimants de deux tonnes rien que par la force de l'esprit.

— Que te dicte ton cœur ?

— Il veut bondir de ma poitrine pour s'élancer jusqu'à lui. Je voudrais qu'il me tienne dans ses bras et me dise que tout ira bien. J'ai envie qu'il fasse connaissance avec Mackenzie et rattrape toutes ces années qu'il a manquées.

— Il n'est pas au courant pour elle, hein ?

— Non, je crois qu'il se figure que c'est ta fille.

— Cool.

Pour une fois, j'avais l'impression d'être celui qui comptait le plus pour Jo. Temporairement, parce qu'elle finirait bien par lui dire la vérité, mais tout de même…

— Pas cool, non. Il faut qu'il sache que c'est lui le père.

— Alors vas-y. Cours chez lui sans te retourner, parce qu'on bénéficie rarement d'une deuxième chance en amour.

Elle se pencha vers moi, et malgré son élocution pâteuse, elle avait la voix la plus sexy du monde.

— Tu devrais écouter tes propres conseils, de temps en temps, déclara-t-elle.

— Merci, Jo.

Elle tituba une fois encore, oscillant sur ses pieds, puis cligna de l'œil au ralenti.

— Je crois qu'on ferait bien d'aller se coucher, ou tu ne seras pas capable de décorer le moindre petit gâteau demain matin, dis-je.

— Ouais, je crois que tu as raison.

— Je ne me lasserai jamais de te l'entendre dire. Allez.

Je passai le bras sous le sien, la laissant reposer de tout son poids sur moi, et je la conduisis à l'étage. Le temps que nous arrivions à son lit, Jo avait déjà les yeux mi-clos et piquait du nez. Il n'y avait plus qu'une chose à faire : la déshabiller et la mettre en pyjama. Ou plus sage encore : la laisser dormir tout habillée pour éviter de voir la moindre portion de sa peau. Pas quand j'étais bien éméché et que je pensais à Molly.

Je la bordais, lui embrassai le front, et partis prendre une douche froide. Si je voulais vraiment garder toutes mes chances avec Molly, il fallait que je me vide les couilles avant de la voir… sans quoi je n'aurais aucun contrôle sur ce que je pourrais bien lui raconter.

CHAPITRE 14

MOLLY, 25 ANS, AUJOURD'HUI

Il y a des hommes séduisants, tellement attirants que vous vous arrêtez au beau milieu de la rue pour jeter un second coup d'œil, et puis il y a Carter Clark. L'homme dont le charme pourrait arracher le toit les maisons et que j'ai tellement fait souffrir. Je sentais mes mensonges qui me brûlaient la gorge chaque fois que je repensais à lui. Mais j'avais agi de la sorte pour nous protéger tous les deux. S'il avait connu la vérité, nous aurions pu dire adieu à notre amitié.

Et il m'avait crue, ce qui m'avait brisé le cœur cinq ans auparavant, dans la forêt, lorsque je lui avais affirmé que c'était moi qui avais mis le feu à la grange. Il avait réellement cru que je voulais me faire du mal. Je me rappelai l'avoir entendu pousser un juron étouffé lorsqu'il m'avait quitté. Mes bras s'étaient couverts de chair de poule tant je regrettais ce que j'avais dû lui dire ce jour-là, et c'était sa façon de ne jamais arriver à tenir sa langue qui m'avait complètement fait craquer pour lui, depuis toujours. Je le désirais encore davantage chaque fois qu'il disait ou faisait une bêtise. Ou qu'il venait frapper à ma porte au beau milieu de la nuit, comme maintenant.

Je lui ouvris et je m'appuyai dans l'encadrement de la porte, l'empêchant de voir l'intérieur de l'appartement. Il se tenait là, vêtu de son tee-shirt blanc et de son jean qui me hurlaient : *je suis venu te prendre*. Ce n'était vraiment pas juste : il semblait encore plus séduisant de nuit que de jour. Enfin, qui d'autre que lui aurait pu me décocher un sourire en coin aussi sexy à deux heures du matin ?

— Tu es venu en voiture ? demandai-je.

— En taxi, en fait.

— Carter, ça fait cent-soixante kilomètres !

— Et chaque centimètre en valait la peine puisque c'était pour te voir.

Une vague d'hormones me parcourut le corps, même si je humais l'alcool dans son haleine. Je détestais l'alcool. C'était un poison dangereux qui poussait les gens à faire ce qu'ils n'auraient jamais décidé de faire lorsqu'ils étaient sobres. Mais Carter était là, ça voulait bien dire quelque chose, pas vrai ? Avait-il réussi à me pardonner ? Nous nous étions parlé quelques fois depuis, mais la plupart du temps, je m'efforçais de l'éviter. Je voulais qu'il se fie à ce que je lui avais écrit. Il ne mentionnait jamais cette lettre, comme je le lui avais demandé, mais au fond de moi, je savais qu'il me croyait. Il le fallait.

J'avais patienté sept ans, attendant qu'il mûrisse et que le chagrin du deuil s'évacue tout à fait, et voilà qu'au bout du compte, il se tenait devant moi. Je voulais qu'il se fie à cette amitié que nous entretenions depuis… eh bien, depuis toujours. J'étais presque sûre qu'il avait compris ce qui touchait à la maturité : après tout, il élevait Mackenzie avec Jo… mais son cœur était-il prêt ? Était-il prêt à me faire confiance, sans poser de questions auxquelles je ne pouvais pas répondre ?

Je t'en prie, ne parle pas de la lettre. Fais comme si ce jour où je t'ai dit que j'avais mis le feu à la grange n'avait jamais existé.

— Toi, tu es saoul, dis-je en posant mon doigt contre sa poitrine musclée.

Il me prit la main, la porta à ses lèvres et l'embrassa comme un gentleman. Je fondais.

— J'ai bu une bière, dit-il en souriant, attirant mon attention sur cette fossette qui lui creusait adorablement la joue. Tu ne m'invites pas à entrer ?

— Qu'est-ce que tu fais là ?

— Molly, toi et moi… enfin, moi et toi… on est comme l'eau et le savon. En fait, si tu étais du savon, ce serait parfait, parce que je pourrais te sentir contre ma peau… Ben merde, c'était beaucoup mieux dans ma tête, en fait. Bon, j'ai bu trois bières. Pardon. Je ferais mieux de partir.

Il était encore plus mignon quand il était crevé. En le reluquant de nouveau, je sentis une vague de chaleur m'envahir tout le corps. Le genre de chaleur qu'on ne pouvait éteindre que d'une seule façon. S'il voulait vraiment partir, il l'aurait déjà fait, pas vrai ? Mais voilà qu'il me fixait comme si j'étais la seule femme qui existait dans son monde.

— Je vois le bout de tes seins qui durcit.

Sa voix enjôleuse m'excita davantage encore.

— Faut croire que c'est vrai, ce qu'on dit sur les pompiers, ajouta-t-il.

C'était un piège et je le savais bien, mais qu'est-ce que j'avais à perdre, en fait ?

— Qu'est-ce qu'on dit ?

— Que vous êtes chaudes quand on arrive et mouillées quand on repart.

Voilà qui était parler comme un vrai soldat du feu… J'aurais pu le gifler, comme une hypocrite… mais Carter avait raison. Il m'avait suffi de le regarder deux secondes pour me retrouver à la fois en feu et mouillée, mais au lieu de lui en coller une, ou de céder à la tentation qu'il me présentait sur un plateau d'argent, je changeai de sujet.

— Tu veux prendre une tasse de thé ?

Je n'aurais pas dû lui proposer ça. J'aurais dû le laisser partir, parce que ce n'était pas le bon moment, et que s'il restait, les feux d'artifice qui commençaient à brasiller entre nous risquaient d'exploser comme de la dynamite. Mais il était venu chez moi à deux heures du matin, et saoul. Carter restait mon ami, et je ne pouvais pas le laisser repartir en pleine nuit. Les vrais amis se soutenaient dans toutes les situations.

— Vraiment ?

— Je ne te laisserai pas rentrer chez toi à deux heures du matin, à moitié ivre.

J'ouvris la porte et je l'accueillis dans mon petit appartement, qui ne comprenait qu'une chambre. J'y vivais depuis sept ans déjà, et je m'y étais cloîtrée ces cinq dernières années, loin de Hope Bay la plupart du temps. Je n'avais plus revu Père depuis l'incendie, ce qui justifiait ma décision de rester cachée.

D'ici quelques courtes semaines, après la fin de mon internat, je pourrais enfin être médecin. Ensuite, il serait temps de décider où m'installer pour exercer.

— Tu es en train de me dire que tu as envie de moi ?

Carter attira de nouveau mon attention vers son corps tandis qu'il titubait vers le fauteuil et s'y installait. Même légèrement éméché, la chaleur qui dégageait me gagnait, et je sentais se former des perles de sueur entre mes seins. N'était-ce pas dangereux, pour un pompier, de mettre le feu à ce point ? La température de ma peau commençait à atteindre un niveau gênant.

— Non, ce n'est pas ce que je suis en train de te dire, répondis-je en secouant la tête.

Encore un mensonge qui me brûlait la gorge. Je ne me rappelais plus depuis combien de temps je désirais Carter, mais ce n'était jamais le bon moment. Les circonstances ne permettaient jamais à notre amitié de se développer vers quelque chose d'autre. Ou peut-être s'était-elle déjà développée, et c'était moi qui y avais mis le holà. Sortir avec Carter signifiait retourner à Hope Bay, et je n'étais pas prête. Je ne le serais sans doute jamais. En le voyant à plusieurs reprises ces cinq dernières années, j'avais permis à notre amitié de perdurer, et les sentiments que j'avais nourris bien avant ne s'étaient jamais évanouis. Mais les siens ? Maintenant que je vivais par moi-même, en menant une carrière confortable, il me fallait comprendre la véritable nature de ces sentiments. J'étais la première étonnée de me voir envisager autre chose qu'une simple relation amicale.

Mais tout d'abord, je voulais qu'il comprenne que nous étions plus forts ensemble que séparés. Je voulais qu'il me croie, qu'il se fie à moi. J'étais enfin prête pour passer à l'étape suivante, et l'assurance qui s'était épanouie en moi lors des cinq dernières années, qui avait fait de moi une femme forte, me donnait assez de courage pour affronter la vie… et même Père. Je n'avais plus peur. J'étais prête à mener mon existence à mes propres conditions, pas à celles dictées par quiconque.

— Pourquoi est-ce que ta fenêtre est ouverte à deux heures du matin ? demanda-t-il.

— Je prenais un café.

— À deux heures ?

— Je viens de finir mon travail. Je n'étais pas fatiguée.

— Oh, eh bien tu devrais te méfier. Tu n'imagines pas le genre de tarés qui passent leur temps à grimper aux escaliers de secours extérieurs des immeubles !

— J'essaierai d'y penser. Tu étais différent, avant. Plus marrant et moins coincé.

— Tu veux dire avant que Daisy meure ? dit-il en embrassant la pièce du regard et en se focalisant sur les bougies à la vanille que j'avais allumées.

— Oui, enfin, tu me parlais comme à un être humain normal. Et voilà que maintenant, tu te limites à ces vannes…

Je m'installai sur le canapé, en face de lui, parfaitement consciente du fait que ma chemise de nuit me remontait le long des cuisses.

— Désolé, mais j'ai du mal à me concentrer quand je te regarde.

Son regard erra sur mes jambes, et je ne pus m'empêcher d'admirer la façon dont il s'était installé, genoux écartés, son jean moulant son entrejambe.

— Qu'est-ce que tu veux dire par là ? demandai-je, à dessein.

— Tu es splendide, intelligente, forte et… inaccessible.

Ces compliments me firent rougir. Je ne savais pas ce qu'il entendait exactement par *inaccessible*, mais comme l'atmosphère me semblait de plus en plus étouffante, mes pensées s'embrumaient. Carter se leva du fauteuil, fit le tour de la table et vint s'installer à mes côtés. Je tressaillis en sentant sa cuisse chaude contre la mienne.

— Et tu devrais vraiment éteindre ces bougies. C'est la cause numéro un d'incendies intérieurs.

Je me penchai pour souffler sur les flammes, ce qui sembla apaiser Carter.

— Carter, pourquoi es-tu venu ? demandai-je d'une voix rauque, la gorge sèche.

Ses lèvres pleines m'attiraient, et je me demandai quel goût elles avaient. Seraient-elles douces, ou plus exigeantes ? Aurais-je du mal à m'en séparer lorsqu'il m'embrasserait ? Me tiendrait-il dans ses bras, me toucherait-il ? J'avais l'impression que l'appartement ne contenait plus assez d'air pour nous deux. Ce dont j'avais vraiment besoin, c'était d'un verre… sauf que je ne buvais pas.

Il prit sa main dans la mienne.

— Je n'aurais pas dû te croire ce jour-là. J'aurais dû te faire confiance.

— Carter, je t'en prie…

— Je sais que tu m'as demandé de ne plus jamais en parler, et je me suis abstenu… enfin, sauf avec Jo. Elle est au courant. Désolé.

Ma meilleure amie était bien le cadet de mes soucis… Je m'inquiétais davantage au sujet de Carter et de la façon dont il avait pu encaisser la vérité.

— C'était lui, n'est-ce pas ? Ton père.

Je hochai la tête.

— Ça n'a pas d'importance, dis-je. C'est du passé.

— Mais bien sûr que si, ça en a. Il t'a toujours gâché la vie, d'aussi longtemps que je me souvienne. Il faut qu'il soit puni.

— Il faut plutôt qu'on l'oublie. C'est ce que je veux, Carter. Qu'on l'oublie. Il ne fait plus partie de ma vie. Je m'en suis assurée.

— C'est ce que tu veux que je fasse ?

Sa paume reposait toujours sur la mienne lorsqu'il leva sur moi ses yeux marron clair, parfaitement soulignés par d'épais cils bruns.

— Oui, s'il te plaît. J'ai besoin d'un nouveau départ. Et toi aussi.

— Parfait. Et en parlant de nouveaux départs, Molly, je voulais te demander si tu te joindrais à moi pour…

Un bruit de verre brisé se fit entendre dans la salle de bain.

— *Merde !* fit une voix masculine.

— Il y a quelqu'un, là-dedans ? demanda Carter.

— Oui.

— C'est la douche que j'entends ?

— Oui.

Elle coulait depuis le moment où Carter avait frappé à la porte, mais il ne semblait pas l'avoir remarquée jusqu'ici.

— Oh, pardon… Je n'aurais pas dû passer à l'improviste.

— Ce n'est pas ce que tu crois.

Mais pourquoi étais-je sur la défensive ? À cause de l'*identité* de celui qui se trouvait dans la salle de bain. Je ne voulais pas que Carter panique ou se fasse des idées. Il en tirerait des conclusions hâtives.

— Tu es en train de me dire que tu as une petite amie dans ta douche au beau milieu de la nuit ? Parce que cette voix ne m'avait pas l'air féminine.

— Non, pas une petite amie.

— Un petit ami, alors ?

— Non plus. Juste un ami.

— Molly, je ne suis pas né d'hier…

— Et je ne te mentirais pas si c'était mon petit ami, sous cette douche. Tu crois que je t'aurais invité à entrer, si ç'avait été le cas ?

— Hmm, difficile à dire pour le moment. J'ai bu quelques bières avant de venir, tu sais, pour m'aider à prendre les choses en main… Merde, ça sonne plutôt bizarre, quand je le dis. Enfin, je…

Je tendis la main pour couvrir la sienne. Le contact de sa peau me parut brûlant, et j'attirai de nouveau son attention.

— Carter, pose-moi la question que tu étais sur le point de prononcer avant d'entendre la douche.

Je savais qu'il pouvait y arriver. Qu'il était capable de m'inviter comme un homme normal, sans blaguer ni balancer une réplique stupide. Pour la première fois de ma vie, je me sentais solide, prête à lui donner la réponse qu'il espérait, je le savais. Et celle que j'espérais bien lui donner moi aussi. Peut-être parviendrions-nous alors à laisser le passé derrière nous. Peut-être que s'il emménageait en ville...

— Je voulais te demander de te join...

Il s'arrêta au beau milieu de sa phrase et leva les yeux. Il regardait celui qui se tenait dans le couloir de la salle de bain, et je savais de qui il s'agissait. Carter retira sa main de la mienne et j'assistai à la métamorphose de son expression : le chiot se transforma en molosse sans pitié.

Non, non, non.

— Tu plaisantes ? Mon frère ?

— Salut Carter. Quoi de neuf ?

— Quoi de neuf ? Mais qu'est-ce que tu fous ici ?

— Je prenais une douche. La nuit a été longue.

— Je m'en doute.

Le teint de Carter s'assortissait à mes rideaux bordeaux. Les veines de son cou avaient gonflé, comme si elles menaçaient d'éclater. Il se leva et se jeta sur son frère, qu'il cloua au mur. La serviette de Maxwell se détacha de ses hanches. Bien que nu, il disparaissait derrière le corps de son frère. Cela dit, même de côté, le spectacle ne manquait pas d'intérêt.

Arrête ça, Molly ! Quand Carter était dans le coin, je n'arrivais plus à réfléchir. Sa présence dans mon appartement me tournait la tête.

— Wow, tu n'as rien compris, frérot !

Max ne fit aucun effort pour repousser Carter. Les deux frères entretenaient une relation amicale, mais restaient en compétition, et j'espérais vraiment que je n'avais pas gâché notre amitié en laissant Max passer la nuit chez moi.

— Je t'ai demandé ce que tu foutais là !

— Il revient du Texas. Sa voiture est tombée en panne près de l'hôpital, cette nuit.

L'étreinte de Carter sur les épaules de Max se relâcha.

— Et ça ne te dérange pas de sortir de la douche d'une étrangère en serviette à deux heures et demie du mat' ?

— Molly est loin d'être une étrangère, et je l'entendais parler à quelqu'un.

— J'étais de garde de nuit, dis-je, mais aucun d'eux n'eut l'air de m'avoir entendue.

— Elle parlait à quelqu'un, et alors ? vociféra Carter à deux doigts du nez de Max, sans la moindre intention de reculer, apparemment.

— Bon, ça commence à bien faire ! Max, va dans ta chambre.

Bon sang, voilà que je parlais comme ma mère.

— Carter, assis !

Et comme une dresseuse de chiens.

Lorsque Max se pencha pour ramasser sa serviette en écartant Carter, il me montra son… matériel sans le vouloir. Il y avait manifestement du vrai dans la plaisanterie de Carter au sujet des pompiers : ils avaient de sacrés tuyaux…

Attendez, Max n'était pas pompier. Et le tuyau de Carter était-il aussi long que le sien ?

Mais arrête, à la fin !

Une fois que Max fut parti se changer dans ma chambre, je me laissai tomber sur le canapé et j'étendis les jambes. Je m'étais trompée en m'imaginant que ma journée d'urgences s'achèverait une fois que j'aurais fini le travail. Carter sortit une flasque et but une gorgée. Quel individu sain d'esprit pouvait bien se promener avec une flasque pleine de bière ? Mon ventre se noua de dégoût, et de vieux souvenirs resurgirent. La simple odeur, qui me rappelait l'haleine de mon père, me retourna l'estomac. Carter s'installa finalement sur le tabouret de la table de cuisine, et faillit tomber à la renverse. Peut-être n'était-il pas aussi solide sur ses pieds que je l'avais cru.

— J'arrive pas à croire que tu aies couché avec mon frère.

Hein ?

— Dehors, espèce d'abruti ! m'écriai-je en désignant la porte.

Croyait-il vraiment avoir le droit de me parler sur ce ton ? Dire que je me faisais des idées sur sa maturité un peu plus tôt... Une maturité qui était aux abonnés absents !

L'espace d'un instant, nos regards se croisèrent et je crus que Carter allait se reprendre et me présenter des excuses. Je m'imaginai qu'il y avait une chance pour qu'il brise tous ces murs que nous avions érigés au fil des ans et qu'il arrange tout entre nous. Mais il se contenta de boire une autre gorgée à sa flasque et de partir.

CHAPITRE 15

CARTER

Ma peau brûlait. Des flammes monstrueuses avaient envahi la cuisine et le salon, au rez-de-chaussée. Et j'avais beau me trouver à l'étage, je sentais leur chaleur qui gagnait du terrain, tandis que les pièces se remplissaient de fumée noire.

— Mackenzie ! Mac ! hurlai-je.

Je savais d'expérience qu'à moins de se trouver tout près, elle ne m'entendrait pas : le vacarme du brasier couvrait mes cris. J'avais déjà fouillé le rez-de-chaussée et l'étage : il ne restait plus que le grenier, là où la fumée était la plus épaisse. Je levai les yeux vers l'échelle et je suivis l'instinct qui me soufflait de grimper les barreaux. La fumée avait déjà presque tout envahi lorsque j'entendis pleurnicher doucement. À quatre pattes, je scrutai les environs en priant pour que Mackenzie ait pensé à s'aplatir au sol, elle aussi. Dieu merci, je l'avais déjà emmenée à la caserne, où nous étions fiers de pouvoir enseigner les bases de la sécurité incendie aux enfants.

— Mac ? Ma chérie, où es-tu ? Il faut qu'on sorte d'ici.

— Tonton Carter ?

Mes yeux commençaient à larmoyer. Chaque seconde qui passait amenuisait mes chances de sortir vivant de cette maison avec la petite en sécurité dans mes bras. Je ne savais pas comment j'y arriverais, mais ce que je savais, c'est que j'étais prêt à donner ma vie pour elle. Même si mes poumons se remplissaient de suie, je ferais tout pour qu'elle puisse respirer à nouveau de l'air frais.

Concentre-toi, Carter.

— Mac ?

C'était la voix de Nick qui venait du rez-de-chaussée. Cet abruti avait dû se précipiter dans ma maison en feu en me suivant ! N'avait-il pas compris qu'il signait son arrêt de mort en entrant là ? J'avais pourtant espéré que les flammes lui ficheraient suffisamment la trouille pour qu'il attende dehors. Je lui criai de sortir. Mais le père de Mackenzie n'écouta pas, bien sûr. Je n'avais pas d'enfants à moi, mais je savais qu'à sa place, je n'aurais pas écouté non plus.

Quand j'avais découvert l'absence de Mackenzie ce matin, j'avais interrompu le rencard de Nick et Jo en tambourinant à leur porte. C'était à moi qu'il incombait de veiller sur leur fille, et j'avais manqué à mon devoir. Je n'oublierais jamais l'expression de déception que j'avais lue dans le regard de Jo lorsque je lui avais dit que Mac avait disparu. Et quand nous avions vu la volute de fumée noire à l'horizon, nous nous étions rués à la maison.

C'était ma faute si Mackenzie se trouvait en danger à présent. Non seulement je l'avais laissé échapper à ma surveillance, mais je n'avais pas coupé le gaz chez moi, alors qu'il fallait réparer la cuisinière. Ce n'était certainement pas comme ça que j'allais décrocher le trophée du pompier de l'année. Au lieu de ça, j'avais décidé de rendre visite à Daisy au cimetière, puis je m'étais rendu chez Molly, saoul… Le souvenir de cette scène où je m'étais comporté comme un abruti fini tournait en boucle dans ma tête. Trois longues journées de regret plus tard, ma maison prenait feu et je n'avais plus le temps de réfléchir.

Jo et Nick ne me le pardonneraient jamais s'il arrivait quoi que ce soit à leur petite fille. Et moi non plus, d'ailleurs.

— Tonton Carter, j'ai du mal à respirer, entendis-je.

— Reste au sol, Mac. Je suis tout près.

Je rampai à quatre pattes en direction de sa voix, palpant les lattes du plancher de bois et me plantant des échardes sous les ongles… jusqu'à ce que je la trouve. Mackenzie se jeta dans mes bras en toussant.

— J'ai peur.

— Tu n'as pas besoin d'avoir peur, Mac. Le meilleur pompier de la ville s'occupe de toi, maintenant, d'accord ? Et si on sortait d'ici, qu'est-ce que tu en dis ?

— Oui.

— Colle ton visage contre ma chemise et essaie de respirer à fond.

— D'accord.

Elle se nicha tout contre moi, accrochée à ma chemise avec ses petites mains. Le col me rentra dans la gorge et faillit m'étouffer. Je me plaquai au sol et gardai les yeux fermés : avec une fumée si épaisse, les ouvrir n'aurait servi à rien. Il n'y avait aucune autre issue, et l'espace d'un instant, je me sentis désorienté. Mais finalement, je sentis sous mes doigts le seuil du grenier, et le soulagement me gagna pendant une bonne seconde. Puis j'entendis la voix de Nick.

— Tu l'as trouvée !

En effet, mais mes poumons commençaient à me faire mal. J'avais beau retenir mon souffle et ne respirer au travers de ma chemise que quand je n'en pouvais plus, je sentais que la fumée qui m'envahissait les poumons commençait à priver mon corps de l'oxygène vital.

— Nick, il faut que tu la prennes et que tu la sortes d'ici.

Je tendis Mackenzie à mon ami et je priai pour qu'ils réussissent à s'enfuir. Une fois qu'ils eurent disparu, je me concentrai sur ma propre survie. Comme un aveugle, je me retournai et descendis les cinq premières marches de l'échelle, mais quelque chose céda sous mon poids.

Merde !

Le feu s'était répandu à toute vitesse. Le barreau de l'échelle, rongé par les flammes, se brisa sous mes pieds. J'eus l'impression de tomber en chute libre pendant un long moment. Trop long, à vrai dire : je ne me rappelai même pas quand j'avais heurté le sol. Une bourrasque avait dû alimenter le feu. À cet instant, je vis Daisy. Le vent avait dû amener son fantôme depuis le cimetière. Elle portait sa robe à motif de marguerites préférée, blanche à fleurs jaunes. Sa coiffure avait changé : légère et éthérée, presque angélique. Elle était aussi belle que le jour où j'étais tombé éperdument amoureux d'elle. Au fond de moi, je savais bien qu'elle ne pouvait pas être là, et que la fumée m'avait sans doute fait perdre connaissance. Et dans ce cas, soit j'étais mort, soit j'étais sur le point de me faire carboniser.

Sa présence me força malgré tout à me concentrer sur elle, et je me sentis en paix.

— Tu me manques, dis-je.

— Tu me manques aussi, Carter, mais il faut que tu continues ta vie. Donne-toi la permission d'être à nouveau heureux.

— Je voudrais bien, mais ce n'est pas facile.

— La vie n'est pas facile, mais c'est la vie.

— Je vais brûler dans cette maison et je te rejoindrai, Daisy.

— Je ne vais pas le permettre, mon amour. Pas aujourd'hui.

— Pourquoi ? Pourquoi tu ne me laisses pas mourir ? J'ai fait tant d'efforts et échoué si souvent… La vie était tellement plus simple avec toi.

— Parce que nous étions jeunes et sans responsabilités. Et puis, ton heure n'a pas encore sonné. J'ai besoin de toi. Molly a besoin de toi, et tu vas avoir besoin d'elle.

— Comment sais-tu ça ?

Et en quoi Daisy avait-elle besoin de moi ?

Elle leva les yeux au ciel dans une attitude qui lui ressemblait bien.

— Je suis morte, tu te rappelles ? Je sais des tas de choses.

— Eh bien je ne crois pas que je vais m'en sortir cette fois-ci, ma puce, alors on ne va pas tarder à se voir en permanence…

— Il faut que tu te réveilles et que tu sois l'homme que je vois en toi.

Elle m'envoya un baiser et disparut dans un épais nuage de fumée. J'essayai d'effleurer le contour de ses lèvres, mais elles disparurent avant que mes doigts ne les atteignent.

— Allez, réveille-toi, Carter.

La voix de Molly me résonnait aux oreilles, et je sentis l'air pur qui m'emplissait les poumons.

Il me brûlait la poitrine. J'ouvris lentement les yeux. La lumière vive me força à les refermer aussitôt.

— Allez, mon grand. Tu peux y arriver.

Mon grand ?

J'aurais voulu rire, mais mon corps me semblait pesant, comme pris dans un carcan. Le souvenir d'une douleur cuisante me traversa l'esprit et je paniquai. Où étais-je ? Pourquoi Molly se trouvait-elle à mes côtés ? Avais-je dormi chez elle ? Non, je m'en serais souvenu, tout de même...

— Comment tu te sens, Carter ? demanda-t-elle.

Pas mal, aurais-je voulu dire. *Un peu endolori, peut-être*. Mais ma gorge était desséchée. J'effleurai mes lèvres gercées du bout de la langue et je sentis un contact contre ma bouche.

— Bois un peu d'eau. Tu es resté inconscient un bon moment. Tu te souviens de ce qui s'est passé ?

Je tentai de nouveau d'ouvrir les yeux, luttant cette fois contre la lumière vive jusqu'à ce que le beau visage de Molly devienne net. Je secouai légèrement la tête pour lui faire comprendre que non, je ne me rappelais rien.

— Eh bien tu es à l'hôpital. Ça fait trois semaines maintenant, et on t'a placé sous sédatif pour permettre à ton corps de récupérer. Les médecins ne voulaient pas que tu remues.

Qu'est-ce qui s'est passé, bordel ? J'ouvris grand les yeux, espérant que Molly comprendrait ma question.

— Il y a eu un incendie... commença-t-elle, mais je n'entendis pas la suite.

Le souvenir de ma maison en flammes me revint brusquement : le feu aveuglant, la fumée noire, le bois qui craquait, le verre qui se brisait, le brasier qui rugissait. Comment avais-je réussi à sortir ? Nick s'était-il échappé avec Mackenzie ? Un élan de douleur dans mes poumons me força à prendre une bouffée d'air. Je voulais me lever pour aller les retrouver, mais on avait attaché mes jambes au lit, et mes bras aussi. Je regardai Molly. Les questions se bousculaient au point que je ne savais pas par où commencer, et je me décidai donc pour la plus importante.

— Mac ? réussis-je à articuler.

— Elle va bien, et Nick aussi. Tu lui as sauvé la vie, mais la fumée a eu le dessus sur toi. Nick est revenu te chercher. Il se porte bien. Tu n'as manifesté aucune réaction pendant très longtemps, mais tu vas bien à présent.

Je relâchai les muscles de mes épaules. Mon corps se détendit, et je regardai Molly pour l'inviter à poursuivre. Elle me prit délicatement la main, et je remarquai que seule l'extrémité de mes doigts émergeait des bandages.

— Tu as subi des brûlures, Carter.

Je suivis son regard qui remontait le long de mon bras, puis de mon torse. J'en déduisis que je portais des bandages là aussi. En fait, ma jambe me semblait plus tendue qu'elle n'aurait dû.

— Trois semaines ?

Pourquoi n'avais-je aucun souvenir d'une aussi longue période ?

— Tu n'as repris conscience que par intermittence ces deux dernières semaines. Et on t'a placé en coma artificiel la première. Tu ne t'en souviens sans doute pas à cause de la morphine. Ils ont retiré ta sonde d'alimentation hier, et ils ont réduit la dose de médicament pour que tu reprennes connaissance.

J'avalai une autre gorgée d'eau grâce à la paille qu'elle maintenait à hauteur de mes lèvres.

— Je ne me rappelle pas.

— C'est normal. Certains souvenirs te reviendront et d'autres pas, mais tu vas bien. Tout ira bien à présent.

Molly faisait tant d'efforts pour me convaincre qu'elle avait l'air de se persuader elle-même, ce qui me fit m'interroger sur la gravité de mes brûlures.

— Nick s'est proposé comme donneur pour les greffes de peau. Il était parfaitement compatible. Il t'a sauvé la vie.

— Ils ne pouvaient pas prendre ma peau ?

— Ils l'ont fait. Mais il en fallait davantage.

— Combien ?

— Tes blessures… eh bien, elles couvraient une grande partie de ton corps.

Je levai légèrement la tête et la chambre se mit à tourner. Je portais des bandages sur tout le côté gauche du corps, ou presque : ma jambe, mon bras, mon torse. Molly me caressait les doigts, et pour la première fois depuis que je m'étais réveillé, un frisson me parcourut.

— J'ai besoin d'un miroir.

— Carter, tu…

— Molly, je ne te le demanderai pas deux fois. Je peux appeler une infirmière pour qu'elle m'en apporte un, mais si je compte un tant soit peu pour toi, donne-moi un miroir. Laisse-moi regarder mon visage.

Elle alla chercher un petit miroir de poche rond dans son sac, posé sur une table. Sa main tremblait lorsqu'elle me le tendit. Je ne sentais pas de bandages sur mon visage, mais je savais que quelque chose clochait.

— Ouvre-le.

Elle secoua la tête.

— Ouvre-le et montre-moi, ou je le ferai moi-même.

Je me doutais que j'aurais eu du mal, incapable que j'étais de plier mon bras bandé, mais j'aurais bien trouvé un moyen.

— Carter, il te faudra du temps pour guérir. Et ensuite, tu remarqueras à peine les traces.

Je lui décochai un regard furieux et elle ouvrit enfin le miroir de poche, qu'elle orienta pour que je regarde mon profil droit. J'examinai l'image qu'il me renvoyait, puis je me tournai sur la gauche. J'avais des taches rouges sur le côté gauche. Partout. Certaines suintaient un pus jaune, d'autres faisaient des cloques remplies de liquide.

— Je suis un monstre.

Je me mis à haleter, paniqué, et ma première pensée fut que Nick aurait dû me laisser dans les flammes. Il aurait dû m'abandonner à l'incendie pour m'éviter cette torture.

— Carter, ces blessures ne laisseront que d'infimes cicatrices. Elles sont assez petites pour que…

— Sors d'ici.

Je n'arrivais même pas à serrer les poings. Pris de tremblements, je sentis la colère bouillir en moi. La chambre se mit de nouveau à tourner, et les murs se refermèrent sur moi.

— Quoi ? répondit-elle, l'air bouleversé.

— Je t'ai dit de ficher le camp. Tout de suite.

Je voulais qu'on me fiche la paix et je dirigeai mon regard vers la porte, refusant de regarder de nouveau Molly. Elle renifla juste avant de sortir, et mon cœur se serra de culpabilité.

CHAPITRE 16

MOLLY

À trois heures du matin, l'appel me réveilla en sursaut, en plein cauchemar. J'aurais voulu traverser le combiné pour embrasser celui ou celle qui m'appelait, par gratitude. C'était mon troisième mauvais rêve de la semaine, et je commençais à avoir l'impression que mon passé me rattrapait. Je me sentais comme une gazelle perdue au milieu de la savane, traquée par tout un groupe de lions.

— Allô ? répondis-je, à moitié endormie.

— Molly ?

Stupéfaite, j'essuyai la sueur qui me baignait le front.

Dire qu'entendre sa voix me surprenait aurait été un euphémisme : ces deux dernières semaines, j'avais tenté de le contacter chaque jour, en vain bien sûr. Les deux premiers jours, j'étais retournée à l'hôpital et il m'avait fichue dehors. Le troisième, son frère Max montait la garde à la porte et m'avait demandé de partir avant même que je ne touche la poignée. Il m'avait expliqué que Carter avait besoin de temps. Pas la peine que je tente de le voir. Je voulais l'aider, mais comment le pouvais-je ? Il acceptait de voir Jo, Nick et Mackenzie, et aussi sa famille, mais pas moi. Cette attitude me blessait, oui, et je m'étais juré à plusieurs reprises de ne plus jamais lui adresser la parole, mais quand j'entendis sa voix au téléphone, je n'avais qu'une envie : me précipiter à ses côtés.

— Désolé, je ne voulais pas te réveiller. Ils me laissent sortir ce matin.

— Excellente nouvelle !

J'allumai la lampe de ma table de nuit, je m'essuyai les yeux et je bus une gorgée d'eau.

— Ouais, j'imagine.

— Pourquoi ? demandai-je. Tu ne te sens pas bien ?

— Eh bien, non, ça va. Je… peut-être que je n'aurais pas dû appeler.

— Ne dis pas de bêtise, Carter. Bien sûr qu'il fallait appeler. Je m'inquiétais pour toi.

— Je suis sûr que Jo et Nick t'ont tenue au courant, déclara-t-il d'une voix gênée, pleine de regret.

— Oui, mais j'aurais préféré que ça vienne de toi. Tu m'as tenue à l'écart, alors que je ne sais même pas ce que je t'ai fait.

— Désolé. Tu n'as rien fait de mal, Molly. Et je voudrais pouvoir mettre ça sur le compte de ces antidouleurs qu'ils m'ont administrés, mais ce n'était pas le cas. Je ne voulais pas que tu me voies brûlé, estropié et affreux, c'est tout.

Je soufflai. Carter manifestait tous les signes ordinaires chez une victime de brûlure en convalescence : l'angoisse concernant son aspect, l'impuissance et l'irritabilité.

— Carter, s'il y a bien quelqu'un qui te comprend, c'est moi. J'ai travaillé avec beaucoup de patients, et je sais ce que tu traverses. Je voulais vraiment être là pour toi.

— Merci. Je le savais bien, et tu en auras peut-être encore l'occasion si ça te dit toujours.

— J'arrive tout de suite.

Je lâchai le combiné et je me changeai sans même prendre le temps de lui dire au revoir. Je ne savais pas ce qui me prenait, mais j'avais perçu dans la voix de Carter quelque chose qui avait disparu durant les sept années qui s'étaient écoulées depuis la mort de Daisy.

L'espoir.

Dix minutes plus tard, je brandissais mon badge d'interne devant la sécurité et j'entrais à l'hôpital. Les heures de visite se terminaient à vingt-deux heures et si je n'avais pas travaillé sur place, ils ne m'auraient pas laissée passer. Je frappai doucement à la porte de Carter.

— Entre, dit-il.

Eh bien, au moins il n'a pas changé d'avis. Après avoir respiré à fond, je poussai la porte et je tournai le variateur de lumière pour ne pas éblouir Carter.

— Salut, Molly.

Ce sourire à lui seul valait bien le déplacement. Mais qu'est-ce qui avait bien pu se passer ici ces deux dernières semaines ? Carter semblait métamorphosé. Enfin, pas vraiment : il n'avait pas complètement changé, mais l'énergie qui émanait de lui m'embrasa la peau.

— Comment vas-tu ?

J'entendis ma propre voix trembler : j'avais les nerfs en pelote. Après tout, il m'avait plus ou moins envoyée paître, et voilà que c'était moi qu'il se décidait à appeler au beau milieu de la nuit. Pourquoi ?

— Mieux, j'imagine. Merci d'être venue.

— De rien. Tout va bien ?

— Oui et non. Viens, assieds-toi.

Il désigna la chaise à côté de son lit. Je fis le tour pour m'installer.

— Tout d'abord, je voulais te présenter des excuses. Je voulais que tu saches que je suis désolé de t'avoir traitée comme je l'ai fait.

— Je comprends.

— Non, il n'y a pas d'excuse. Tu es une bonne amie, et je n'aurais jamais dû te dire tout ça. C'était méchant de ma part. Cruel, en fait. Je t'en prie, pardonne-moi.

— C'est fait.

— Et je ne veux pas que tu croies que je t'ai appelée simplement parce que j'avais besoin de quelque chose. Enfin, c'est le cas, mais je t'aurais téléphoné en premier de toute façon. Et sinon, Jo ne m'aurait jamais laissé revoir Mac. Il se peut qu'elle ait aussi parlé de mûrir et de devenir adulte…

Quelqu'un avait finalement réussi à lui faire entendre raison. Je m'accrochai à la rambarde de son lit.

— Qu'est-ce que je peux faire ? Comment puis-je t'aider ?

— Le docteur dit que je pourrai sortir demain, mais soit je reviens tous les deux jours faire changer et examiner mes pansements, soit c'est une infirmière qui passera chez moi, où je sais que ma mère va me traiter comme un gosse de quatre ans, soit… eh bien je me disais que puisque tu vivais dans le coin, je pourrais trouver un appartement ici et que tu m'aiderais, pour les pansements. Je te rémunèrerais, tu sais…

— Moi ? fis-je en me désignant du doigt, incrédule.

— Eh bien, tu es médecin, non ?

— Techniquement, pas encore. Mais je le serai dans trois semaines.

Ce serait officiel, alors. D'ici trois semaines, j'allais enfin débuter ma carrière de médecin de famille.

— C'est génial. Je crois que je ne connais aucun vrai docteur. Tu n'étais pas censée devenir infirmière ?

— Si, mais j'ai changé d'avis. Non, je mentirais en disant ça. J'ai toujours voulu devenir médecin.

— Alors pourquoi avoir raconté à tout le monde que tu souhaitais être infirmière ?

J'écartai cette interrogation d'un geste.

— C'est une longue histoire.

— Eh bien je suis sûr que tu es bien plus qualifiée que n'importe quelle infirmière, dans ce cas. Et sans doute trop chère pour moi.

— Merci. Je ne dis pas non, mais je m'étonne que tu aies pensé à moi. Et si j'acceptais, je ne voudrais en aucun cas que tu me donnes de l'argent.

— Pourquoi pas ?

— Parce que tu es un ami. C'est vraiment moi que tu veux ?

— Bien sûr que c'est toi. Tu es… Molly. Je te fais confiance.

Cette réponse me réchauffa le cœur de la plus tendre des façons.

— Alors emménage avec moi, lâchai-je.

— Hein ? Pas question. Je suis super chiant au quotidien.

— Tu as vécu en ami avec Jo, et nous sommes amis. Je suis sûre que ça collerait entre nous. Je pourrais t'aider pendant ta convalescence et m'assurer que tu suives ta physiothérapie. Et tu rentrerais chez toi bien plus tôt.

Il fronça les sourcils. Cette proposition le faisait hésiter, mais j'ignorais pourquoi.

— Allez, Carter. Tu as une meilleure idée, peut-être ?

— Pas vraiment. Pas à moins de vouloir séjourner ici, à supporter cette bouffe d'hosto dégueulasse et à creuser ma dette. L'essentiel de l'argent de l'assurance de ma maison couvrira mes frais d'hospitalisation.

— Ne me parle pas de dettes ! Je connais ça. Il va me falloir une éternité pour rembourser mon prêt étudiant.

Mais toujours moins que si je n'avais pas bénéficié d'une bourse chaque année.

— Tes parents ne peuvent pas t'aider ? demanda-t-il, avant de se reprendre.

Carter connaissait mes parents : c'était comme s'ils n'existaient pas. Je m'étais coupée de ce monde et je ne voulais pas y retourner. À part pour revoir mon petit frère, bien sûr. Il me manquait.

— Je ne veux pas être un fardeau pour toi, Molly. Je suis sérieux. Ni financier ni émotionnel. Ils m'ont dit que je serais limité dans ma mobilité un moment. Ce n'est pas rien. Tu es vraiment sûre ?

— Tu es solide et tu ne seras pas un fardeau. Je te le promets.

Il tendit la main vers mon poignet, où une bande de cuir dissimulait l'un de mes nombreux secrets. Carter était le seul à être au courant de celui-là, même si je ne lui avais jamais expliqué pourquoi je me tailladais la peau. Je ne lui avais pas raconté pourquoi, à l'âge de seize ans, j'avais voulu mourir. J'avais probablement inventé un autre mensonge. Une fois remise, j'avais promis au docteur Burke de faire quelque chose de ma vie. À vrai dire, c'était lui qui m'avait inspirée, qui m'avait aidée à devenir médecin.

— Et pour toi, tout va bien, Molly ?

— Oui, tout va bien.

Et tout continuerait à aller parfaitement bien tant que je restais loin de Hope Bay. Carter n'insista pas davantage. Je ne savais pas si je parviendrais à lui dire la vérité un jour ou à avouer à quiconque ce qui s'était passé là-bas. Je ne me sentais pas prête à l'évoquer, et je savais que lui n'était pas prêt à entendre parler de cette partie de ma vie.

— Puis-je jeter un coup d'œil à ton bras ? demandai-je.

— Bien sûr.

Je me lavai soigneusement les mains, enfilai des gants en latex et défis le bandage. D'après mes souvenirs, cette région n'avait pas été touchée aussi gravement que le torse de Carter. Quand je l'avais vu juste après l'incendie, j'avais craint qu'il ne s'en remette jamais : tous mes espoirs concernant sa santé étaient partis en fumée comme les restes des murs de sa maison. Certes, il était jeune et vigoureux, mais je savais d'expérience quels dégâts irréversibles des brûlures trop étendues pouvaient infliger à un corps humain.

Je souris en voyant la plaie qui cicatrisait. La greffe de peau avait parfaitement pris sur son bras.

— Il va te falloir des manchons de compression, commentai-je.

— C'est ce qu'ils disent. Et pour mes côtes aussi.

— Tu me fais voir ?

Il hocha la tête. À l'aide de ciseaux chirurgicaux, je découpai le bandage à l'endroit sain et je retirai délicatement le pansement. La peau me sembla normale, excepté sur un bord de la greffe, un peu plus rouge et enflé qu'il n'aurait fallu.

— Fais-moi voir ton dossier médical.

Je détachai le porte-bloc fixé au côté de son lit pour consulter les dernières entrées.

— Qu'est-ce qui ne va pas ?

— Je m'assure simplement qu'ils te donnent des antibiotiques pour ça. Voilà. On en est au deuxième jour. Hmm…

— Comment ça, hmmm ?

— Ça me paraît un peu enflammé. Peut-être une infection, mais les antibiotiques devraient t'aider.

— Ils ont dit ce matin que ça s'arrangeait déjà.

— C'est pour ça qu'ils te laissent sortir. Mais il faudra tout de même qu'on te surveille.

Je pris un autre pansement pour bander de nouveau la plaie.

— Ça alors, tu es vraiment un médecin à présent !

— Pas encore, murmurai-je en souriant. Encore trois semaines.

— Dans ma tête, tu l'es déjà.

Il m'adressa un de ces clins d'œil sexy dont il avait le secret, et je ne pus m'empêcher de glousser intérieurement.

— Mais sérieusement, je ne veux pas te peser, Molly.

— Tu ne seras pas un fardeau. Et on dirait que ton visage va bien se remettre lui aussi.

Je tendis la main vers sa joue pour effleurer les croûtes. S'il ne les arrachait pas – et il semblait s'en être abstenu –, il avait une chance de guérir complètement.

— Ça te démange ? demandai-je.

— Oh oui, putain ! s'exclama-t-il en écarquillant les yeux. Oh, pardon !

— Pourquoi ?

— Je ne devrais pas employer ce langage devant toi.

— Mais si. Tu devrais être le Carter que je connais depuis toujours. C'est tout ce que je demande.

— Merci, Molly. Tu sais, je me suis demandé longtemps si j'arriverais à me retrouver, mais… tu m'as toujours aidé à me rappeler qui j'étais. Pardon de m'être comporté comme un trou du cul vis-à-vis de toi. Je suis désolé de ne pas t'avoir crue.

Un petit bruit nous parvint du couloir, attirant notre attention vers la porte qui s'ouvrait lentement. Une petite tête apparut à la porte. Les yeux s'ouvrirent en grand, et je reconnus immédiatement le radieux sourire de la coupable.

— Sarah ?

— Docteur Fowler ?

— Bonjour, ma puce. Qu'est-ce que tu fais là si tard ?

— Je vous ai vue entrer, mais il a fallu que j'attende que le garde sorte du couloir pour venir vous voir, parce que j'arrive pas à dormir.

— Oh, viens là, Sarah.

Lorsque je lui tendis les bras, elle courut presque à ma rencontre.

— Je voudrais te présenter quelqu'un. Voici Carter. C'est un pompier, et il a sauvé une petite fille comme toi d'un incendie.

— Vous êtes un héros, alors ? Vous vous êtes fait brûler ? demanda-t-elle en considérant les bandages de Carter.

Ce dernier lui adressa son grand sourire de fierté, celui qui me plaisait tant.

— Oui, mais je le referais si c'était à refaire.

— Les incendies, c'est drôlement dangereux.

— En effet. Et toi, pourquoi tu es là ?

— J'ai une leucémie, répondit Sarah en haussant les épaules.

— Ça craint.

Sarah se retourna vers moi.

— Je l'aime bien, dit-elle.

— Moi aussi, répondis-je.

Carter se racla la gorge pour attirer son attention.

— Mais tu sais ce qui aide le corps à se remettre, à guérir et à se battre ?

— Quoi ?

— Le sommeil. Beaucoup de sommeil. Je ne peux pas te promettre que ça te soignera, mais si tu dors bien, tu te sentiras bien mieux le lendemain.

— Je sais, mais c'est dur.

— Tu veux essayer de dormir ici ? dit-il en désignant le lit voisin du sien.

— Oui, murmura-t-elle en se tournant vers moi comme pour me demander la permission.

Je hochai la tête.

Sarah sauta de mes genoux et grimpa sur l'autre lit, puis tira la couverture jusqu'à son menton en souriant.

— En temps normal, je t'aurais bien fait des ombres chinoises, mais je suis un peu coincé, là, dit Carter en agitant le bras droit.

Sara gloussa.

Je vins m'asseoir à côté d'elle.

— Ferme les yeux, ma chérie.

— Docteur Fowler ? Vous pouvez me chanter la chanson de l'arc-en-ciel ?

J'aurais fait n'importe quoi pour guérir cette petite de sa leucémie. J'aurais préféré l'avoir à sa place. À vrai dire, j'avais même vérifié si j'étais compatible pour une greffe de moelle osseuse, mais ce n'était pas le cas. Sarah restait sur la liste d'attente. Elle aurait dû avoir toute la vie devant elle et voilà qu'elle devait se battre rien que pour le droit d'exister.

Je m'étendis près d'elle et je chantai, comme toujours quand elle me le demandait. Ses yeux se fermèrent doucement. Une fois qu'elle se fut endormie, je retournai auprès de Carter.

— Elle est adorable, cette gamine. Ces taches de rousseur…

Oui, je savais exactement à qui elles lui faisaient penser.

— Tu sais qui c'est ? demandai-je avec une pointe d'appréhension.

— Elle a dit qu'elle s'appelait Sarah, répondit-il, vaguement troublé.

— En effet. Sarah est la petite cousine de Daisy, qui n'a pas eu l'occasion de la rencontrer.

— Quoi ? Mais comment tu le sais ?

— Parce que c'est la mienne aussi, mais du côté de Père. Le père de Sarah était le frère de Père, mais ils n'ont jamais été très proches. Nos familles sont pour ainsi dire restées à l'écart l'une de l'autre. Père n'était pas vraiment le frère idéal à ce qu'on m'a dit. Je suis presque sûr qu'il ignore que son frère a eu une fille. Joanne, la mère de Sarah, ne l'a jamais apprécié, ce qui n'a sans doute rien d'étonnant. Enfin bref, la mère de Daisy aide sa sœur depuis quelques années.

— Ce que je suis con. Je n'ai pas recontacté la famille de Daisy depuis sa mort. J'ai essayé, au début, mais ils ont déménagé.

— Ils sont allés vivre chez sa sœur, en ville, six mois après l'enterrement, sans en parler à quiconque. La rumeur prétendait qu'ils ne se remettaient pas de la mort de leur fille, tu as dû en entendre parler. La mère de Daisy est bien déterminée à trouver un donneur pour sa nièce.

— Quelles sont ses chances ?

J'avais le cœur brisé à l'idée qu'une petite fille si jeune et innocente, qui aurait dû avoir toute la vie devant elle, soit victime de cette maladie.

— Assez bonne, d'ordinaire, mais la leucémie de Sarah est agressive. Nous avons cru qu'elle était guérie après la première phase de chimio et de radiations. Elle se portait bien. Mais elle a rechuté. Ils attendent qu'elle reprenne des forces pour le prochain traitement, mais ça n'arrivera pas tant qu'ils n'auront pas trouvé un donneur pour la moelle. C'est une battante, comme Daisy.

En mentionnant le nom de Daisy, je sentis une brise traverser la pièce et j'en eus la chair de poule. Je me retournai pour voir d'où venait le courant d'air, mais ni la fenêtre ni la porte n'étaient ouvertes. Je reportai mon attention sur Carter, qui n'avait apparemment pas remarqué le changement de température.

— Sarah est la seule autre fille de la famille. S'ils la perdent, il n'y aura pas de générations futures.

— Il y a de l'espoir ?

— Il y en a toujours, Carter.

Il fronça les sourcils en regardant Sarah, puis souffla comme s'il venait de prendre une décision. Je lui dis au revoir et je poussai le lit de Sarah jusque dans sa chambre, en prenant note de lui rendre visite pour l'examiner le lendemain.

Carter m'avait demandé, à moi plutôt qu'à quiconque, de venir le chercher lorsqu'on le laisserait sortir le lendemain.

Comment étions-nous passés de l'absence totale de communication à l'une des conversations les plus réfléchies, sans échanger de répliques stupides ni ressasser le passé ? Sans parler du fait qu'il allait emménager dans mon appartement. Je craignais bien d'avoir du mal à le réaliser. Qu'est-ce qui nous arrivait ? Le temps avait-il fini par guérir nos cœurs blessés, au moins en partie ? Nous nous sentions tellement bien ensemble que la situation me paraissait irréelle. Notre amitié pouvait-elle se révéler aussi agréable que je l'imaginais des années auparavant, aussi bienfaisante que je le souhaitais ? Je l'ignorais, mais je savais que dès demain, vivre avec Carter Clark allait être une sacrée aventure.

CHAPITRE 17

CARTER

Je frappai à la troisième porte du service pédiatrie, puis jetai un coup d'œil par la porte entrouverte. Sarah leva la tête et me salua avec un grand sourire.

— Salut p'tite ! Tu te souviens de moi ?

— Qui pourrait oublier un pompier ? T'es un héros.

La semaine passée, nous avions échangé les deux mêmes phrases chaque fois que je venais lui rendre visite.

— Comment tu te sens, Sarah ?

— Bof, couci-couça. Et les cicatrices ?

— Bof, couci-couça.

Je poussai mes roues pour m'approcher du lit de la petite. Elle me semblait plus frêle ce jour-là que la semaine passée. Elle me rappelait presque Daisy quand l'ambulance l'avait emmenée après la tornade de Hope Bay et que sa vie ne tenait plus qu'à un fil.

— Je peux t'apporter quelque chose ?

— Nan, je suis fatiguée aujoud'hui.

— Et ça ? fis-je en fouillant le sac attaché à mon fauteuil roulant pour en retirer une sucette dans son emballage.

Avec un peu de chance, elle n'avait pas fondu.

— À la banane ? s'enquit-elle, mais elle retira aussitôt l'emballage pour goûter sans attendre ma réponse. Mon parfum préféré, conclut-elle en roulant des yeux.

Je m'en étais douté. C'était aussi celui de Daisy : ma prise de risque avait payé.

— Il paraît que tu as passé une semaine pourrie.

— Ma transplantation de cellules souches autologues ne s'est pas bien passée. Ils disent que certaines des cellules cultivées devaient déjà être infectées.

— Molly m'a dit qu'ils les développaient depuis un bout de temps.

— Ouais, maman est triste. Elle a dû vendre la maison pour les payer, parce qu'elles coûtent très cher. Et ça n'a pas marché.

— Je suis désolé.

— Ça fait rien. Elle dit que je le vaux bien.

Mon cœur se serra. J'avais vraiment nourri beaucoup d'espoirs concernant cette transplantation.

— Bien sûr que tu le vaux. Et ne t'inquiète pas pour ta maman et la maison. Elle a des tas d'amis qui vont l'aider.

— Comme toi ?

— Oui, comme moi, bien sûr. Tu ne le sais certainement pas, mais j'étais très proche de ta cousine Daisy.

— Celle qui a été tuée par une tornade.

Mes cheveux se dressèrent sur ma nuque.

— Oui, celle-là. Elle avait des taches de rousseur, exactement comme toi. Et quelque chose me dit que si j'ai atterri dans cet hôpital, ce n'était pas un hasard. Il fallait que je te rencontre.

Et que je t'aide, ajoutai-je mentalement.

— Comment ça se fait ? demanda Sarah, perplexe, en fronçant les sourcils.

— Je crois que Daisy voulait qu'on soit amis.

— Je crois que je l'aurais bien aimée.

— J'en suis sûr. Alors, tu penses que je pourrai te rendre visite la semaine prochaine, après la chimio ?

— Ben, je suis pas docteur, mais j'aimerais bien, oui.

— Et peut-être que si on éteint les lumières après dîner, on pourra jouer aux ombres chinoises, fis-je en agitant la main.

Je portais toujours un manchon de compression, mais j'arrivais à remuer les doigts. Sarah considéra la table où son repas l'attendait, froid. L'infirmière m'avait expliqué qu'elle avait de moins en moins d'appétit ces derniers jours.

Elle soupira et, l'espace d'un instant, j'eus l'impression qu'elle avait perdu l'espoir. L'épuisement lui creusait les yeux. Même le simple fait de cligner des paupières paraissait la fatiguer. J'allais prier pour qu'elle ait la force d'endurer un traitement destiné à remettre son système immunitaire d'aplomb. Je plaçai ma main sur la sienne, minuscule.

— Il faut que tu tiennes le coup encore un petit moment, Sarah. Je sais que tu peux le faire.

Elle posa son autre petite main sur la mienne.

— Je sais que tu peux y arriver aussi, Carter. Tu peux guérir de tes brûlures.

Voilà qu'elle me surprenait de nouveau.

— Et si on disait que je continue à tenir bon si tu tiens bon aussi ? demandai-je.

— C'est pas juste et tu le sais. Ta maladie à toi n'est pas terminale.

Pourquoi fallait-il qu'elle s'exprime comme une adulte ? Pourquoi le mot *terminal* faisait-il partie de son vocabulaire ?

— La tienne non plus. Les gens se remettent du cancer. Ils guérissent, et c'est ce que tu vas faire.

Je lui serrai la main.

— Il faut que tu me promettes que tu vas aller mieux. Et ce n'est pas en refusant de manger que ça va s'améliorer.

— Mais ça me fait mal au ventre.

— Je sais, ma puce. Mais il faut que tu prennes des forces pour la chimio et la radiothérapie. Ça ne sera pas facile, je sais que tu es au courant.

Elle me fit signe de rapprocher le plateau. Je poussai la table à côté d'elle. Elle souleva le couvercle du plat principal et piocha du bout de la fourchette dans sa purée avant de l'enfourner dans sa bouche.

— D'accord, mais seulement si tu me promets que toi aussi, tu seras fort.

Elle en valait la peine. À côté de cette petite coriace, mes propres souffrances, même multipliées par mille, ne pesaient pas lourd.

— Promis. Je resterai fort, et toi aussi.

— Bon, assez parlé de choses sérieuses, Carter. Comment tu trouves le docteur Fowler ? s'enquit-elle.

— Tu veux une réponse honnête ?

— T'as intérêt. C'est ça ou rien.

Évidemment. Sarah avait déjà une âme d'adulte et elle ne s'en rendait même pas compte.

— Eh bien, elle est belle, intelligente, canon…

Attendez, je venais de qualifier Molly de canon *devant une gamine de huit ans ?*

— Tu vas l'inviter à sortir avec toi ?

— Tu crois que je devrais ?

Elle hocha vigoureusement la tête.

— Je crois qu'elle n'attend que ça. Elle est spéciale.

— Je le sais bien. C'est pour ça que je ne peux pas me contenter de ce que n'importe qui d'autre pourrait faire. Il faut que ce soit une occasion plus spéciale que tout.

Sarah s'approcha. Je lisais dans ses yeux une sagesse qui n'était pas de son âge.

— Mais t'as pas encore compris, Carter ? Tout ce que tu feras, elle le trouvera spécial, parce que tu comptes pour elle.

Je lui souris et, l'espace d'un instant, j'eus l'impression de regarder les yeux de Daisy. Pendant une seconde, c'était elle qui me prodiguait ce sage conseil.

— Merci, petite. Je te tiens au jus.

— Oui, s'il te plaît. Au fait, Carter ?

— Oui ?

— On peut reporter les ombres chinoises à un autre jour ?

Elle ferma brièvement les yeux, comme si ses paupières étaient trop lourdes. Elle avait à peine touché à son repas, mais elle baissa la main et laissa tomber la fourchette sur son assiette.

— Bien sûr. On fera tout un spectacle.

Je tirai sur sa couverture pour la border.

— Pourquoi tu ne te reposerais pas, hein ? Je repasserai voir si tu dors après mon rendez-vous.

— À plus, le héros.

— À plus, l'héroïne, répondis-je, en espérant qu'elle comprendrait un jour pourquoi je l'appelais ainsi.

La seule qui faisait preuve d'héroïsme, c'était elle. Me qualifierais-je comme donneur compatible pour son prochain traitement ? Et pourquoi avais-je l'impression que le temps jouait contre Sarah ?

Je roulai jusqu'à la porte et empruntai l'ascenseur menant au service des grands brûlés. Au troisième étage, la porte s'ouvrit et le docteur Burke entra.

— Salut, Carter. Ça va ?

— Bien. C'est l'heure du check-up. Et vous, docteur Burke ? Vous êtes ici pour le travail ?

— Non, je préférerais, mais il s'agit d'une affaire personnelle, cette fois.

— J'espère que vous allez bien.

— Moi aussi. Mon vieux palpitant fait des siennes, c'est tout. Comment te sens-tu ? J'ai entendu dire que Molly s'occupait de toi.

— Oui, en effet, et au cas où mon état ne parlerait pas de lui-même, elle fait de l'excellent travail.

Je mentais, bien sûr, parce que je ne laissais pas Molly m'aider autant qu'elle l'aurait souhaité. Je tenais à mon indépendance et je ne voulais pas passer pour un estropié, en particulier devant elle.

— Et elle, comment va-t-elle ? Ça fait longtemps que je ne l'ai pas revue en ville.

— Très bien, mais si vous connaissez un moyen de la faire revenir à Hope Bay, je veux bien l'entendre.

— Je croyais que le simple fait que tu y habites lui aurait suffi. Molly en a toujours pincé pour toi.

— Eh bien, il faut croire qu'il en faut plus que le grand brûlé que je suis pour la ramener au bercail.

Il m'adressa un regard perplexe, mais porta la main à son cœur et inspira à fond.

— Vous vous sentez bien ?

— Je voudrais bien. Ça va passer.

— Vous savez, pour un médecin, vous ne prenez pas cette histoire de cœur suffisamment au sérieux.

— Comme les mécanos qui conduisent de vieux tacots abîmés.

J'éclatai de rire. Il avait raison.

— Ne t'en fais pas, Carter. Je crois qu'il est temps pour le vieux schnock de prendre un peu de repos.

— Pourquoi vous ne prenez pas votre retraite ?

— Je le ferais si quelqu'un reprenait la clinique.

— Molly ! Elle est médecin à présent. Elle pourrait.

C'était à lui de rire à présent. Le docteur Burke secoua la tête, et il sembla perdu dans ses pensées un instant. Lorsqu'il me regarda de nouveau, un éclair de mélancolie lui traversa les yeux.

— Je peux faire quelque chose pour vous aider, toi et Molly ?

Le docteur sortit de l'ascenseur avec moi et me suivit dans la salle d'attente. Une fois que je me fus présenté à l'accueil, il s'assit à mes côtés.

Il ne s'était pas prononcé sur la reprise de son cabinet par Molly. Peut-être m'étais-je montré présomptueux en sous-entendant qu'il pouvait confier l'œuvre de sa vie à quelqu'un d'autre.

— Vous ne sauriez pas comment expulser définitivement son père de cette ville ? demandai-je.

— Ha ! Il faut croire que je ne suis pas le seul à rêver de ça. On dirait que cet homme est capable de repousser tout le monde.

— Qu'est-ce que vous voulez dire ?

— Même sa famille l'a répudié. Je pensais vraiment qu'il serait là pour son frère quand Sarah est tombée malade.

Je fronçai les sourcils.

— C'est vrai. Ron s'est brouillé avec eux, mais il reste l'oncle de Sarah.

— Oui, répondit le docteur, mais ne dis pas ça devant la petite. Je ne sais même pas si elle est au courant qu'ils appartiennent à la même famille.

— Attendez… a-t-on testé la compatibilité de Ron Fowler avec Sarah ? Pour la transplantation de moelle osseuse ?

— Je ne crois pas. Et même s'il correspondait, cet homme est un ivrogne. Son foie et ses reins sont certainement plus troués qu'une meule de gruyère, il ne répondrait pas aux critères.

C'est vrai.

— Mais s'ils sont compatibles… insistai-je.

— Ça ne ferait aucune différence. Sauf s'il était sur son lit de mort, les médecins n'envisageraient jamais une telle greffe.

Un frisson me parcourut, comme si quelqu'un essayait de me guider.

— Docteur Burke, je ne sais pas pourquoi, mais j'ai l'impression que vous devriez demander à Ron Fowler de passer un test.

— Carter, ça ne se limiterait pas à une prise de sang, et Ron Fowler n'accepterait jamais.

— Dommage. On pourrait sauver la vie d'une petite fille, soupirai-je.

— Tu es un homme bon, Carter. Tu t'es toujours montré protecteur envers Molly. Et ça n'a pas changé. C'est une qualité respectable.

— Eh bien, certaines personnes valent la peine qu'on prenne des risques pour elles, et Molly en fait partie. Regardez tous ceux qu'elle va pouvoir aider, et même sauver, en tant que médecin. Elle va être formidable.

Je souris.

— Je suis ravi que les choses tournent bien pour vous deux. J'ai eu quelques doutes…

— Pourquoi ?

— Eh bien, vous vous connaissez depuis longtemps, tous les deux.

— Depuis l'enfance.

— Parfois, les décisions que nous prenons dans nos jeunes années ne sont pas les meilleures.

Où voulait-il en venir ?

— Je suis ravi que vous ayez été prudents, Carter. Vraiment. Et aussi que Molly ait un bon ami comme toi.

C'était moi qui avais de la chance. Mais le temps que je pense à lui demander ce qu'il entendait par « être prudents », on m'appelait dans le bureau du médecin. Il changea mes bandages et examina mes plaies, avant de me poser dix mille questions sur mon état d'esprit et ma rééducation, et de vérifier le dossier que je devais remplir chaque fois que je changeais mes propres pansements ou que je laissais Molly s'en occuper. Après avoir grogné et soufflé, et m'avoir expliqué que je ne le faisais pas assez souvent, il finit par me laisser partir. Mais pas avant de m'avoir fait promettre pendant un bon quart d'heure de suivre les instructions, cette fois.

En repartant, je m'arrêtai devant la chambre de Sarah, mais elle dormait encore. Je jetai un coup d'œil, puis je fermai les yeux.

Merci, entendis-je, ce qui m'aurait fait tomber de mon fauteuil si ç'avait été possible.

— Daisy ? murmurai-je.

Mais elle ne répondit pas. Je sentais toutefois sa présence comme jamais. Sa voix confirmait que le plan que j'avais mis en place était le bon. Je n'avais pas survécu à l'incendie par hasard, je commençais à le comprendre à présent. Il fallait que je guérisse, pas simplement pour moi, mais aussi pour Sarah et sa famille.

CHAPITRE 18

MOLLY

e n'ai jamais aimé les surprises. Du moins tant que ce n'était pas moi qui les organisais. La semaine dernière, j'avais invité M. et Mme Clark à dîner, et ce soir, Carter les reverrait pour la première fois depuis sa sortie de l'hôpital. Ils s'étaient absentés un moment : M. Clark combattait les incendies dans le nord-ouest, et son épouse aidait à préparer les repas pour les pompiers. Ils ne voulaient pas partir quand ils avaient appris que Carter ne séjournerait plus à l'hôpital, mais quand je leur eus garanti que je veillerais sur lui, ils acceptèrent en nous promettant de repasser nous voir dès qu'ils reviendraient.

Je me penchai au-dessus de la table et soufflai sur la bougie. Carter détestait que je sorte d'une pièce sans éteindre celles qui s'y trouvaient. Il n'avait emménagé que depuis une semaine dans mon appartement, mais il commençait déjà à se servir de ses béquilles. On remarquait toujours qu'il boitait du côté gauche, et à en croire son expression lorsqu'il avançait, ce mouvement devait lui être douloureux. Le soir, après avoir passé une longue journée à forcer sur sa jambe, il préférait son fauteuil. Non : en fait, il ne le *préférait* pas. Il détestait cet « engin sur roues du diable », comme il l'avait baptisé, en se qualifiant lui-même d'estropié inutile. La frustration lui sortait littéralement par tous les pores, mais j'avais appris qu'avec Carter, mieux valait laisser courir et lui accorder une pause, comme à un petit enfant, le temps qu'il évacue la pression et se remette à penser comme un homme. Avec mon emploi du temps compliqué, nous ne nous étions pas beaucoup croisés tous les deux, mais je prenais le temps de vérifier ses progrès, de changer certains de ses pansements une fois par jour – Carter était apparemment chatouilleux au niveau du torse et ne me laissait pas toucher cette partie de son corps – et de l'aider à se rendre à l'hôpital pour ses visites de contrôle. Nous étions plutôt occupés.

Aujourd'hui, je vais passer une bonne journée, pensai-je au moment où j'entendis un bruit dans la salle de bain juste avant que Carter ne pousse un cri de douleur. Je bondis de ma chaise et je me cognai la cuisse à un coin de meuble au passage. Le choc allait me laisser une belle ecchymose de la taille d'une orange. J'ouvris la porte de la salle de bain sans songer à frapper, et je le découvris nu comme un ver sur le sol, dans toute sa splendeur. Il me regarda.

— Désolée !

Je portai presque aussitôt la main à mes yeux pour les couvrir, mais pas assez vite. Le spectacle de cet homme nu, étalé sur le sol, n'était pas du genre qu'une femme pouvait oublier de sitôt.

— Ça va ?

Au lieu d'être vexé, comme je m'y étais attendu, il éclata de rire.

— Tu peux regarder maintenant, Molly, je me suis couvert.

Je retirai précautionneusement les mains de mes yeux. Il aurait aussi bien pu rester nu : la minuscule serviette ne cachait pas grand-chose. À vrai dire, elle soulignait la moindre courbe de son anatomie, y compris son sexe en semi-érection. Et le pire, c'est que je ne pouvais pas m'arrêter de reluquer. Je l'avais déjà vu sans presque rien sur le dos, mais ce jour-là, une sensation nouvelle s'éveilla en moi. Mon cœur battait et j'avais soudain les mains moites. En apercevant du coin de l'œil une veine palpiter sur sa jambe, je sentis mon propre sang circuler plus vivement dans les miennes. La majorité se concentrait d'ailleurs sous la ceinture.

Cette impression m'envahissait peu à peu, accompagnée du besoin de toucher un homme bien réel. Je désirais qu'il me tienne dans ses bras et me serre fort, peau contre peau… alors que je n'avais jamais éprouvé l'envie de me coller contre le corps de quiconque. En fait, j'avais complètement renoncé aux hommes. Mais ça ne fonctionnait que lorsque je ne pensais pas à Carter Clark. L'envie de le toucher *là* me démangeait la paume, et je me demandai si j'arriverais à le prendre tout entier entre mes doigts.

— Si tu veux voir mes yeux, c'est plus haut, bébé.

Je sursautai, gênée, croisant son regard goguenard.

— Pardon. C'est dur… enfin, c'est difficile… de ne pas te regarder quand tu es tout… nu.

— Tu n'as jamais vu d'homme nu avant ? demanda-t-il d'une voix basse, presque un grondement.

Il me fixait, complètement concentré sur ma réponse.

— Bien sûr que si.

Sur une table d'opération.

Le corps dénudé de Carter me rappelait les types vigoureux des vidéos de fitness, musclés et en sueur, si aguichants… Dieu du Ciel, quel délice ! Malgré ses blessures, Carter avait presque tout d'un athlète. Je me sentis gagnée par la chaleur. Le souffle court, je me raccrochai à la porte pour conserver l'équilibre.

— Quelque chose me dit que ça fait un bout de temps, alors.

Il haussa un sourcil avec cette expression sexy qui n'appartenait qu'à lui et passa la main dans ses cheveux. Et lorsque la fossette se creusa de nouveau dans sa joue droite, je fondis. S'il continuait, c'était moi qui allais me retrouver étalée par terre et mendier pour qu'on me soulage…

Je me raclai la gorge et m'arrachai à sa contemplation pour braquer mon regard sur le motif à croisillons du mur. Le papier peint n'avait pas changé depuis mon arrivée, et il m'irritait toujours autant qu'au premier jour. Et en parlant d'irritation…

— Carter, tu pourrais éviter de m'appeler *bébé* ?

— Oui, bien sûr. Pardon.

— Non, ce n'est pas toi le problème. C'est juste que Père m'appelait comme ça et que… eh bien…

— Pas besoin de te justifier, Molly. Je m'en abstiendrai à l'avenir. Désolé d'avoir fait remonter de mauvais souvenirs.

Wow, on dirait qu'il fait vraiment de gros efforts, pas vrai ? Parfois, je me demandais pourquoi il n'évoquait plus l'incendie de la grange, ni Père, du reste, mais peut-être qu'il avait compris ce que j'attendais de lui. Peut-être que nous aurions droit à un nouveau départ, au bout du compte. Je tendis la main pour prendre une serviette de bain suspendue au mur et la lui jeter, pour qu'elle lui couvre le bas du corps.

— Comment tu faisais pour te doucher, jusqu'ici ? demandai-je.

— Je grimpais par-dessus le rebord et je m'asseyais. Au bout du compte, c'est plus facile que d'utiliser ces saloperies de sièges en plastique à l'hôpital.

— Tu te baignes avec les bandages ?

— Oui, ma peau est sensible. Je ne veux pas que l'eau la touche.

— Mais le docteur t'a bien recommandé de les retirer avant la douche. Je croyais que tu t'en occupais tout seul parce que tu étais chatouilleux ! Carter, ne souris pas comme ça. Je suis sérieuse.

Mais il ne se départit pas de son sourire sexy. J'avais du mal à lui parler lorsqu'il me fixait avec cette expression d'adoration à croquer.

— C'est un interrogatoire ? demanda-t-il.

— Non, juste une amie qui s'inquiète, et d'un point de vue médical, il faut nettoyer cette zone. Éliminer les fluides qui remontent pour éviter l'infection.

— Ils formeront juste une croûte et elle finira par tomber.

— Carter, ce n'est pas le moment de plaisanter. Laisse-moi voir tes plaies.

Je m'agenouillai à côté de lui, pris les ciseaux chirurgicaux dans le placard de l'évier et coupai le bandage. Carter remua légèrement lorsque mes doigts effleurèrent sa peau. La région du torse était la seule qu'il ne m'avait pas encore montrée.

En voyant sa couleur saine, je soupirai de soulagement.

— Tu vois ? Je pète la forme.

— Tu as failli me faire avoir une crise cardiaque. Il faut que tu nettoies ça.

Il tressaillit lorsque mes doigts passèrent sur la zone la plus sensible.

— Pardon, murmurai-je.

— Ce n'est rien. Ça me fait mal quand j'y touche, moi aussi. J'ai oublié que j'étais blessé pendant que je me lavais, et comme ça me démangeait, je me suis gratté sur les croûtes. J'ai dégusté.

Après avoir affronté les flammes et bravé les tornades, il ne craignait pas grand-chose, et avouer qu'il souffrait devait lui coûter.

— Oh, Carter, les démangeaisons, c'est bon signe ! Ça veut dire que tu guéris. Mais pourquoi tu n'as rien dit ? J'aurais pu t'aider.

— Dans la douche ?

— Oui. Je suis une professionnelle.

— Alors si je t'avais appelée, nu dans la douche, tu m'aurais fait prendre mon bain ? Maintenant qu'on en parle, ça me paraît une excellente idée ! Tu m'aurais lavé tout le corps, Molly ?

Il parlait d'une voix si basse et excitante que des frissons me parcoururent les bras. Les cordes vocales paralysées, je déglutis, la gorge sèche comme de la paille, et je dus me contenter de hocher la tête. Je n'aurais pas trop de toute ma volonté pour me conduire en professionnelle, mais je n'étais pas du genre à repousser ce défi. Quelle femme l'aurait fait, venant d'un homme comme Carter Clark ?

— Menteuse. Je le lis dans tes yeux, Molly. Ça t'aurait émoustillée.

Son sourire de satisfaction faussement pudique s'élargit.

— Eh bien je me serais… démoustillée, répondis-je, le rouge aux joues.

Ça ne voulait rien dire !

— Allez, couvre-toi et laisse-moi t'aider à te relever.

Je tendis la main vers son bras droit, celui qui n'avait pas de pansements. Il s'appuya sur moi, et la proximité de son corps affecta le mien d'une façon qui outrepassait les limites de la décence. Mon cœur palpita et je m'efforçai de le calmer en respirant régulièrement, mais c'était presque impossible. Alors que je le prenais sous le coude, il enjamba la baignoire et la petite serviette tomba. Au lieu de se couvrir aussitôt à l'aide de la serviette de bain, il laissa cette dernière tomber elle aussi au pied de la baignoire. Je regardai droit devant moi en me concentrant désespérément sur l'opération qui m'occupait : nettoyer la plaie de Carter. Mais la simple perspective de le toucher, de quelque façon que ce soit, me donnait le vertige.

Il s'assit finalement dans la baignoire pendant que je braquais les yeux sur le mur carrelé. J'ouvris le robinet, vérifiai la température de l'eau et laissai couler.

— Mousse ? demandai-je.

Peut-être qu'elle le dissimulerait un tant soit peu. Peut-être qu'avec une barrière visuelle entre nous, même aussi fragile que des bulles, je parviendrais à me concentrer.

— Avec plaisir.

Je versai le bain moussant et j'attendis avec impatience que l'eau fasse naître des nuages mousseux.

— Tu te sens plus à l'aise, maintenant ? demanda-t-il en inclinant la tête de côté.

— Pourquoi ne serais-je pas à l'aise ?

— Oh, allez, Molly. Ne me dis pas que ça ne te fait absolument rien de me voir nu dans ta salle de bain, parce que de mon côté, je sais que ça me fait quelque chose.

Ah bon ?

— Je dois résister de toutes mes forces pour ne pas t'attirer là-dedans avec moi. Il faut vraiment que je sois à moitié mort de froid pour que tu me rejoignes dans la baignoire ?

Le souvenir de la sensation agréable que j'avais éprouvée dans la baignoire avec Carter se faufila en moi comme un serpent, répandant dans mon esprit son venin hormonal et attisant dans tout mon corps des besoins que je réprimais depuis longtemps. Je me demandai ce que je ressentirais assise à côté de lui dans l'eau, pas pour lui sauver la vie, cette fois, mais pour profiter de lui.

— Carter, nous sommes amis. De bons amis. Et je ne veux pas franchir cette limite.

Et pour lui prouver que je pouvais tout à fait l'aider à se baigner de façon détachée, je pris l'éponge, l'imbibai de savon et l'appuyai délicatement contre son épaule, puis effectuai des va-et-vient sur son bras droit.

Ce qui ne le dissuada nullement de poursuivre son interrogatoire.

— Jamais ?

— Je... je ne sais pas. Je n'en sais rien. C'est... j'aime ma vie telle qu'elle est à présent. Je ne voudrais pas compliquer les choses, et tu es en pleine convalescence.

Je ne voulais pas lui avouer que je craignais qu'il aime toujours Daisy. Et surtout que je craignais de me rapprocher non seulement de lui, mais de n'importe quel homme. Et tous mes autres secrets... Eh bien, je les avais bien enfouis, mais si j'entamais une relation avec Carter, ils resurgiraient à coup sûr et je ne le voulais pas. Je me déplaçai et ramenai l'éponge dans son dos. Il émit un gémissement de plaisir, ce qui me fit sourire.

— Alors parle-moi de ta vie, dit-il. Je veux connaître tous les détails. Je veux savoir si tu préfères ton café noir ou avec du lait. Et les œufs, brouillés ou à la coque ? Je veux savoir de quel côté du lit tu dors et si tu aimes les câlins.

Je m'écartai et je le considérai avec stupéfaction. Je ne m'étais jamais rendu compte que Carter s'intéressait à ma vie. Ce bain commençait à ressembler davantage à un rencard qu'à de simples ablutions. Quant aux questions intimes, j'étais sûre que ce n'était pas ce genre de chose qu'on se demandait entre amis. Je lui retournai la dernière.

— Et toi ?

— Moi quoi ?

— Tu aimes les câlins ?

— Honnêtement, je ne sais pas. Le dernier date de tellement longtemps… En fait, je ne me le rappelle même pas.

— Du temps de Daisy ? demandai-je doucement.

Il hocha la tête.

— Je peux te poser une question ? fis-je en m'arrêtant de le savonner et en me demandant si je ne brûlais pas les étapes.

— Bien sûr, répondit-il en se retournant pour me regarder dans les yeux.

— Ça devient plus facile, un jour ? Tu sais, quand on subit un événement traumatisant…

Je l'avais déjà vu souffrir à plusieurs occasions. Son chagrin se dissipait au fil du temps, mais j'étais sûr qu'au fond de son cœur, il ressentait toujours un vide.

— Je ne sais pas si ça devient plus facile ou pas, mais on apprend à faire avec. Et ça aide, d'avoir des amis qui prennent soin de toi. Tu sais comme moi que je ne serais pas ici sans toi. J'aurai gelé, ou je serais au moins mort d'hypothermie.

— J'ai fait ce que n'importe qui aurait fait à ma place.

Je me rappelais ces froides journées d'hiver comme si c'était hier, au point que je m'angoissais encore en pensant qu'il avait frôlé la mort de si près.

— Ce n'est pas vrai et tu le sais. Si tu ne m'avais pas traîné jusqu'à la maison de tes parents, j'aurais emménagé définitivement au cimetière.

Je me tus tandis que la chair de poule me couvrait les bras.

— Eh bien quoi qu'il en soit, je suis heureux que tu sois là aujourd'hui, répondis-je.

— Moi aussi, Molly. Moi aussi.

Je terminai de le frotter.

— Alors, tu es totalement opposée à l'idée de fréquenter quelqu'un ? demanda-t-il.

— Carter…

— S'il te plaît, ne dis rien et écoute.

Il se retourna de nouveau vers moi, en bougeant les jambes cette fois. L'eau monta autour de lui et faillit déborder, tandis que la mousse qui le couvrait jusqu'ici dérivait de côté. Oh, mauvaise idée. Très très mauvaise idée ! Les bulles disparurent presque entièrement autour de son nombril, et je retins mon souffle en priant pour que rien d'autre ne monte à la surface.

— Je me suis comporté comme un abruti dans le passé. Je le sais, et je ne m'excuserai jamais assez, mais ce n'était jamais le bon m…

— Je comprends. Crois-moi.

— Je vais essayer de faire ça comme il faut, Molly. Je me fiche du passé. Tout ce que je sais, c'est que je suis heureux quand tu es avec moi. Je te connais déjà, mais je voudrais te connaître davantage encore. Accepterais-tu un rendez-vous avec moi ? Et un vrai, pas à ton appartement, mais à un endroit où je pourrais me sentir vraiment homme et te traiter comme tu le mérites ?

Mon cœur battait si fort que je craignais qu'il explose.

— Un rendez-vous ?

— Ne me dis pas que tu n'en as jamais eu ! J'ai vu certains des médecins à l'hôpital. Ils sont canons !

— Hum, bien sûr que si, mentis-je.

Je ne voulais pas avouer qu'à vingt-cinq ans, je n'avais encore jamais eu de rencard. Pas parce qu'on ne m'avait jamais invité : c'était arrivé à maintes reprises, mais je n'avais jamais eu le courage de dire oui.

— Alors, qu'en dis-tu ?

Eh bien je n'avais que deux possibilités. Soit j'acceptais et j'en finissais avec ce bain avant que d'autres parties de son corps n'apparaissent, soit je lui brisais le cœur en lui expliquant toutes les raisons qui m'empêchaient de sortir avec lui, tout en finissant de le laver.

— J'accepte ton rendez-vous.

— Vraiment ?

Son sourire s'élargit, creusant encore la fossette de sa joue droite. Mon cœur battit de nouveau la chamade, et il continua à sourire.

— Oui, vraiment. Mais seulement si tu te tiens bien ce soir.

— Qu'est-ce qui se passe, ce soir ?

— C'est une surprise. Et il faut que tu te laves le reste, dis-je en désignant son entrejambe sans regarder. Je suis sûre que tu n'as pas besoin de mon aide pour ça.

— Hmm, je ne sais pas. Tu me donnerais un coup de main ? fit-il d'un air facétieux.

Je lui jetai l'éponge, et la mousse m'éclaboussa le chemisier.

— Je serai au salon. Crie si tu as besoin de quoi que ce soit, excepté de quelque pour te récurer la bite.

Je lui fis un clin d'œil, satisfaite de son expression médusée, et je sortis en ajoutant :

— Et mon café, je l'aime noir.

Une fois dehors, je m'adossai à la porte et me laissai glisser par terre. J'entendis d'autres bruits d'éclaboussures, et je m'imaginai Carter en train de se laver. En revenant dans ma vie, il me faisait vraiment sortir de ma zone de confort.

Pourquoi avais-je accepté ce rendez-vous ? Pourquoi l'avais-je encouragé ?

Quelle idiote tu fais, Molly !

Je craignais de commencer à passer ces limites que je m'étais bien promis de ne jamais franchir, et cette perspective m'effrayait. Mais pas autant que d'accepter de vivre toute seule toute ma vie. Je souris. Peut-être allais-je commencer un nouveau chapitre de mon existence. Un chapitre qui finirait bien, avec un peu de chance ?

CHAPITRE 19

CARTER

Je refusais que Molly me balade en ville comme un vieillard, ce qui l'exaspérait.

— Pourquoi ne me laisses-tu pas t'aider ?

— Mais tu m'aides. Tu en fais déjà plus qu'assez. Mais si je peux me débrouiller seul, je veux le faire.

— Tu veux aller plus vite que la musique.

— Meuh non ! fis-je en agitant la main. Impossible.

— Dit le pompier qui s'est cru invulnérable et s'est engouffré dans un bâtiment en feu alors qu'il ne portait qu'un tee-shirt et un short.

— Mackenzie…

— Je sais. Navrée, mais ça ne change rien au fait qu'il faut accepter l'aide qu'on te propose.

— Et si je te demandais plutôt de m'aider à me déshabiller, plus tard ? fis-je en remuant les sourcils.

Elle secoua la tête en riant.

— Tu es sûr que ça va ? demanda-t-elle quand le taxi se gara tout près de nous.

Je lui adressai un signe de tête rassurant et lui ouvris la porte.

C'était tellement bon de faire quelque chose d'ordinaire, comme ouvrir la portière à une femme splendide !

C'était la première fois qu'elle me voyait avec des béquilles. Je m'entraînais à marcher tous les jours pendant qu'elle travaillait, mais à en croire le mélange de surprise et d'inquiétude qu'elle affichait, Molly n'avait aucune idée des efforts phénoménaux qu'il m'avait fallu fournir dans son dos rien que pour profiter de cette expression de joie sans mélange lorsqu'elle me vit atteindre mon but pour la première fois.

Nous nous installâmes à l'arrière et elle lut l'adresse au chauffeur. Ayant emménagé en ville depuis peu, elle ne me disait rien. Molly sourit, bien consciente du fait que je brûlais de savoir où nous nous rendions.

— La patience est une vertu.

Son murmure dissipa aussitôt mon expression frustrée. En voyant ses yeux briller de bonheur, je ne pourrais jamais rester fâché contre elle, pour quoi que ce soit.

Le trajet prit dix minutes, et nous nous arrêtâmes finalement devant un restaurant.

— C'est là que nous allons ? demandai-je.

Molly descendit la première pour retirer mes béquilles du coffre. Je pivotai sur mon siège et je me levai tout seul. Elle sourit, fière de moi, puis se tourna vers le sommet de la façade où le nom de l'établissement, le *Spiced Grill*, s'étalait en lettres de métal rouillé au-dessus de l'entrée.

— Je n'y suis pas venue depuis un moment, mais ce restau est délicieux. Et ils n'ont pas de taureau mécanique.

Je gloussai.

— Je ne me doutais pas que tu me ferais du rentre-dedans si vite, Molly ! Tu sais ce qu'on dit : pour toucher le cœur d'un homme, le chemin le plus rapide passe par l'estomac.

Je me calai sur mes béquilles pour me frotter le ventre.

Elle éclata de rire. J'adorais le rire de Molly, et ce, depuis toujours, en particulier lorsqu'il venait du fond du cœur.

— Tu ne croyais quand même pas qu'on allait se promener, tout de même ?

— On ne sait jamais. J'ai entendu dire que tu pouvais te montrer aventureuse à l'occasion.

— Ah bon ? Qui t'a dit ça ?

— Et si je gardais le secret encore un moment ?

— Maintenant, j'ai encore plus envie de savoir à quoi tu penses.

— Je te le dirai, mais uniquement si tu me promets de vivre la même aventure avec moi.

Molly arbora cette expression que je trouvais hilarante en fouillant ses souvenirs, mais elle n'avait apparemment pas compris de quoi je voulais parler.

— Hmmm, ça m'a l'air dangereux, mais je n'ai jamais pris trop de risques dans ma vie, alors… d'accord, je marche.

— Très bien. Tu te rappelles la nuit où tu as proposé un bain de minuit à Jo et Daisy après le départ de Nick ? Eh bien je te propose d'en prendre un avec moi.

— Jo t'a raconté ça ?

— Elle aurait menti ?

Molly s'empourpra.

— Non. C'était mon idée… mais ça date d'il y a très longtemps.

Elle agita la main, espérant sans doute que je n'en gardais aucun souvenir. Mais je n'avais jamais oublié cette façon qu'elle avait de rester juste sous la surface, couvrant à peine ses petits seins. Même si j'étais avec Daisy à l'époque, je restais un garçon curieux de ce qui touchait à l'anatomie féminine, et celle de Molly s'était tout à fait développée.

— Navré, mais tu ne peux pas te défiler. Tu as promis.

Elle soupira et m'adressa un clin d'œil.

— Pourquoi on n'attendrait pas quelques semaines de voir comment tu t'en sors avec tes plaies, avant de les exposer à un lac infesté de bactéries ?

Si elle essayait de m'effrayer, ça ne marcherait pas. Je m'approchai.

— D'une façon ou d'une autre, je réussirai bien à te faire plonger toute nue dans ce lac, murmurai-je.

Je vis la chair de poule sur ses bras, ce qui me ravit au plus haut point.

Elle me tint par le bras pour que je puisse me servir de mes béquilles, et nous nous dirigeâmes vers l'entrée. Ma jambe gauche me faisait souffrir le martyre, mais pas autant que mon torse. Cela dit, pouvoir marcher bras dessus, bras dessous avec une femme aussi exceptionnelle en valait mille fois la peine.

Avec des efforts considérables, je parvins à pénétrer dans le restaurant rustique et familial. Je me demandai un instant si Molly n'avait pas décidé de m'inviter à dîner, tout simplement. Ce que j'aurais trouvé naze, parce que s'il y avait quelqu'un qui devait inviter l'autre, c'était moi. Après tout, elle avait accepté un rencard un peu plus tôt dans la journée. J'espérais donc qu'il ne s'agissait pas de ça, parce que j'avais prévu un truc qui risquait bien de la décoiffer… et j'avais très envie de la décoiffer.

— C'est la surprise dont tu parlais ? Un dîner à deux ? demandai-je.

— Tu crois que c'est un rencard ?

— Tout porte à le croire, non ?

— Eh bien ce n'est pas le cas, et la surprise nous attend juste au coin de la salle.

Nous nous faufilâmes entre quelques tables avant de tourner à droite. Dès que je vis les deux têtes aux cheveux gris, mon énergie creva le plafond.

— Maman !

Ma mère accourut et faillit me renverser.

— Désolée que nous ayons été absents quand tu es sorti, sanglota-t-elle contre mon épaule.

Je lâchai les béquilles qui tombèrent par terre et je la soulevai dans les airs.

— Carter, tu ne devrais pas, m'avertit Molly.

En sentant mes muscles qui forçaient, je déposai ma mère.

— Ça va, ça va, dis-je en reprenant les béquilles que Molly avait récupérées pour m'appuyer de nouveau dessus.

— Je ne saurai jamais comment te remercier pour toute l'aide que tu lui apportes, dit-elle à Molly.

— Mais de rien, je vous en prie. Tout le plaisir est pour moi. Et Carter est un patient formidable… la plupart du temps, me taquina-t-elle.

— Tu ne poses pas de problèmes à Molly, tout de même, Carter ? fit ma mère en me décochant un regard désapprobateur.

— Oh, tu me connais, maman. Problème, c'est mon second prénom.

— Il plaisante, dit Molly en me donnant un petit coup au bras.

Je serrai la main à mon père et je m'installai, soulagé, sur la chaise qu'il venait de tirer pour moi. La douleur dans ma jambe gauche se dissipa peu à peu.

— Comment tu te sens ? Et l'infection ? demanda ma mère.

— Presque disparue. Les antibiotiques ont beaucoup aidé, et Molly s'occupe de mes bandages.

— Il me laisse à peine y toucher, et il fait tout lui-même avant que je revienne du travail.

— Cafteuse !

Ma mère prit ma main en souriant.

— Carter, mon chou, tu sais que nous serions ravis de louer un appartement ici pour t'aider. On pourrait engager une infirmière pour venir à domicile ou te conduire à l'hôpital tous les jours.

— Impossible.

— Pourquoi ça ? Je n'ai rien de mieux à faire. Tu aurais dû nous dire que tu sortais.

Molly inclina la tête de côté. Elle devait se poser des questions sur ce que je lui avais dit à l'hôpital. En fait, j'étais presque sûr qu'elle avait compris que je lui avais menti. Si c'était le cas, elle n'en laissa toutefois rien paraître devant mes parents.

— Je fais confiance à Molly. Elle fait de l'excellent travail.

Cette fois, Molly haussa les sourcils. Bon, d'accord, je ne la laissais pas s'occuper de moi aussi souvent qu'elle l'aurait souhaité, mais son travail la fatiguait sûrement bien assez. En outre, je ne voulais pas qu'elle voie ces zones de mon corps abîmées. Je préférais qu'elle les découvre une fois guéries.

— Je ne saurais pas te dire à quel point ça me réjouit, en tant que maman. Au moins je sais que notre fils est entre de bonnes mains. Et si jamais il te fait enrager, un bon coup sur la tête !

Ma mère plaisantait, naturellement. Chez nous, personne ne frappait jamais personne. Mais je vis Molly tressaillir en entendant cette blague.

— Merci, Molly. Pour tout, dit mon père en posant le menu et en faisant signe au serveur.

— Vraiment, ce n'est rien. Vous voulez bien m'excuser un instant ? Il faut que j'aille aux toilettes.

— Naturellement.

Pendant l'absence de Molly, nous consultâmes le menu. Je sentis peser sur moi le regard de ma mère sans même lever les yeux.

— Maman ?

— Oui ?

— Tu as quelque chose à me dire ?

— Eh bien, maintenant que tu demandes… Dis-m'en plus sur toi et Molly. C'est une jeune femme tellement ravissante et spirituelle. Pas étonnant que sa mère n'arrête pas de parler d'elle.

— Marrant, parce que Molly n'évoque presque jamais sa famille.

— J'étais au cabinet du docteur Burke la semaine dernière, et je les ai entendus dire combien ils étaient fiers d'elle, tous les deux. Une de tes amies, médecin, c'est incroyable, non ?

Elle ne le sera que dans deux semaines, pensai-je. Et ça me paraissait tout à fait crédible, puisque Molly était une des femmes les plus intelligentes que je connaisse. En fait, toutes les femmes qui avaient traversé ma vie l'étaient.

— Oui, apparemment elle est très douée, et respectée, aussi.

Ma mère se pencha en avant.

— Alors, chuchota-t-elle. Vous êtes ensemble ?

Et voilà. La question du soir.

— Non, pas du tout.

— Et vous envisagez de l'être ?

— Je ne sais pas, maman. C'est compliqué, en ce moment. Je guéris encore, et je suis heureux de pouvoir recommencer ma vie et d'avoir une bonne amie, mais ma convalescence... ce n'est pas facile.

— Tu ne t'inquiètes tout de même pas au sujet des séquelles ?

Ma mère me connaissait bien, ce qui ne m'étonnait nullement. Mon père retroussa la manche de sa chemise, dévoilant son bras et la peau plissée qui formait une immense cicatrice.

— Fiston, je porte celle-ci avec fierté, et c'est ce que tu devrais faire aussi. Des vies ont été sauvées grâce à ces marques.

— Bien sûr, mais tu ne les portes pas sur ton visage ou sur tout ton corps.

— Ça te paraît important ?

— Ça l'est quand tu veux qu'une femme te regarde avec respect, admiration et amour.

— Une femme qui ne saurait pas voir au-delà de ces cicatrices n'est pas le genre de personne dont tu devrais rechercher l'amour. Elles posent problème à Molly ?

— Non, pas du tout. Mais je ne veux pas qu'elle me voie comme un monstre.

— C'est le cas ?

— Non.

Ma mère soupira et me regarda avec l'affection qu'on témoigne à un tout jeune enfant qui a encore beaucoup à apprendre de la vie.

— Tu sais combien de nuits elle est restée à ton chevet, à l'hôpital, quand tu étais sous sédatif ?

— Non...

— Toutes. Elle vivait pour ainsi dire sur place.

— Elle ne m'en a pas parlé.

— Évidemment.

— Tu ne peux pas refuser toute nouvelle possibilité, fiston. Et puis, il est temps de penser à nous faire des petits-enfants.

— Pas de pression, surtout, hein ?

— John, laisse-lui déjà le temps de se remettre. Traverser sa convalescence va leur demander de la force, à tous les deux. Tu sais mieux que quiconque combien de pompiers blessés tombent en dépression parce qu'ils n'arrivent pas à faire face aux séquelles des brûlures.

— Carter, je ne veux pas t'entendre dire ces âneries au sujet de tes cicatrices. Porte-les avec fierté, et rappelle-toi que c'est grâce à elle que ta nièce et ton meilleur ami sont encore en vie.

— Merci, papa, je n'oublierai pas. Écoute, j'ai bien réfléchi. Tu crois que les gars, à la caserne, se laisseraient prendre en photo pour un calendrier ? Pour une bonne cause ?

— Je ne vois pas pourquoi ils refuseraient.

— Et toi aussi, papa.

— Moi ?

— Oui, les femmes apprécient les playboys grisonnants.

— Ça c'est sûr, fit ma mère en lui adressant un petit geste plein d'affection.

En les regardant tous les deux, j'espérai pouvoir un jour connaître le même amour qu'eux.

Molly revint à la table et nous commandâmes. Elle choisit son menu favori, fish and chips. Je la regardai avec plaisir s'illuminer lorsqu'elle reposa son menu. Juste avant que nos plats n'arrivent, ma mère désigna la fenêtre de devant où un homme fumait une cigarette en nous tournant le dos.

— Molly, ce n'est pas ton père ? demanda-t-elle.

Molly se retourna presque aussitôt vers la vitre, comme si on venait de l'exorciser.

Pas lui !

— Mais qu'est-ce qu'il fabrique ici ? fit-elle.

— Je l'ignore, Molly, mais c'est ton père. Je peux lui demander de nous rejoindre, dit ma mère en souriant poliment.

Merde ! Mauvaise idée. C'était la dernière personne que je voulais voir, et ça valait certainement pour Molly aussi. Je lui avais promis de ne jamais évoquer le jour de l'incendie de la grange. Je ne comprenais toujours pas pourquoi elle se l'était attribué à la place de son père, et je ne pouvais qu'espérer qu'elle se confie à moi un jour. Mais j'avais beau vouloir traîner ce salaud chez le shérif, je ne pouvais pas. Du moins tant que Molly n'était pas disposée à se confronter à lui.

— Non, s'il vous plaît. Il n'existe plus, pour moi.

Mes parents remuèrent sur leurs chaises, gênés, et Molly ajouta :

— Désolée. Je sais que ça paraît malpoli, mais nous avons coupé les ponts après mon diplôme, et mes parents sont séparés. C'était un mariage épineux.

Le regard de Molly errait sans arrêt entre la table et la fenêtre. Elle sursauta quand je tendis la main pour lui effleurer le bras.

— Molly, on peut s'en aller si tu préfères.

— Non, ça va. Nous sommes venus dîner entre amis et fêter ta guérison, et c'est ce que nous allons faire.

Je savais qu'elle rassemblait tout son courage, car ses mains n'arrêtaient pas de trembler. Quand elle les cacha sous la table, je les saisis pour les presser affectueusement. Ce geste lui redonna temporairement le sourire. J'aurais volontiers donné ma vie si elle m'avait promis de me sourire tous les jours. Tout le long du dîner, nous évitâmes d'aborder le sujet de sa famille. Le repas était délicieux. Ce ne fut que lorsque j'eus terminé mon steak et que Molly arriva à bout de son poisson que nous remarquâmes son père qui se dirigeait vers nous.

Je sentis aussitôt mon sang bouillir. J'aurais voulu me lever pour l'arrêter, ou au moins m'enquérir de ses intentions, mais mon idiote de jambe ne me permettait pas de me déplacer assez vite. Je regrettai de ne pouvoir expliquer la vérité à quelqu'un : c'était lui qui avait provoqué l'incendie. Alors il finirait en prison et ficherait la paix à Molly pendant des années. Mais dans ce cas, je dénoncerais Molly et je me dénoncerais moi-même, car bien qu'étant au courant, nous n'en avions soufflé mot à personne. M. Fowler s'approcha en vacillant et se pencha pour étreindre sa fille, mais Molly demeura figée et le repoussa, dégoûtée.

— Te voilà, ma petite fille.

Il recula sur des jambes chancelantes. En le voyant dans cet état, j'entendis une sonnette d'alarme mentale. Molly paniquait rapidement. Pâle et raide, elle regardait de tous côtés, comme pour chercher une issue. La Molly que je connaissais était pétillante et ouverte, pleine d'énergie positive. Mais la malheureuse femme que je regardais craignait désormais pour sa vie.

M. Fowler se posta près de Molly et la toisa comme s'il s'agissait encore d'une gamine. À vrai dire, sa façon de la regarder me mettait mal à l'aise. On avait l'impression qu'il reluquait une inconnue particulièrement séduisante, et non pas sa fille.

— Salut, ma puce, dit-il en souriant et en posant sur son épaule un doigt jauni.

Il s'exprimait d'une voix pâteuse et je flairai les relents d'alcool de son haleine. Lorsqu'il tenta de sourire sans cesser de fixer Molly, j'aperçus entre ses dents tachées de brun des bribes de nourriture et j'eus un mouvement de recul. Il fouilla dans la poche arrière de son jean pour en sortir une flasque remplie d'un alcool quelconque et en boire une goulée.

— Va-t'en, s'il te plaît, dit Molly sans lever les yeux. On essaie de dîner tranquillement.

Mais il l'ignora, bien sûr.

— Ça fait un bail, hein ? fit-il. Comment va ta salope de mère ?

En voyant Molly rougir de honte, je sentis mon cœur se serrer.

— On n'a pas besoin de ça ici, M. Fowler, répliquai-je en redressant les épaules.

Ce type mettait ma patience à bout. Je vis mon père se crisper lui aussi, et je sus qu'il était prêt à se lever pour mettre M. Fowler à la porte.

— Elle va bien, répondit doucement Molly.

— C'est que la vérité, rien de plus. On sait que cette bonne femme couche bien avec qui elle veut. Vous saviez pas que c'était les docteurs, qu'elle préférait ? Mais Molly, ça c'est une bonne fille. Elle baise pas avec n'importe qui, hein, chérie ?

Je serrai les poings, prêt à bondir. Mais au moment où j'envisageai de lui coller une droite, je bougeai légèrement et je sentis une douleur au flanc. Ce tiraillement inconfortable, juste sous mes côtes, m'arrêta net, et je serrai les dents.

— Ron, ça suffit. Allons plutôt dehors un instant.

Mon père venait de se lever et poussa sa chaise à l'écart de la table.

Je sentis la chape de terreur qui venait de s'abattre sur Molly. Je méprisais déjà ce type, et ce qui était en train de se passer me confortait dans mon absence de sympathie et de respect pour lui. Ce vieux salaud en avait toujours voulu à Molly, depuis notre enfance, et il parvenait à l'humilier de façon tout à fait écœurante. Depuis quand avait-on le droit de bafouer à ce point sa propre fille ?

— M. Fowler, commençai-je, mais le grondement sourd qu'il émit me fit reculer.

Je saisis pourtant mes béquilles et je me levai lentement, m'interposant entre Molly et lui pour lui barrer la route. Je n'avais qu'une envie : qu'elle se sente en sécurité. Mon père se posta de l'autre côté, et je sus qu'en cas de pépin, il protégerait mes arrières.

— Qu'est-ce que vous croyez faire, là ? C'est ma fille. Dégagez. Je veux lui parler.

— Et si on sortait faire quelques pas ? proposa mon père.

— J'ai pas envie de marcher. J'ai envie de parler. Je veux rappeler à Miss Molly, ici présente, d'où elle vient.

Non mais il déconne ou quoi ?

— Elle est très bien comme ça, alors il vaudrait mieux que tu t'en ailles, dit mon père. Si je te payais un autre verre ? Ce que tu veux, Ron, c'est moi qui régale.

La proposition capta son attention. M. Fowler hocha la tête

avant de se diriger vers le bar avec mon père. Ses éclats de voix avaient dû attirer l'attention, car le gérant s'approcha de notre table.

— Il ne vous a pas ennuyés, j'espère ? C'est son jour de congé. J'ai déjà hésité à l'engager, alors s'il a fait quoi que ce soit qui...

— Non, pas de problème, le coupa Molly. On avait des choses à se raconter, c'est tout.

— Très bien. Si vous avez besoin de quoi que ce soit, je vous en prie, n'hésitez pas à me demander.

Après s'être légèrement incliné et avoir jeté un regard furieux en direction de M. Fowler, il retourna derrière la caisse tandis que mon père payait la consommation de ce dernier.

— Pourquoi as-tu dit ça ? Il mérite de se faire virer, fis-je en m'appuyant sur le dossier de la chaise de Molly.

— S'ils le licencient, il reviendra à Hope Bay harceler ma mère. Mieux vaut qu'il reste loin d'elle. Elle vit très bien sans lui. Il n'a pas trouvé de job depuis quatre ans, alors maintenant qu'il en a déniché un, peut-être que ça l'occupera suffisamment pour qu'il ne pense pas à rôder près de nous. Je sais que ça n'en donne pas l'impression, mais c'est ce qu'il y a de mieux pour lui, pour maman et même pour moi.

— Quand l'as-tu vu pour la dernière fois ?

— Il y a un an, peut-être. Il titubait le long d'un trottoir, près de l'hôpital.

— Est-ce qu'il a seulement conscience de la femme exception-nelle que tu es devenue ?

Elle secoua la tête.

— Peu importe.

— Mais si, c'est important, Molly. Regarde tout ce que tu as accompli !

— On peut changer de sujet, s'il te plaît ? rétorqua-t-elle en élevant la voix, ce qu'elle ne faisait jamais, toujours parfaitement calme et maîtrisée d'ordinaire. Je voulais qu'on passe une agréable soirée avec tes parents, et voilà qu'il a tout gâché.

— Nous avons passé un délicieux moment, ma chérie, intervint ma mère. Les enfants ne choisissent pas leurs parents. Quoi que puisse traverser ton père, ce n'est pas ta faute.

Molly n'avait pas l'air de la croire, mais elle soupira et répondit :

— Merci. J'apprécie beaucoup.

— Je sens des raideurs dans ma jambe. Je crois qu'on devrait rentrer, mentis-je.

En réalité, je voulais surtout faire sortir Molly de ce restaurant aussi vite que possible.

— Seulement si tu promets de passer plus souvent nous voir, dit ma mère. Combien de temps séjourneras-tu en ville ?

— Je ne sais pas encore. J'imagine qu'une fois guéri, je devrai rentrer. Enfin, j'espère surtout que ça ne les dérangera pas d'engager un grand brûlé à la caserne !

— Bien sûr que non. Les gars demandent tous de tes nouvelles.

— Merci, maman.

— Merci, Mme Clark. Pour tout.

— De rien, Molly.

Lorsque nous sortîmes du restaurant, ce soir-là, le père de Molly me décocha un regard bizarre, comme s'il avait pris l'avantage dans une guerre que je n'avais même pas conscience de livrer contre lui. Mais je ne doutais pas de bientôt me retrouver impliqué dans sa petite bataille.

CHAPITRE 20

MOLLY

— Navré, pour ton père.

En partie appuyé sur ses béquilles, Carter me tint la porte.

J'entrai chez moi les yeux rivés au sol. Je ne voulais pas qu'il les voie. Je refusais qu'il y déchiffre ce que je n'étais pas prête à partager.

— Ce n'est plus vraiment mon père. Je ne lui ai pas parlé depuis des années.

— Pas depuis l'incendie ? demanda Carter.

— Non, répondis-je doucement.

J'espérai qu'il ne pose pas cette question qui lui brûlait les lèvres, je le savais : pourquoi avais-je assumé son crime.

— Ma mère a fichu Père à la porte il y a neuf ans.

Je t'en prie, laisse tomber, suppliai-je intérieurement.

— Tu crois qu'elle l'a trompé, comme il le prétend ?

— Je n'en sais franchement rien, Carter. Je crois que je vais aller me coucher. Je suis crevée. Bonne nuit.

Je lui fis un petit signe avant de me replier dans ma chambre. Je ne voulais pas paraître impolie, mais cette soirée m'avait vidée de mes forces, et je devais travailler tôt le lendemain. Et en toute honnêteté, je battais en retraite parce que je craignais que Carter ne souhaite creuser le sujet. S'il y parvenait, s'il découvrait la vérité et apprenait de quel genre de famille je venais, il me fuirait sans doute à toutes jambes.

Appuyée sur l'évier de la salle de bain, je levai lentement la tête pour regarder mon reflet. La peur assombrissait mes yeux. L'épuisement mental sapait mes forces et je me mouvais au ralenti, prête à défaillir. J'aurais déjà de la chance si j'arrivais jusqu'au lit en un seul morceau.

Je me brossai rapidement les dents, enfilai mon pyjama et m'étendis sur les draps. Épuisée, je pris une profonde inspiration, éloignant le souvenir de la journée qui venait de s'écouler. J'aspirais à une vie plus simple, que je m'efforçais désespérément de mettre en place en menant une carrière stable, en m'éloignant de Hope Bay, en m'éloignant de *lui*... mais voilà où j'en arrivais au bout du compte. À cent soixante kilomètres de ma ville d'origine, il avait fallu que je tombe sur le restaurant où Père travaillait.

Je n'y retournerai plus jamais.

Mes paupières pesaient des tonnes et toutes mes forces m'abandonnaient. Prête à partir pour le pays des songes, je venais de fermer les yeux lorsqu'un fracas me parvint depuis le salon, suivi d'une bordée de jurons. Craignant le pire, je bondis du lit et je me précipitai dans le couloir à moitié endormie.

— Qu'est-ce qui s'est passé ?

Je n'avais parcouru que quelques mètres, mais j'avais l'impression de terminer un marathon.

— Rien. J'ai juste fait tomber la télécommande de la table.

Assis sur le canapé, Carter luttait apparemment contre son pantalon dans une tentative pour le retirer. Compte tenu de sa mobilité réduite, je me demandai déjà comment il avait réussi à enfiler un vêtement si moulant.

Bien qu'épuisée, je désignai le jean.

— Besoin d'un coup de main ? Pourquoi tu n'as pas mis ton jogging ce soir ? C'est plus facile à enfiler et à ôter.

— J'en ai marre des joggings, et… je voulais me faire beau, pour une fois… pour toi.

Je rêve, ou il vient de rougir ?

— Si je n'arrive pas à l'enlever, je le découpe. Tu sais où sont les ciseaux ?

Ce jean lui collait vraiment à la peau, mais Carter avait refusé mon aide chaque fois que je la lui avais proposée par le passé. Le superhéros voulait tout faire lui-même, comme un enfant obstiné. Et je le laissais faire. Heureusement que je ne projetais pas d'avoir d'enfants : je n'aurais pas valu grand-chose, comme mère. En le regardant se débattre avec son pantalon, je compris les efforts énormes qu'il lui avait fallu faire jusqu'ici pour enfiler ses vête-ments… et des vêtements particulièrement moulants, par-dessus le marché. Le jour, une fois habillé, il cachait bien les problèmes que lui causait sa mobilité réduite, tout comme il avait caché sa peine autrefois. J'avais beau admirer sa volonté et sa détermination, son entêtement semblait ne pas avoir de limite.

— D'accord, découpe si tu veux.

Postée au bout de la table de salon, j'attendis en croisant les bras.

— Tu vas rester là et me regarder faire, c'est ça ?

S'il refusait d'apprendre à demander de l'aide quand il en avait besoin, j'allais lui montrer qu'il lui faudrait bien s'y résoudre.

— Bien sûr, fis-je d'un air détaché.

Étais-je vraiment épuisée quelques instants plus tôt ? Difficile à croire, parce qu'en attendant de voir sa réaction, j'avais l'impression que des litres d'adrénaline se déversaient dans mes veines.

— D'accord, mais interdit de te marrer, hein !

— Je n'oserais pas.

Impatiente de l'entendre jurer parce qu'il était tellement sexy dans ces cas-là, je réprimai un rire. D'ordinaire, je n'aimais pas les hommes vulgaires, mais ce genre de langage, venant de la bouche de Carter, me mettait littéralement le feu.

Bizarre.

Du reste, lorsqu'il proférait des insultes, il ne les dirigeait ni contre moi ni contre personne d'autre : elles lui servaient simplement à évacuer sa frustration. Et à vrai dire, j'avais hâte de le voir se déshabiller et s'asseoir sur le canapé en boxer pour admirer son physique. Après sa formation de pompier, le corps de Carter ressemblait à celui d'un mannequin, en plus parfait encore, sans doute. Ses muscles naturels ne provenaient pas de boissons protéinées, mais de viande, de la viande ferme qui avait transformé son corps en un agencement de masses musculaires énormes qui jouaient et se tendaient au moindre geste.

Je m'éventai légèrement lorsqu'il reporta son attention sur ses jambes. La droite ne lui posa pas de problème : il arrivait à la plier sans difficulté. Ce fut une fois arrivé à la gauche qu'il commença à peiner, et il n'y avait aucune paire de ciseaux à l'horizon.

Lorsqu'il se pencha en avant, les muscles de son torse arrivèrent à leur limite et il grimaça de douleur. Mue par le besoin urgent de l'aider, je m'avançai spontanément, mais je me retins aussitôt. Nous étions déjà passés par là. Il allait refuser mon aide. Je le regardai se contorsionner, un sourire se dessinant peu à peu sur mes lèvres tandis que j'attendais la prochaine imprécation.

— Mais je suis con ou quoi ! s'écria-t-il, dissipant aussitôt mon hilarité.

— Carter, je t'en prie, laisse-moi t'aider, fis-je en m'approchant, inquiète.

— J'ai l'air d'avoir besoin d'aide ?

— Oh oui ! m'esclaffai-je.

— Merde, à la fin ! Combien de temps ça va durer ? Je ne veux pas être un putain d'estropié toute ma vie…

— Guérir, ça prend du temps. Tu t'en sors très bien, mais il faut que tu m'autorises à t'assister un peu, pour changer. Si tu veux progresser, tu dois apprendre à accepter qu'on t'aide.

— Je peux me débrouiller tout seul.

Et c'était vrai, la plupart du temps : il m'aidait pour les courses, la cuisine et le ménage, dans la mesure de ce que son corps lui permettait. En fait, il forçait beaucoup trop à mes yeux. Il lui fallait plus de temps quand il se déplaçait en fauteuil, mais Carter était déterminé, et je savais qu'il n'abandonnerait pas. Mais il me fallait lui mettre les points sur les i.

— Carter Jacob Clark, cette fois ça suffit ! Maintenant, tu la fermes, et tu me laisses te retirer ce foutu pantalon, ou que Dieu m'en soit témoin, une fois médecin, je t'anesthésie et je t'habille en tutu rose !

Il s'immobilisa et cligna des yeux – ces yeux brun clair et parfaitement dessinés – comme s'il me voyait pour la première fois. Lentement, il lâcha son pantalon. Une jambe retomba par terre dans un petit bruit feutré. Je m'approchai de lui, les yeux toujours rivés aux siens. Je m'agenouillai sur la moquette devant lui, et je saisis son mollet nu pour allonger sa jambe et la maintenir droite, en essayant de ne pas trop penser au plaisir que me procurait le contact de sa peau tiède. La caresse de ses poils contre mes doigts, la fermeté de ses muscles qui se tendaient, tout cela était nouveau et euphorisant.

Je retirai le reste de son pantalon, glissant ma main le long de sa cuisse nue, de son genou et de son tibia, et m'efforçant d'éviter le contact de sa peau alors même que j'aurais voulu m'y attarder. Je craignais de le regarder dans les yeux, alors que j'aurais voulu savoir s'il éprouvait la même attirance que moi, s'il ressentait mon bouleversement, ce besoin de plus en plus impérieux qui m'envahissait dès que je m'approchais de lui.

— Tu peux te lever ? murmurai-je.

Il posa les mains de part et d'autre du canapé et se hissa en position debout. À force de le voir en fauteuil roulant ces deux dernières semaines, j'en avais oublié qu'il était si grand : les béquilles le rapetissaient, car il se voûtait lorsqu'il s'en servait.

Je fis lentement descendre la jambe gauche du pantalon, et je bénéficiai d'une vue impeccable sur son boxer et tout ce qu'il contenait : ma concentration se dissipa peu à peu et je sentis mes seins durcir. Lorsque j'arrivai tout en bas, je regrettai de ne pas l'habiller plutôt que de le dévêtir. J'aurais pu promener mes doigts sur sa peau, au bord de son pantalon, juste sous son nombril orné d'un début de pilosité. J'aurais saisi la fermeture Éclair et, d'un geste vif, j'aurais emprisonné sous l'étoffe tout ce qui ne demandait qu'à se tendre. Et ensuite, il m'aurait demandé de retirer son pantalon. Un profond désir bouillonnait en moi. Je n'en avais jamais ressenti de tel, et cette pulsion m'effrayait. Elle me pétrifiait littéralement. Je n'aurais jamais pensé désirer un homme à ce point… jamais de la vie.

Je me relevai d'un bond. Prise de vertige, je perdis l'équilibre et je m'appuyai contre lui.

— Oh, bon s…

Nous tombâmes sur le canapé. En fait, Carter tomba et m'entraîna avec lui en grimaçant de douleur.

— Oh pardon !

Je tentai de me relever, mais il me serrait si fort que j'arrivais à peine à bouger. Mes doigts s'enfoncèrent dans son ventre tandis que je tentais de m'écarter, puis mon coude qui dépassait lui heurta les côtes, à droite. Il s'agita, visiblement gêné.

— Ne bouge plus, murmura-t-il. Je t'en prie, pour l'amour de mon corps meurtri, ne. Bouge. Plus.

Je me figeai.

— Je t'ai fait mal ?

— Non, ça va. Mais reste ici avec moi.

Sa voix m'apaisait. La chaleur de sa peau se répandait en moi comme une brise d'été idéale. Je glissai délicatement à sa droite et posai ma tête et ma main sur sa poitrine pour écouter le battement de son cœur en me demandant ce que ça signifiait.

— Désolé si je t'ai fait du mal, dis-je lorsqu'il eut poussé un long soupir.

Cette réplique signifiait bien plus que ce qu'il pouvait imaginer. J'aurais voulu pouvoir remonter le temps et refuser de suivre Père dans cette forêt. Je regrettais de ne pas avoir été assez forte pour me défendre.

— Je ne voulais pas te blesser. Je suis fatiguée et j'ai perdu l'équilibre.

— Ne t'inquiète pas, Molly. Tu n'as rien fait de mal. Et pour être honnête, je ne voulais pas te lâcher.

Oh !

— Pardon pour la chute, dis-je.

— Arrête de t'excuser. En tout cas, moi, je ne suis pas désolé, mais je l'aurais été si tu n'avais pas atterri dans mes bras.

Oh, je craque...

— Molly, au cas où je n'aurais plus l'occasion de le dire, je veux que tu saches que j'ai passé une agréable soirée, malgré l'interruption. C'était une merveilleuse surprise. Merci.

— Moi aussi j'ai passé une bonne soirée.

Je sentis ses doigts m'effleurer l'épaule. De son bras droit, il me maintenait contre lui.

— Je peux te demander ce qui se passe avec ton père ? Rien ne t'oblige à tout me dire, mais je veux que tu saches que tu peux le faire.

Vraiment ? Carter ne se doutait pas de ce qu'il demandait là.

— Je préfère éviter de parler de lui. Ce moment... toi et moi, maintenant... ça me semble si parfait.

Il souffla et ferma les yeux.

— Tu as raison. Il est parfait.

Il serra mon bras, me tenant fermement contre lui, et inspira profondément en même temps, comme s'il refusait que ce moment lui échappe.

— Mais je veux que tu saches que tu peux me parler de tout. Je le pense vraiment.

Si je n'étais pas capable d'aller de l'avant avec un ami tel que Carter, je craignais de rester prisonnière de mon passé. Et je ne voulais pas que mon passé me définisse. Je voulais laisser le passé *derrière moi.*

— Vraiment ? fis-je. Alors explique-moi ce qui nous arrive. Dis-moi que ce que je ressens n'est pas à sens unique, parce que je ne crois pas que je le supporterais.

En levant la tête, je le vis ouvrir de grands yeux.

— Tu ignores ce que j'éprouve ? s'étonna-t-il.

— Comment le saurais-je ?

— Mais je te l'ai déjà dit tant de fois ! Je n'arrête pas de te demander de sortir avec moi depuis des années, et tu refuses chaque fois !

— Tu étais amoureux de Daisy. Et ensuite elle est morte, et Nick aussi. Toutes ces émotions… ça t'étonne que j'aie décliné tes invitations ? Nous étions tous bouleversés. Et aussi, tu n'employais peut-être pas les mots qu'il fallait…

— Tu veux dire, quand je t'expliquais que j'étais fier de mon tuyau et que j'étais toujours chaud ?

J'éclatai de rire.

— Oui, entre autres choses.

— Eh bien si tu veux savoir, presque tout ça est vrai. En particulier quand je me trouve près de toi.

La voix de Carter se fit plus grave. Elle se muait en un grondement sexy qui me faisait dresser les poils sur les bras.

— Je n'en doute pas, Carter.

Je sentis sa poitrine vibrer sous moi tandis qu'il gloussait.

— Molly ?

— Oui ?

— Cet incendie est une des meilleures choses qui me soient arrivées.

— Pourquoi ?

— Parce qu'il nous a rapprochés. Je peux te demander autre chose ? Dans cette lettre… et entends-moi bien, je n'ai pas l'intention de te harceler… mais pourquoi as-tu juré sur ma vie plutôt que la tienne ? Les gens jurent généralement sur leur vie à eux.

Je lui souris, en me rappelant qu'il fallait parfois qu'on aide Carter à lire entre les lignes.

— Parce que tu comptes plus pour moi que ma propre vie.

Après avoir marqué une longue pause, il me serra contre lui.

— Hé, ne dis pas ça. Tu comptes énormément, Molly. Tu es irremplaçable.

Ma culpabilité refit surface.

— Je n'apprécie pas beaucoup de t'avoir blessé, parce que je t'ai menti et que je ne t'ai pas tout expliqué concernant l'incendie de la grange, mais j'aime beaucoup qu'on se soit rapprochés, murmurai-je en levant de nouveau les yeux et en espérant qu'il demande davantage de détails.

Carter avait déjà porté sa main bandée à ma joue, et il me caressait du bout du pouce. Je fermai les yeux. Je m'y refusais pourtant, parce que je savais ce qui allait se passer. Je savais ce qu'il était sur le point de faire, et je m'étais bien promis de ne jamais laisser aucun homme m'approcher d'aussi près. Mais c'était Carter. Il ne me ferait pas de mal. Jamais.

Le contact de ses lèvres contre les miennes me ravit davantage qu'une crème glacée par un jour d'été torride. Elles étaient chaudes, un baiser chaud qui m'apaisait l'âme, dissipait mes doutes et me procurait un sentiment de sécurité tel que je n'en avais jamais connu de toute ma vie. Je me surélevai pour aller à sa rencontre. Il s'attarda au bord des mes lèvres, les agaçant et les mordillant, jouant avec moi. La tendresse de la bouche de Carter me coupa le souffle. Il caressait mes lèvres avec les siennes en prenant son temps, et j'en savourais chaque seconde. Mes pensées tourbillonnaient jusqu'à devenir inexistantes, ce qui me faisait énormément de bien, parce que pour la première fois de ma vie, je ne voulais plus réfléchir. Carter avait dû tendre la main vers l'interrupteur pour réduire la lumière. Je sentais sur sa peau l'aftershave qu'il avait mis cet après-midi, et je décidai qu'à dater de ce jour, il s'agirait de mon odeur préférée au monde.

Le bout de sa langue se fit plus inquisiteur et se rapprocha lentement de la mienne. Je le retrouvai à mi-chemin et nous échangeâmes un baiser profond. Il avait un goût de bonheur et d'espoir.

Un goût de confiance en soi, celui du genre d'homme qui me protégerait toujours contre les dangers de ce monde.

Plus nous restions entremêlés, plus le baiser se faisait torride et plus mon cœur s'exaltait dans ma poitrine. La respiration de Carter devint plus saccadée, ses lèvres plus exigeantes. Je le laissai prendre possession de ma bouche. Je lui en cédai le contrôle, pour qu'il la fasse sienne. Je voulais être à lui. Ses doigts remontèrent le long de mon bras, et sa main effleura mon cou. J'inclinai la tête en arrière tandis que ses lèvres s'aventuraient sur mes joues, sur mon menton, sur mon cou. Sa main remonta encore, derrière ma tête, et il passa les doigts dans mes cheveux, la pression me ramenant à lui pour que ses baisers incandescents retrouvent mes lèvres.

Je ne sais pas exactement combien de temps nous nous embrassâmes, mais j'aurais voulu que ce moment ne s'arrête jamais. Et que nous nous interrompîmes, je posai la tête contre sa poitrine pour écouter de nouveau battre son cœur. Puis, entre deux battements contre ma joue, je m'endormis.

CHAPITRE 21

CARTER

J'embrassais régulièrement Molly depuis deux semaines. Ça faisait donc quatorze jours que ses lèvres étaient à moi. Et elle me rendait mes baisers, ah ça oui ! Molly ne se contentait pas de m'embrasser, d'ailleurs. Chaque fois que nos lèvres se retrouvaient ressemblait à un tout premier baiser. Je la sentais sourire ; parfois, elle gémissait et faisait ces petits bruits de gorge qui me faisaient palpiter d'impatience dans mon boxer. Mais de simples baisers ne suffisaient pas vraiment à satisfaire le désir que je nourrissais pour cette femme.

Au bout du compte, notre premier rencard ne se produisit jamais. Des changements de planning de dernière minute dans le planning de Molly me forçaient chaque fois à annuler nos réservations. Et en y repensant, peut-être valait-il mieux, car ce soir, elle n'avait d'autre choix que de me laisser l'emmener. Nous allions célébrer son statut de médecin comme il se doit, avec nos plus proches amis si ce n'était notre famille. Eh oui, depuis la veille au soir, c'était officiel : ma nana était docteure. Quand elle revint de la remise de diplôme, à laquelle j'étais le seul à assister puisqu'elle n'avait pas invité sa famille, j'avais déjà préparé un gâteau au frigo, et un bouquet de fleurs, ses préférées, l'attendait sur la table. Nous

187

ouvrîmes une bouteille de champagne, regardâmes un film, et elle s'endormit dans mes bras, comme toutes les nuits depuis deux semaines. Quelle béatitude ! Nous vivions dans une bulle d'émotions, isolés du monde réel. J'aurais fait tout et n'importe quoi pour l'empêcher d'éclater.

Molly était du matin : quels que fussent ses horaires, elle se levait religieusement à sept heures, buvait un café noir sur le balcon, prenait le temps de respirer et de humer la vie, puis revenait au lit. Je compris peu à peu qu'elle appréciait que je la rejoigne dehors. Nous restions assis ensemble, en silence.

Nous avions techniquement fêté son diplôme la veille, mais c'était à mon tour, ce jour-là, de la surprendre. J'avais préparé la soirée dans les moindres détails, et si tout se passait bien, nous ne rentrerions pas à l'appartement avant le lendemain.

— Tu es prête ? criai-je en direction de sa chambre.

Elle avait passé une heure à farfouiller dans ses affaires.

— Tu veux vraiment une tenue sexy ? répondit-elle.

— Oui. C'est notre premier rencard officiel, Molly.

— Mais je me sens tellement dépassée !

Lorsqu'elle émergea, j'en eus le souffle coupé. Elle portait une robe rose pâle ornée d'une sorte de voile de dentelle grise, cintrée à la taille et ample aux genoux. Et je savais que c'était de la dentelle, parce que ma grand-mère en portait chaque dimanche matin à l'église. Quand j'étais au collège, elle se prenait souvent dans mon appareil dentaire quand elle me serrait contre sa poitrine. Non pas que Molly me rappelât ma grand-mère, loin de là, mais elle dut percevoir cette milliseconde d'hésitation de ma part, car elle se retira dans sa chambre en disant :

— Non, ça ne va pas.

Je consultai ma montre.

Merde, il faut vraiment que j'apprécie la suivante, ou on ne sera jamais à l'heure !

Débarrassé de mes béquilles depuis trois jours, je retournai dans le couloir pour me regarder dans le miroir qui s'y trouvait. Le nouveau jean que ma mère m'avait acheté était assez ample pour ne pas irriter ma peau en voie de guérison, et ma chemise blanche aux manches roulées n'était pas mal non plus. Je portais une manche de compression au bras gauche : elle dissimulait les cicatrices et pouvait passer pour une manche de chemise ordinaire. Je me demandai s'il existait des manches de compression avec tatouage intégré… Il me faudrait encore du temps pour me faire à mes blessures, mais Molly me facilitait la tâche. Grâce à elle, la vie valait de nouveau la peine d'être vécue, et je la voyais désormais en rose. Au moins j'avais droit à une vie. Si je me plaignais, alors que pouvaient dire des gosses comme Sarah, qui se battait contre la leucémie ? Sa vie ne tenait qu'à un fil, et elle devait se battre pour gagner chaque jour supplémentaire. Je lui avais rendu visite à plusieurs reprises. Pendant que nous jouions aux dames et que nous passions le temps en coloriant des pages remplies de licornes (ce que je n'aurais jamais avoué à mes amis pompiers), je me demandais combien de temps la famille de Sarah et Daisy devrait vivre à l'hôpital.

En entendant un bruit de talons dans le couloir, je me retournai. Lorsque je posai mes yeux sur elle, le temps s'arrêta. Elle avait fait boucler ses cheveux bruns, dont les spirales souples cascadaient sur ses épaules nues. Et la robe… quelle robe ! Un corsage exposant le cou et décolleté – j'allais pouvoir l'embrasser là où j'aimais –, dévoilant ses clavicules à la base. L'ouverture se prolongeait entre ses seins. Ma langue s'était aventurée jusque là un soir, mais ce qu'elle voulait vraiment, c'était goûter ce qui se trouvait sous son soutien-gorge léger. Lorsqu'elle tourna sur place pour me montrer sa tenue, je me sentis enfler dans mon pantalon. Au dos de sa robe, une fermeture Éclair argentée descendait de son cou jusqu'à l'ourlet de sa robe courte. Elle se retourna pour me regarder en souriant derrière son épaule. Ces longues jambes appétissantes devaient exercer un pouvoir d'attraction irrésistible, parce que je ne pouvais en détacher mes yeux. Elles brillaient littéralement. Je me demandai comment Molly avait réussi à bronzer de la sorte en portant constamment une blouse de médecin.

— Je comprends pourquoi on appelle ça une tenue révélatrice...
Elle révèle... des tas de choses.

Et si elle en révélait davantage, ma bite n'allait pas tarder à
sauter de mon pantalon.

— Tu me reluques, là...

— Comment veux-tu que je m'en empêche ? Tu es magnifique.
Éblouissante, c'est le mot.

Le rouge aux joues, elle baissa les yeux au sol. J'aimais la voir si
timide devant mes compliments. Ça en disait long sur sa simplicité
naturelle. Molly était simple et unique. Affectueuse et généreuse.

— Merci. Tu n'es pas mal non plus.

Elle s'approcha d'un pas nonchalant, en se déhanchant. Elle ne
se rendait sans doute même pas compte de son immense pouvoir
de séduction. Molly m'époustouflait déjà qu'elle porte une tenue de
travail, un jogging ou une robe sexy, mais ce soir dans cette robe-*là*,
on s'aventurait en terrain périlleux.

— Tu es sûr de ne pas vouloir prendre tes béquilles ? demanda-
t-elle en me prenant le bras.

— Oui, tout à fait. Je me suis préparé pour aujourd'hui.

— Eh bien il va falloir mettre cette préparation à l'épreuve,
alors.

Elle se mordit la lèvre. Pour une fille timide, elle avait le chic
pour sortir le genre de chose qui me faisait craquer davantage à
chaque instant.

— Bon, mais ne me demande pas où nous allons. Le taxi nous
attend.

Notre chauffeur avait reçu pour instruction de ne révéler en
aucun cas notre destination. Molly remarqua toutefois que nous
prenions le chemin de Hope Bay, car elle remuait nerveusement sur
son siège.

— Je te promets que nous n'allons ni en ville, ni chez toi, ni chez
mes parents. D'accord ?

Je lui pressai la main pour la rassurer. Une heure plus tard, le
taxi s'arrêtait à Pebble Lake, et je vis Molly sourire, euphorique. On

ne voyait rien de particulier ici, parce que la surprise que je lui avais préparée se trouvait cachée derrière une petite île.

— J'aurais peut-être dû prendre un maillot de bain, dit-elle.

— Si je me souviens bien, tu n'en avais pas besoin pour nager ici, répondis-je en clignant de l'œil.

— Eh bien disons que si tu te débrouilles bien ce soir, je pourrais tout à fait respecter ma promesse.

Le soleil se couchait, donnant à ses joues des couleurs rouges et orangées.

— Allez, viens, on a une demi-heure pour arriver à destination.

— On n'y est pas encore ?

— Certainement pas !

Je pris Molly par la main et je la conduisis dans une petite anse où nous attendait une barque équipée d'un moteur. La situation aurait été plus romantique si j'avais pu ramer, mais mon corps n'était pas encore en état.

— Je vais t'aider à monter.

Je retirai mes chaussures et retroussai mon jean avant de prendre Molly dans mes bras.

— Qu'est-ce que tu fais ? Tu ne peux p…

— Je peux, et je vais le faire. Pas de discussion !

— Mais tes plaies…

— J'ai dit qu'on ne discutait pas, Molly.

Elle avait passé ses bras autour de mon cou et se collait contre moi.

— Sinon, tu es bonne pour une fessée !

Elle remua dans mes bras comme pour exposer ses fesses à ma douce menace. Une fois que je l'eus déposée dans le bateau, j'y grimpai à mon tour, sans doute pas aussi prestement que je l'aurais souhaité, et je démarrai le moteur. Molly attendit patiemment tandis que je contournais l'île centrale de Pebble Lake, pour nous positionner de façon à voir un petit yacht dissimulé derrière. Bon, j'avais sans doute un peu exagéré en parlant d'une demi-heure : nous n'avions mis que cinq minutes au plus.

— Carter ? Qu'est-ce que c'est ?

— Ta surprise ?

— Tu veux m'offrir un yacht ?

— Pas exactement. C'est Max qui l'a acheté la semaine dernière, et il a eu l'amabilité de nous le prêter pour la nuit.

— C'est très gentil de sa part.

— Oui, en effet.

J'avais hâte que Molly découvre le reste de la surprise, et je n'eus pas à attendre bien longtemps, parce que ma petite fille préférée nous faisait signe, debout à la proue.

— Tonton Carter ! Par ici !

— C'est Mackenzie ? fit Molly en souriant.

Et son sourire s'épanouit encore lorsqu'elle vit Joelle et Nick émerger pour nous saluer à leur tour.

— Salut Molly ! cria Nathan.

— Mon frère est là ? s'étonna-t-elle.

Je me positionnai à l'arrière et Nick m'aida à amarrer la barque au yacht.

— Par ici, très chère, dis-je en tendant la main à Molly pour l'aider à monter sur le pont.

— Félicitations !

Joelle fut la première à accueillir son amie et l'étreignit fermement.

Mackenzie en profita pour me sauter dans les bras.

— Tu m'as tellement manqué, tonton Carter !

— Tu m'as manqué encore plus !

Elle gloussa.

— Pourquoi ces félicitations ? entendis-je Molly demander.

Je déposai doucement Mackenzie en lui demandant d'amener la surprise avec son père. Non seulement Molly ignorait que nous passerions la soirée dans un yacht, mais elle n'en savait pas non plus la raison. Je lui effleurai la taille par-derrière et je chuchotai :

— Félicitations pour ton diplôme de médecin.

À ce signal, Nick et Mackenzie apportèrent sur un plateau

roulant un gâteau que Jo avait réalisé le matin même. Il était en forme de blouse de médecin, avec un stéthoscope en pâte d'amandes. Une douzaine de cierges magiques crépitaient dessus.

— Pour moi ?

— Mais bien sûr ! C'est le moins qu'on puisse faire ! s'exclama Joelle en l'étreignant de nouveau. Tu es vraiment médecin, Molly ! C'est incroyable.

— Merci, les amis. Il ne fallait pas.

Mon frère sortit de la cabine avec une bouteille de champagne à la main.

— C'est tout de même quelque chose, Molly, déclara-t-il en faisant sauter le bouchon. Je peux compter sur un seul doigt les habitants de Hope Bay qui sont devenus docteurs. Bon, disons deux si on inclut le docteur Burke.

— Molly, c'est toi qui vas me faire mes vaccins, maintenant ? fit Mackenzie en tirant sur la main de Molly.

— Seulement si ça te fait plaisir.

— Tu n'aimes pas que le docteur Burke te vaccine ? demandai-je.

— Si, mais puisque Molly est docteur maintenant, elle pourrait s'entraîner sur moi.

— Mac, Molly vit dans une autre ville pour le moment. Peut-être un jour, si elle revient s'installer à Hope Bay ?

Joelle se tourna vers Molly, qui frissonna légèrement à l'évocation d'un éventuel déménagement ici. Je me demandais si je pouvais faire quoi que ce soit pour lui rendre la passion qu'elle éprouvait pour Hope Bay lorsque nous étions enfants, avant que son père se mette à boire.

— Mais le docteur Burke vieillit, et il devient dur de la feuille, protesta Mac.

— Mackenzie, ce n'est pas très poli pour le docteur Burke, la réprimanda Jo.

— Mais c'est vrai. La dernière fois que je lui ai demandé une glace, il m'a dit « non, je n'ai pas de farce », répondit Mac.

Le docteur plaisantait certainement, mais qui étais-je pour m'interposer dans une discussion mère-fille ?

— Papa, c'est vrai, ce que dit maman ? fit Mac en se tournant vers son père.

Je ne m'y étais pas encore habitué. Lorsque Nick était absent, c'était vers moi que ce petit ouistiti se tournait quand elle avait des questions.

— Elle te manque, pas vrai ? me murmura Molly.

— Oh oui. Mais c'est aussi bien. Ils forment une famille à présent, et ils sont heureux.

Comme s'il avait attendu le moment idéal, Nick fit tinter sa bouteille de bière pour attirer notre attention. Mackenzie s'assit sur le pont pour jouer avec la nouvelle voiture à friction de Nathan.

— Nous avons une autre surprise, pour tout le monde celle-là.

J'inclinai la tête en adressant un regard curieux à Jo. Debout près de Nick, elle rayonnait. Les joues rouges, elle fit lentement glisser ses mains sur son ventre avant d'annoncer :

— Nous attendons un autre enfant. Notre famille va s'agrandir d'ici sept mois environ. Mac, tu vas avoir un petit frère ou une petite sœur.

Mackenzie bondit sur ses pieds en couinant de joie. Elle se mit à courir sur le pont en répétant :

— Je vais être la grande sœur ! Je vais être la grande sœur !

Une fois que nous eûmes tous félicité l'heureux couple, je m'assis près de Molly, apparemment absorbée par la contemplation de nouvelles étoiles au firmament. La douce brise lui caressait les cheveux et nous entendions de temps à autre clapoter les vagues. J'espérais secrètement que la soirée ranimerait quelque chose chez elle. Je voulais qu'elle se souvienne ce qu'on éprouvait en compagnie de bons amis, près de chez soi. Je souhaitais qu'elle sache que je la protégerais quoi qu'il advienne. Et surtout, je voulais qu'elle me fasse confiance.

— Merci pour tout, dit-elle. C'était une surprise merveilleuse.

— Et la nuit n'est pas encore terminée, Molly.

Je l'embrassai sur la joue, et je la laissai rattraper le temps perdu avec Jo pendant que je bavardais avec Max et Nick, qui avaient installé des cannes à pêche pour Mac et Nathan. Nous allumâmes les lumières du bateau et mîmes de la musique. Joelle installa des sandwiches et des fruits sur une table. Lorsque Mac eut pris sa troisième truite, je l'entraînai au milieu du pont pour la faire danser jusqu'à l'épuisement. Je ne me déplaçais pas aussi vite que j'aurais voulu, mais quelqu'un qui n'aurait pas été au courant de mes blessures n'aurait sans doute pas cru qu'on m'avait tiré d'une maison en feu un mois et demi plus tôt.

— Tonton Carter, comme on fait pour tuer un poisson ? demanda Mac, sérieuse comme un pape, avant d'ajouter : allez, demande-moi comment !

— Comment ?

— On le noie, répondit-elle avant de partir dans un incontrôlable fou rire.

Je la soulevai dans mes bras pour la faire tourner

— Alors ça c'est une bonne blague, Mac.

— J'en ai une autre.

— Ah bon ?

— Comment on fait pour tuer un oiseau ?

— Je ne sais pas. Comment ?

— On le jette d'une falaise.

— Dis donc, tu as tout un répertoire comique aujourd'hui, hein ?

Elle bâilla à se décrocher la mâchoire et se colla contre moi en me passant ses petits bras autour des épaules.

— Tu m'as manqué.

— Je crois qu'il est temps d'aller faire dodo, ma puce, dis-je en la glissant dans les bras de Nick.

Elle lui grimpa dessus comme un petit singe, posa sa tête au creux de son épaule et ferma les yeux.

— Je vais vous aider à descendre, dis-je en transférant leurs sacs à dos dans la barque.

— On va tous tenir là-dedans ? demanda Molly.

— On ne part pas tout de suite, répondis-je en souriant.

— Tiens donc…

— Jo et Nick vont déposer Nathan à la maison. Je sais que tu es en congé demain, alors on passe la nuit ici. Sur le bateau. Rien que nous deux.

— Oh.

— Jo t'a apporté un nécessaire de toilette. Il y a une salle de bain et deux chambres en bas.

Je ne voulais pas que Molly se sente mal à l'aise. Pas de pression, pas d'attentes. Je souhaitais simplement qu'elle se détende. Elle avait bossé tellement dur, ces sept dernières années, qu'elle avait bien mérité de souffler un peu loin de la ville, de faire une véritable pause dans sa vie.

— Ça te convient ?

— Je crois que j'adorerais ça, dit-elle en se frottant les bras.

Il faisait frisquet, la nuit sur Pebble Lake. Je sortis mon sweat-shirt du sac que mon frère avait apporté pour moi et je le passai autour de la tête de Molly.

— Là. Ça devrait te tenir au chaud.

— Merci, dit-elle en rougissant.

Nous nous dîmes au revoir et nous adressâmes des signes aux quatre autres jusqu'à ce qu'ils disparaissent derrière l'île.

— Et maintenant, il faut que je pose ce jean et que j'enfile un pantalon plus relax ! Je te suggère également de t'habiller un peu plus chaudement. Tu me rejoins sur le pont dans quelques minutes ?

— Oui, bien sûr.

J'étais prêt pour une nuit que ni Molly ni moi ne pourrions oublier.

CHAPITRE 22

Vêtue de mon pantalon de yoga, que Joelle m'avait obligeamment apporté, je remontai sur le pont et je m'arrêtai net en voyant ce qui m'y attendait. J'en restai bouche bée en montant sur une des dernières marches de l'échelle. La scène que j'avais sous les yeux sortait tout droit d'un conte de fées. De petites bougies brillaient tout autour du pont. Il y en avait des centaines. Carter devait également en avoir installé sur le toit, car un halo lumineux semblait émaner du ciel nocturne. Au milieu du pont, à côté d'un matelas accompagné de couvertures et d'oreillers, il avait disposé une bouteille de vin et deux verres.

— Carter, c'est magnifique.

Si j'avais été joueuse, j'aurais pu parier qu'il avait organisé cette escapade romantique pour m'impressionner. Il n'en avait pas besoin. Plus je passais de temps avec lui, plus les sentiments que j'éprouvais pour lui, et ce qu'ils signifiaient pour moi, me préoccupaient.

— Pas de moustiques ce soir.

En me rappelant cette fois où nous avions été assaillis par une véritable nuée de bestioles durant notre enfance, je fus soulagée de ne pas devoir côtoyer tous les insectes du coin. Je m'installai à côté de Carter et je m'étendis sur les coussins. Il ouvrit la bouteille et me versa un verre de vin.

— Tu n'avais pas besoin de faire tout ça, Carter.

— Je sais. Mais j'avais envie.

— Je croyais que tu n'aimais pas les bougies. Tu n'arrêtes pas d'éteindre celles de l'appartement.

— Mais ce soir, c'est différent.

— Merci. Vraiment, il ne fallait pas.

— Arrête de répéter ça. Bien sûr qu'il fallait ! Tu as travaillé tellement dur à cet hôpital et en t'occupant de moi. Je voulais simplement te rendre heureuse.

— Je suis heureuse, et tu te débrouilles plutôt bien tout seul jusqu'ici. Trop, même.

— Bon, de quoi veux-tu qu'on parle ?

— Oh, alors on va continuer à ignorer le fait que tu persistes à refuser mon aide ? le taquinai-je.

— Ça ne pourra que nous faciliter le reste de la soirée.

Il m'adressa un coup d'œil accompagné d'un sourire en coin qui me troubla.

— Sérieusement, Carter, comment te sens-tu ? Tu es resté en appui sur ta jambe un bon moment aujourd'hui ? Ça ne te fait pas mal ?

— Non, tout va bien. Je t'ai dit que je m'entraînais à marcher quand tu étais au travail.

— Eh bien ça se voit, en effet. Je m'en rends compte à tes mouvements, à ton agilité. Mais…

— Molly, je n'ai vraiment pas envie de parler de ma santé. En fait, je préférerais oublier que j'ai séjourné à l'hôpital. Ce soir, je veux juste être un homme capable de faire sourire une femme.

— Eh bien je te confirme que tu me fais sourire. Ça faisait longtemps que je ne m'étais pas sentie si heureuse, et c'est grâce à toi.

Une brève expression de culpabilité traversa ses traits, et je me demandai à quoi il pouvait penser.

— J'imagine que tu n'as pas parlé à ton père de ton diplôme, mais ta mère ?

— Je l'ai appelée. Elle est au courant.

— Elle ne voulait pas venir à la remise des diplômes ?

— Si, mais je lui ai demandé de s'abstenir.

— Pourquoi ? s'étonna Carter.

Je posai mon verre.

— C'est compliqué.

— La vie est compliquée. Allez, Molly. Tu m'as vu au fond du trou et tu m'as ramené à la vie d'innombrables fois. Si je peux faire quoi que ce soit pour t'aider à cicatriser, je voudrais le faire. Que ce soit superficiel ou non. Vraiment.

Je le regardai de côté en me demandant pourquoi nous avions mis si longtemps à réellement nous rejoindre. Mais peut-être que le temps passé n'était pas perdu. Nous avions mûri tous les deux, nous avions eu l'occasion de vivre des vies d'adultes, séparés, et nous étions restés amis la plupart du temps. Nous avions tous deux traversé des horreurs, et peut-être que si la chronologie des événements avait été altérée, ça n'aurait pas marché entre nous. Qui sait ?

— Ça me touche beaucoup. Merci. J'imagine que c'est différent avec ma mère, parce que nous n'avons jamais été très proches.

— Ce n'est pas ce que je me rappelle. Elle t'a protégée, ce jour au pub, où nous avons mangé de la crème glacée. Elle ne voulait pas que tu rentres à la maison tant que ton père était en colère.

Il avait raison. Ma mère, bien qu'étant restée longtemps aveugle aux maltraitances physiques et mentales que m'infligeaient Père, avait fait tout ce qui était en son pouvoir pour me mettre en sécurité. Aurait-elle pu arrêter Père ? Peut-être. Je… je n'étais pas sûre. Et elle m'avait laissé l'accompagner au pub, ce jour-là… Ne savait-elle pas qu'il ne m'aimait pas comme un père normal était censé aimer sa fille ?

— Bon peut-être que nous étions proches jusqu'à un certain moment, mais pas après. Pas quand j'avais le plus besoin d'elle et que je ne pouvais pas compter sur son aide. Elle l'a laissé…

Je hoquetai et me couvris la bouche de la main. J'avais failli le dire. Je lui avais presque avoué mon plus grand secret... et le pire, c'est que je voulais le faire. Je ne voulais plus être la seule à porter ce fardeau.

— Elle l'a laissé quoi ? fit Carter en se penchant.

— Peu importe. Bon, que projettes-tu de faire une fois guéri ?

— C'est la question à un million, Molly. Et ne crois pas que je ne t'ai pas vue changer de sujet.

J'éclatai de rire. J'espérai qu'il laisse tomber. Je priai pour qu'il ne me force pas à donner des réponses à ces questions alors que je ne me sentais pas prête. Du moins je ne le croyais pas. Je commençais à craindre de ne jamais l'être.

— Pourquoi à un million ? demandai-je.

— Parce que j'aimerais pouvoir t'inclure dans mes projets, mais tu restes toujours un peu fermée.

— Pardon. Je ne le fais pas exprès. Parfois, j'ai l'impression de n'avoir aucun moyen d'avancer, alors je me focalise sur le travail et... et encore plus de travail.

— C'est exactement ce que je veux dire. Il n'y a pas que le travail dans la vie, Molly. Ça en fait partie, mais ce n'est pas tout.

— Eh bien, je t'ai, toi, désormais.

Mon cœur se mit à battre plus fort après cette révélation honnête. Je n'avais pas songé à ce qui se passerait entre nous une fois Carter remis. Je ne voulais pas y réfléchir, pas encore, simplement parce que je n'étais pas prête, ou parce que j'ignorais comment envisager les choses.

— Est-ce que tu pourrais revenir un jour à Hope Bay ? demanda-t-il.

— Non, je ne crois pas. En fait, je suis quasiment sûre que non. Non. Définitivement, non.

Il fronça les sourcils devant cette réponse qui ne le satisfaisait apparemment pas.

— Pourquoi ? Rien ne t'oblige à retourner dans la maison de tes parents. En fait, je ne voudrais pas que tu le fasses. Mais ton frère vit ici. C'est un bon élève à ce qu'on m'a dit, et il est bien élevé, d'après ce que j'ai vu. Tu veux vraiment habiter si loin de tes amis ? Je sais que tu aimes Hope Bay, et moi aussi. Alors d'où te vient cette envie de ne jamais y remettre les pieds ?

— Oui, j'aime la ville, mais elle a beau me rappeler énormément de précieux souvenirs, il y en a aussi de très douloureux.

— Je comprends.

C'était certainement vrai. C'était dans cette ville qu'il avait perdu Daisy et son enfant à naître. Bon sang, sa maison avait brûlé il y a près de deux mois. J'avais vu Carter traverser plus d'épreuves qu'aucun autre homme, au point de frôler le suicide, mais il considérait encore Hope Bay comme le plus merveilleux des endroits où vivre.

— Molly, tu sais que tu peux tout me dire. C'est ta mère ? Ton père. Bon, il a un problème de boisson, c'est sûr, mais peut-être qu'on pourrait faire quelque chose pour l'aider ?

Oh, comme j'aurais voulu me jeter à son cou et l'embrasser à cet instant ! Cet homme avait le cœur le plus généreux du monde. Dommage qu'il me faille réduire à néant ses espoirs de réunion de famille.

— Rien de ce que tu pourras me raconter ne me fera m'enfuir, tu sais ? ajouta-t-il.

Mais si Carter apprenait la vérité, qu'il s'enfuie pourrait bien être le cadet de mes soucis, je le craignais. Il but une gorgée de vin et je l'imitai.

— D'accord. Bon, dans un monde idéal, où te verrais-tu d'ici dix ans ? Tu peux choisir n'importe quel endroit.

La question n'était pas innocente, je le savais. Il était tout à fait conscient des souvenirs affectueux qui me rattachaient encore à cette ville.

— J'achèterais une nouvelle maison à ma mère et je m'assurerais que mon frère ait suffisamment d'argent pour ses études, répondis-je.

— Ce n'est pas ce que je te demandais.

Je soupirai en souriant.

— D'accord, c'est à Hope Bay que je voudrais vivre, mais je ne suis pas prête à franchir le pas. Je ne sais pas si je le serai un jour.

Pas tant que Père resterait en vie.

— Ça ne fait rien, parce que je suis là pour t'aider à avancer, même si on continue à tout petits pas pour toujours.

Je secouai la tête.

— Parfois, j'aurais presque envie que tu reviennes à tes petites répliques de drague cochonnes.

— Pourquoi ça ?

— Parce que je savais que ce n'était pas toi qui parlais, en ce temps-là, murmurai-je en secouant la tête. Quand tu te conduis comme ça avec moi, en te montrant prévenant, en parlant d'avenir… ça me fiche un peu la trouille.

— Toi ? Trouillarde ? De nous deux, je croyais que c'était toi qui maîtrisais la situation. Et en plus tu es médecin, ce qui signifie automatiquement que tu gères la situation, plus que le commun des mortels. Plus que moi.

Eh bien, pour se tromper, il se trompait !

— Je ne maîtrise pas. Je ne maîtrise rien du tout, Carter Clark. En particulier en ce qui te concerne.

J'ignore lequel d'entre nous s'était rapproché de l'autre, mais je fermai les yeux dès que je sentis son souffle sur mon visage. Ses lèvres étaient aussi chaudes, mais transmettaient davantage d'émotion. Je les sentis m'inviter dans son cœur. Il entoura mon visage de ses mains, inclinant ma tête dans l'angle idéal pour que sa langue pénètre aisément dans ma bouche. J'avais cru qu'il faisait un peu frais, mais la température avait dû changer, car elle me paraissait désormais idéale. Parfaite pour dissiper la chaleur qui montait entre nous. Il me mordilla la lèvre inférieure et je me tortillai, mon corps s'abandonnant sur les couvertures tandis que Carter se plaçait au-dessus de moi. Les chants des criquets emplissaient la nuit, accompagnés du ululement d'une chouette, du bruissement de l'eau contre les flancs du yacht et de nos battements de cœur.

Carter m'embrassa plus profondément encore. Ses lèvres conduisaient les miennes avec facilité, comme s'il me racontait qu'il serait là pour moi, toujours. Elles me transmettaient l'urgence, le besoin d'entrer en moi. Et j'essayai. Je m'efforçais tellement de lui donner tout ce que ma bouche avait à offrir en espérant que cela suffise.

Ses mains suivirent mes courbes, effleurant délicatement le côté de mes seins et s'aventurant en bas, vers mes hanches. Le bout de ses doigts se faufila sous ma jupe pour me titiller la peau. Je m'abandonnai à cette façon qu'avait mon corps de se mouler contre le sien, à cette façon qu'il avait de m'encourager et de me soutenir sans pour autant se montrer autoritaire. Comment avait-il fait pour guérir si vite de ses brûlures ? Il portait encore des cicatrices qui lui rappelleraient toute sa vie l'incendie, tout comme celles de mes genoux ne cesseraient jamais de me rappeler ma douleur, mais c'était comme s'il ne s'en souciait pas.

Lorsque je le sentis grossir contre moi, ses mains vagabondant sur mes cuisses, je m'écartai.

— Carter, je ne peux pas te donner ce que je sais que tu désires.

— Et que crois-tu que je désire ?

— Tu veux… Je… j'ai peur.

— De quoi as-tu peur, Molly ? parle-moi. Rien ne nous oblige à quoi que ce soit si tu n'en as pas envie. Ça me suffit déjà d'être avec toi et de t'embrasser. Je ne veux t'imposer aucune pression.

— J'ai envie de toi, Carter. J'ai envie de toi comme je n'ai jamais eu envie de quiconque. Mais ça me fait peur.

— Tu as peur de moi ?

Je secouai la tête.

— C'est parce que tu es vierge ? Et si je l'évoque, c'est de la façon la plus respectable, Molly. Il n'y a rien de mal à attendre, et si tu ne me considères pas comme étant le bon, eh bien tu devrais me repousser dès maintenant. Mais s'il existe la moindre chance pour que ce soit moi, j'attendrai aussi longtemps qu'il le faudra.

— J'ai envie de toi Carter, autant que tu as envie de moi. Mais je ne suis pas vierge.

Il recula, un peu choqué.

— Oh, eh bien ce n'est pas un problème. Je ne le suis pas non plus. J'imaginais simplement que puisque tu n'avais jamais parlé de sortir avec un autre garçon… enfin, ce ne sont pas mes affaires…

— Ce n'est pas ça. Je n'ai *pas* eu de relation intime avec un autre garçon.

Il me considéra d'un air perplexe.

Voilà, je l'avais dit. La vérité sortait lentement de ma bouche.

— Hein ?

— Je… je ne suis pas vierge, dis-je d'une voix si basse qu'elle se limitait à un souffle. Mais ce n'est pas vraiment par choix.

Il fallut un moment à Carter pour comprendre ce que j'essayais de lui dire. Je vis son expression passer de la joie à la douleur. Il secoua la tête comme s'il n'arrivait pas à croire ce que j'étais en train de lui avouer.

Et brusquement, il me surprit en me prenant dans ses bras et en me serrant tout contre lui. C'était bon se sentir étreinte par quelqu'un pour qui je comptais tellement, mais arriverait-il à comprendre ? Pourrait-il digérer le fait qu'on m'avait violée ?

— Je suis désolé. Désolé que ta première expérience n'ait pas été merveilleuse. Désolé qu'un abruti t'ait blessée de la sorte et que tu ignores ce qu'on devrait éprouver quand on fait l'amour. Ça doit être un moment de douceur, d'affection et de soutien mutuel, un moment de plaisir. Ça doit te relier à l'autre, à un tout autre niveau, pour le reste de ta vie.

Wow.

Je me contentai de le fixer. De regarder ses splendides yeux bruns, pleins de confiance et d'adoration, ses lèvres rondes et les minuscules zones de peau décolorée par les flammes sur sa joue droite. Je le fixai et mon cœur se mit à battre avec une force inimaginable pour cet homme.

— J'espère que le type qui t'a fait du mal a disparu de ta vie, parce que s'il est encore là, je te jure, je le castre !

— Le problème est bien là, Carter. Il fera toujours partie de ma vie, quoi que je fasse pour le repousser.

— Quand est-ce arrivé ? À l'université ? À l'hôpital ? C'était un interne ? Pas un patient, quand même ? Tu as appelé la police ?

— Non, rien de tout ça. C'était il y a longtemps, Carter. Ça n'a même pas d'importance.

Il me caressa délicatement la cuisse, juste au-dessus du genou. Je sursautai avec un hoquet de surprise, ce qui le troubla encore davantage.

Il se redressa en position assise, s'écartant légèrement. Je ressentis aussitôt l'absence de son contact.

— Bien sûr que si, ça en a ! Tu as vécu une mauvaise expérience, alors qu'il aurait dû s'agir d'un bon moment, un des meilleurs de ta vie. Faire l'amour pour la première fois, c'est… c'est irremplaçable.

— C'était comme ça, ta première fois avec Daisy ? demandai-je.

— Oui. C'était la première fois pour nous deux. Peut-être que c'est pour ça que je me suis senti tellement proche d'elle si longtemps.

— C'est dans l'ordre des choses, non ?

Carter rayonnait de frustration. Je savais que je ne lui avais pas révélé grand-chose, mais je m'en sentais incapable. Mieux valait laisser le passé là où il était : derrière nous.

— C'est quelqu'un de la ville ?

Je hochai la tête.

— Merde !

Il se raidit avant de se lever. Puis il se mit à faire les cent pas d'un bout à l'autre du pont en passant la main dans ses cheveux et en jurant tout bas.

— Je t'en prie, ne me dis pas que c'est ce que je pense. Bon sang, Molly, dis-moi que ce n'est pas lui !

Il avait élevé la voix, mais sans crier tout à fait. Il était en colère, à juste titre.

— Carter, ça fait très longtemps. Ça ne vaut même pas la peine d'y penser.

— Mon frère ? Je savais bien que Max était venu là cette nuit pour une bonne raison.

Son frère ? Pour un type futé, Carter cogitait parfois un peu trop… à tout propos.

— Non, ce n'est pas ton frère. C'est… je me rappelle à peine cette nuit. Je ne veux pas me la rappeler. Tu sais, chaque fois que je vois les cicatrices sur mes genoux, je me souviens de ce qui s'est passé, et c'est quelque chose que je ne pourrai jamais effacer.

Il se figea. Le silence s'installa soudain, et je compris que j'en avais trop dit. Il savait. Un seul coup d'œil à ses yeux m'informa qu'il comprenait enfin quel monstre était Père.

J'entendais nos souffles presque synchrones, et mon cœur qui battait. Comment cette soirée si parfaite qu'il avait organisée pouvait-elle si mal finir ? C'était ma faute. J'avais tout gâché.

Comprenant peu à peu, Carter continua à secouer la tête. Je croyais ne jamais le voir pleurer, mais c'était bien ce qui était en train de se passer. Ses larmes coulèrent comme les miennes, dix ans auparavant. Je ressentais sa souffrance ; en fait, cette souffrance-là était la mienne. Il envoya une bougie par-dessus bord d'un coup de pied en criant :

— Putain !

Elle coula en éclaboussant, éteinte tout comme mon cœur s'était éteint ce jour horrible.

— Le jour où je t'ai amenée chez le docteur Burke ? Tu m'avais dit que tu étais tombée.

Il s'approcha de moi et s'agenouilla avant de me regarder. La peur le disputait à la confusion, au doute et au chagrin dans son regard.

— Et tu m'as crue, murmurai-je en baissant la tête.

— C'est affreux. C'est tellement affreux, répéta-t-il en secouant de nouveau la tête, incrédule. C'est pour ça que le docteur Burke m'a donné ces préservatifs ? Il pensait qu'on avait couché ensemble ?

— Parce que c'est ce que je lui ai raconté. Je ne voulais pas qu'il en parle à ma mère. Ni qu'il en parle à qui que ce soit. J'avais peur et j'avais honte. Tellement honte.

Les larmes roulaient sur mes joues. Carter se releva lentement et les essuya avec son pouce avant de me prendre dans ses bras. Il m'attira contre son corps protecteur et je m'effondrai.

Je compris soudain combien j'avais besoin qu'on me réconforte et qu'on m'entoure de la sorte. Mes tremblements se dissipaient contre lui, ma terreur et mon humiliation à l'idée que cet événement me hante jusqu'à la fin de mes jours disparaissant peu à peu, remplacées par une affection et un amour difficiles à contenir.

— Je vais le tuer, me murmura-t-il à l'oreille. Il faut qu'il paie pour ce qu'il a fait. Oh, Molly, je suis tellement désolé que tu aies été forcée de le voir ce soir-là au restaurant. Je suis tellement désolé pour ce qu'il t'a fait et les questions que j'ai pu te poser sur ta famille.

Je m'écartai pour lever vers lui des yeux baignés de larmes.

— Carter, tu ne peux pas lui dire que tu es au courant. Il s'en prendrait à moi. Et il s'en prendrait aussi à ma mère.

— Pas s'il était mort.

— Tu n'es pas un assassin.

— Et il n'est pas question que la femme que j'aime reste une victime jusqu'à la fin de ses jours.

Je hoquetai de surprise.

— Qu'est-ce que tu viens de dire ?

— Qu'il n'était pas question que la femme que j'ai…

Il s'arrêta au milieu de sa phrase en comprenant.

— Je t'aime, Molly. Je crois que je t'ai aimée bien avant que tu ne m'arraches à la neige et à mon vomi la première fois que j'ai essayé de me tuer, et je me suis menti à moi-même tout ce temps. Je me suis tellement menti. Tu étais ma meilleure amie. Ma copine de flaques ! On échangeait des chewing-gums, on se racontait tout. C'est toi qui m'as sauvé, de la mort et de tas d'autres choses. Et je ne dis pas ça parce que tu savais choisir les meilleures flaques. Tu as rendu mon enfance mémorable, heureuse et amusante.

J'éclatai de rire malgré mes larmes, en me rappelant les jours de pluie qui nous avaient rapprochés autrefois. Mais Carter n'en avait pas terminé et je ne pouvais plus m'arrêter de sourire.

— C'est toi qui as guéri mon cœur et mon corps. Tu étais cette amie sur laquelle je pouvais toujours compter, malgré toutes mes bêtises. Tu as pris un homme ravagé, au bord du gouffre, et tu en as fait un être humain à nouveau complet. Tu m'as sauvé.

Les larmes ruisselaient sur mes joues. Je n'avais jamais rien entendu d'aussi beau que ce que Carter venait de me dire. J'avais toujours su qu'il était là pour moi, mais sans jamais me rendre compte qu'il serait si facile de l'aimer. Je n'avais jamais cru pouvoir aimer quiconque sans effort, sans me poser la moindre question sur sa nature profonde.

— Moi aussi je t'aime, Carter.

Il m'embrassa fougueusement, scellant par ce baiser notre déclaration mutuelle. Lorsqu'il s'écarta, une détermination et une ténacité nouvelles habitaient son regard.

— Alors laisse-moi être celui qui te sauve, cette fois. Laisse-moi arranger les choses. Je ne veux plus que tu aies peur de te retourner. Je ne veux pas que tu fasses de cauchemars, ou que tu renonces à voir ta mère et ton frère à cause de lui. Il ne te possède pas, ne te contrôle pas, et si j'ai mon mot à dire, il ne t'approchera plus jamais. Il ne te menacera plus, ne te fera plus chanter. C'est lui qui t'a fait du chantage pour que tu assumes la responsabilité de l'incendie de la grange, n'est-ce pas ?

Je hochai la tête, essuyant mes larmes dans sa chemise. Ce dont il parlait était impossible. Mon père ne nous laisserait jamais tranquilles. Il était trop obstiné, trop sûr de lui. Il n'y avait pas d'issue. À quoi pouvait penser Carter ?

— J'ai échafaudé des centaines de scénarios, des milliers même, pour trouver une solution, mais en vain. À moins qu'il ne tombe raide mort au beau milieu de la rue, je ne parviendrai jamais à tourner la page, alors tu vois, tu ne peux pas me sauver, Carter.

Personne n'en est capable. Et tu ferais mieux de rester loin de lui. C'est un homme dangereux.

— Je ne sais pas encore comment je vais te sauver, mais je le ferai. Ça, je te le promets.

C'était bien ce que je craignais. Je sentis mes épaules s'affaisser. Carter s'installa près de moi. Il passa son bras autour de mes épaules et m'entraîna sur les oreillers avant de nous couvrir d'une couverture. Je me nichai contre lui et je laissai le sentiment de sérénité m'envahir.

— Pas étonnant que tu ne veuilles qu'aucun autre homme ne te touche comme ça, dit-il. Et pardonne-moi si je suis allé trop loin.

Je levai la tête et je croisai son regard chagriné.

— Mais je veux que tu me touches. J'ai envie de toi, mais j'ai peur de la douleur émotionnelle. J'ai peur de me remettre à penser à cet instant de ma vie que je voudrais oublier. Je ne veux pas comparer cet instant à ce souvenir, mais malheureusement, j'ai peur que ce soit vers lui que mon esprit s'égare. Et comme ma première fois a été gâchée à jamais, j'ai peur de ne jamais pouvoir apprécier ce qui devrait créer un véritable lien entre deux personnes qui s'aiment.

Je sentis les larmes me monter de nouveau aux yeux.

— Alors si on fait l'amour, tu repenseras au jour où il t'a violée ?

— Je ne veux pas, dis-je en sanglotant.

Je pleurais si fort que j'avais du mal à respirer. En fait, je n'y arrivais plus du tout.

— Chut, ça va aller. Je suis désolé. Ça m'a vraiment pris au dépourvu, ce soir. Je ne m'y attendais pas du tout.

Il m'étreignit et je ne pus m'empêcher de demander :

— Ça veut dire que tu n'auras jamais envie de coucher avec moi ?

— C'est ce que tu crois ? Non, Molly. Bien sûr que non, et maintenant que je sais tout, je vais m'assurer que tu te sentes en sécurité, choyée. Tu n'as plus à craindre que quiconque te fasse du mal, jamais. Et je saurai t'attendre. J'attendrai que nous soyons prêts tous les deux. Il n'y a pas de délai, pas de date d'expiration. J'attendrai jusqu'à la fin de nos jours s'il le faut. Te serrer dans mes bras comme ça, c'est bien plus que tout ce que j'aurais pu espérer.

Je me réfugiai dans son étreinte. Cette nuit, nous dormîmes sur le pont. Carter me tint en sécurité dans ses bras jusqu'à l'aube. Nous n'avions pas fait l'amour, mais il s'agissait d'une des nuits les plus magiques de toute ma vie. Le lien qui nous unissait était si fort, si profond, que j'avais du mal à comprendre comment la révélation d'un secret vieux de dix ans avait pu nous souder autant.

CHAPITRE 23

CARTER

— Je vais le tuer. Et ce sera la mort la plus lente de l'histoire.

C'étaient les derniers mots que je me rappelais avoir prononcés dans mon rêve après avoir juré une loyauté et un amour éternels à Molly.

Un sceptre à la main.

Vêtu d'une cape, coiffé d'une couronne.

Menant une armée à la bataille qu'il me fallait livrer, pas seulement pour sauver sa vie, mais aussi pour gagner sa main.

Le bruit d'éclaboussure me réveilla, ce qui était une bonne chose, car je n'y connaissais rien en stratégie militaire, et je ne voulais certainement pas me retrouver vaincu et perdre Molly, même dans un simple rêve.

Je me protégeai les yeux des premiers rayons du soleil avant de ramper hors des couvertures, sur le pont. Aucune trace de Molly. Je suivis les bruits de remous et j'aperçus Molly qui plongeait sous l'eau, à côté du bateau, me donnant au passage un aperçu de son derrière. Portant la main entre mes jambes, je rajustai une érection persistante avant de me pencher par-dessus la rambarde pour la regarder s'éloigner du bateau en nageant. Lorsqu'elle se tourna pour me saluer avec un sourire chaleureux, je sus que la nuit que nous venions de passer ensemble sur le bateau nous avait rapprochés davantage encore que je n'aurais pu l'espérer.

La question, maintenant, consistait à savoir ce que j'allais faire ensuite.

— Salut ! lui criai-je.

— Salut.

Je consultai ma montre. Le soleil ne s'était pas levé depuis longtemps.

— Tu sais quelle heure il est ?

— L'heure de nager ? Je ne sais pas, Carter. Je me suis réveillée, et j'étais si heureuse, et l'eau était si claire... Je n'ai pas pu résister. Tu as bien dormi ?

— J'ai rêvé que tu allais devenir ma reine. Littéralement, avec un château, une couronne et tout le reste.

Elle éclata de rire.

— Eh bien, quand tu rêves, tu ne le fais pas à moitié !

— Tout allait bien jusqu'à ce qu'il me faille partir me battre à cheval.

— Pas à dos de taureau ? me taquina-t-elle.

— Non, pas à dos de taureau, fis-je en riant.

— Tu sais pourtant monter à cheval.

— Oui, mais pas assez pour galoper avec une épée à la main.

Elle s'esclaffa de nouveau, et l'écho de son rire se répercuta sur les eaux calmes.

— Tu as demandé à Jo de m'apporter un maillot de bain ? demanda-t-elle.

— Oh, j'espère qu'elle ne l'a pas fait ! J'espérais bien que tu te baignerais toute nue.

En voyant qu'elle portait un bikini, j'en déduisis que Jo y avait pensé.

— Eh bien si.

Après s'être éloignée davantage, elle plongea la main sous l'eau. Molly s'agita un instant, puis brandit son slip à la surface. J'en restai figé sur le pont, comme deux ronds de flan, et je portai la main à mon entrejambe pour la deuxième fois en deux minutes. Pas la peine d'espérer que ma bite me fiche la paix, à présent que je savais Molly nue sous la surface.

— T'as pas fait ça !

— Je croyais que tu voulais que je me baigne toute nue, rétorqua-t-elle sur un ton faussement pudique.

— Oui, mais avec moi !

— Eh bien, dommage que tu ne sois pas encore remis, me taquina-t-elle en tendant la main dans son dos pour détacher les deux petits rubans de son haut.

J'aurais voulu crier – *Molly, je te jure que si tu enlèves ce haut, je plonge !* – mais je craignais que mon hurlement ne l'arrête, et je me contentai donc de secouer la tête. Elle était partie trop loin pour que je la voie nettement sous l'eau, mais mon imagination carburait à deux cents à l'heure, et le début de la courbe de sa poitrine que je distinguai lorsqu'elle se mit à nager suffit à me rendre dingue.

— Maintenant je me sens comme un abruti ! J'aurais dû garder ce souhait pour le jour où je pourrais plonger avec toi. Oh, et puis merde !

Je saisis le bas de mon tee-shirt, que je retirai en me demandant si je devais garder mon haut de compression ou pas… Je décidai de le conserver. Molly avait beau avoir l'habitude de mes cicatrices, je ne voulais pas qu'elle me voie comme ça. Pas ce jour-là.

— Carter, tu sais bien que tu ne peux pas. Tes plaies…

— Tu crois que je risque d'attraper quelque chose ? Des bactéries ? demandai-je.

— Non, je m'inquiète pour tes blessures. Elles ont bien guéri, mais ta mobilité…

— Je m'entraîne et je m'étire depuis un bout de temps. Et puis, tu as vu que je pouvais rester longtemps debout. Dans l'eau, tout ira bien.

Je saisis mon jogging que je retirai et jetai sur le pont. Désormais, il ne restait plus que mon boxer entre moi, mon érection et cette eau fraîche sur laquelle je comptais pour apaiser le flux de testostérone qui m'agitait tout le corps.

— Oui, mais ça représente quand même un risque.

— En fait, je me suis renseigné sur le sujet. Nager dans de l'eau douce est bien plus sain que d'évoluer dans une piscine pleine de produits chimiques. Et il n'y a pas plus doux que Pebble Lake.

Sur ce point, je ne mentais pas. Le lac était alimenté par des ruisseaux d'eau douce venus des montagnes, à l'ouest de la ville.

— Oui, mais tu n'as encore jamais tenté de nager. Mieux vaudrait essayer dans un environnement plus contrôlé. Comme un… un lac plus petit. De l'eau peu profonde.

— Molly, tu sais que je suis bon nageur, et la profondeur ne m'effraie pas.

J'agitai la main. Molly se pétrifia, terrifiée à l'idée de me voir sauter dans l'eau où elle nageait sans vêtements. Aurait-elle moins peur si j'entrais moi aussi en tenue d'Adam ? L'idée me parut de plus en plus pertinente.

— Bon, selon ton opinion professionnelle de médecin, si je peux bouger physiquement, je ne devrais pas avoir de mal à nager, non ?

— Hum, je ne suis pas ton médecin, mais en ma qualité d'amie…

— Ha ! Ça veut dire que j'ai raison !

Je saisis mon boxer que je fis descendre jusqu'à mes chevilles, disparaissant temporairement derrière la rambarde.

— Carter ! Qu'est-ce que tu fais ?

— Ne t'inquiète pas, Molly. Je ne suis pas timide. Tu peux regarder, mais tu n'es pas obligée.

Je lui adressai un clin d'œil avait de grimper sur la rambarde et de viser un endroit où plonger. La fraîcheur de l'eau matinale me chatouilla tout le corps lorsque je traversai la surface. Les vagues pures et affreusement glacées m'enveloppèrent.

— Oh putain que c'est froid ! criai-je en refaisant surface et en apercevant l'expression de Molly qui passait de la terreur à l'hilarité.

— Tu ne l'as pas volé ! cria-t-elle en s'écartant un peu de moi.

— Tu trouves ça drôle ? répondis-je en faisant quelques brasses dans sa direction.

— Carter, qu'est-ce que tu fais ?

— Je nage vers toi.

— Pourquoi ?

Dans sa voix désormais plus basse, je détectai une envie, un désir que je n'avais jamais entendu chez elle.

— Parce que je veux me rapprocher de toi.

Avant qu'elle n'ait le temps d'objecter, je plongeai et fendis les flots dans sa direction. Elle n'eut pas une chance de s'échapper : je resurgis devant elle et je profitai de sa stupéfaction pour déposer un doux baiser sur ses lèvres.

— Maintenant la journée commence en beauté !

Son sourire s'élargit, éclipsant le soleil qui brillait derrière les arbres.

— Vraiment, oui ! Je n'arrive pas à croire que tu aies plongé tout nu !

— Et je n'arrive pas à croire que tu aies posé ton maillot.

Je la saisis par les hanches pour l'approcher de moi.

— Carter…

— Tu es gênée ?

— Non.

— Eh bien qu'y a-t-il ? C'est une belle matinée, l'eau fraîche, les oiseaux qui chantent… qu'est-ce qui t'ennuie ?

— Tu sais bien qu'on ne peut pas. Je ne suis pas prête.

— Prête pour quoi ?

— Tu sais, le sexe.

— C'est ce que tu croyais que nous allions faire ?

— Eh bien, nous sommes nus…

J'allais avoir du travail pour lui enseigner ce qu'aimer signifiait. Toute la relation ne tournait pas autour du sexe. Certes, il y occupait une place importante, mais ce n'était pas tout.

— C'est très bien, d'être nus, dis-je. On est amis. Non, en fait on est plus qu'amis. J'aime à croire que nous entretenons une relation exclusive.

— J'aime à le croire aussi.

— Et bien que la baignade à poil ne soit pas forcément très répandue au début d'une relation, je crois que celle qu'on entretient date déjà de très longtemps. Ça me va, d'être avec toi, comme ça, tout simplement. Alors non, le sexe, ce ne sera pas dans l'eau, ici. Pas pour notre première fois en tout cas. Et certainement pas aujourd'hui. Aujourd'hui, nous nous contentons d'être Carter et Molly, en couple, et occupés à profiter de la compagnie l'un de l'autre. Sans arrière-pensée. Parole de pompier.

Je levai la main comme un scout, alors que je n'en avais jamais vu de ma vie. Ça me semblait la chose à faire quand on donne sa parole.

— Tu te fous de moi, Carter ! s'esclaffa-t-elle en poussant délicatement contre ma poitrine pour s'éloigner. Je te connais depuis trop longtemps pour ne pas savoir quand tu racontes des bobards. Tu restes un mec, et moi une fille, et nous sommes nus et… eh bien, il faut garder ça pour une occasion spéciale.

Elle fit quelques brasses dans l'eau et se rapprocha peu à peu des buissons derrière elle. Si ma mémoire était bonne, l'eau était moins profonde, dans le coin.

— Bon, peut-être que j'exagérais un peu, mais c'est si mal que ça, de vouloir être près de toi ?

— Je n'ai rien contre cette idée. Mais toute nue ?

— Tu m'as déjà vu déshabillé, alors ce n'est que justice que…

— Quand tu étais mon patient. Ce qui est différent.

— C'est hypocrite. Je ne vois aucune différence. Et au moins tu es consciente. Moi, j'étais dans le coma. Sous sédatif. Est-ce que tu as abusé de moi, Molly, sans jamais me le dire ?

Elle rougit aussitôt. Je savais bien qu'elle n'avait rien fait de tel, mais la taquiner de la sorte en m'efforçant de me rapprocher d'elle tandis qu'elle battait en retraite constituait un petit jeu de séduction auquel j'étais prêt à jouer toute la journée.

En guise de réponse, elle m'éclaboussa en riant. Molly tenait toujours les deux pièces de son maillot, s'accrochant aux morceaux d'étoffe comme si sa vie en dépendait. Craignant qu'elle n'ait plus d'issue où s'échapper pendant que je la poursuivais, je cessai d'avancer, mais son expression insouciante se mua en grimace d'horreur.

— Qu'est-ce qui se passe ? demandai-je.

— Quelque chose m'a attrapée !

Elle disparut sous l'eau.

— Molly ! Molly !

Je n'étais pas bien loin, mais en m'imaginant qu'elle pouvait être en danger, j'eus l'impression de soudain nager dans du goudron. Elle refit surface et prit une longue goulée d'air en criant.

— Ça ne lâche pas ! Quelque chose m'a attrapé la…

Et elle plongea de nouveau. Je la suivis, et après ce qui me sembla une éternité, je parvins à saisir sa main, la rassurant par mon contact. Je suivis tout son corps, le long de son torse, de ses hanches, de ses jambes. En temps normal, cette exploration aurait pris un caractère érotique, mais j'essayais de lui sauver la vie. Peut-être que Molly avait raison : voir quelqu'un nu dans une situation de danger, ce n'était pas du tout la même chose…

Je finis par trouver son mollet et j'arrachai les herbes qui s'étaient enroulées autour de sa jambe. Les tiges étaient solides : en gesticulant, Molly avait resserré leur étreinte, ce qui n'avait rien d'étonnant. Je la maintins tandis qu'elle tentait de remonter à la surface pour reprendre de l'air, sinon les algues l'enserreraient et l'empêcheraient définitivement de s'échapper. Elles la serraient comme un étau. J'étais moi-même sur le point de manquer d'air lorsqu'elles lâchèrent enfin. Ce fut alors que Molly s'immobilisa et que je compris qu'elle s'était évanouie.

Merde !

Je la saisis prestement par-derrière pour l'entraîner jusqu'à la surface. Les nuages qui venaient de surgir de derrière les montagnes obscurcirent le ciel, répandant sur son visage inanimé des ombres funestes.

— Allez, Molly, respire. Respire, je t'en prie !

Je lui touchai le visage, soutenant sa tête d'une main pour l'incliner en arrière. J'ouvris sa bouche et je lui pinçai le nez de l'autre. Appliquant mes lèvres contre les siennes, je soufflai de l'air dans ses poumons. Il fallait que je la ramène au bateau, parce que si ça ne fonctionnait pas, il faudrait que je lui comprime la poitrine. Avait-elle encore un pouls ?

Il faut que je regarde.

— Pas de panique, Carter, m'encourageai-je entre deux souffles.

Je ne peux pas te perdre. Je ne peux pas continuer sans toi. Si tu meurs, moi aussi.

Je lui fis le bouche-à-bouche à trois reprises avant qu'elle ne vomisse de l'eau. Molly s'agrippa à mes épaules, agita les jambes comme pour repousser un serpent, et s'accrocha à mon bras.

— Ça va, Molly. Tout va bien à présent. Retournons au bateau. Je crois qu'il va pleuvoir.

Les premières gouttes tombaient déjà. L'eau ne paraissait plus si transparente, et on pouvait s'imaginer n'importe quoi si on se demandait ce qui pouvait nager sous la surface.

— Qu'est-ce qui s'est passé ?

Elle ne lâcha pas mon bras droit tandis que nous fendîmes l'eau en direction du bateau.

— Tu t'es empêtrée dans des algues. C'était affreux.

— Tu m'as sauvée ?

— Je crois bien.

— Merci.

— À ton service.

Elle était encore sous le choc. Nous nageâmes jusqu'à l'échelle du bateau. Je la saisis fermement.

— Tu peux monter la première. Je te promets de fermer les yeux.

— D'accord.

Molly ne protesta pas. Encore accroché à l'échelle, je la sentis vibrer sous son poids. Elle tremblait, et j'aurais voulu la soutenir, mais je tins parole et je m'abstins de regarder jusqu'à ce qu'elle m'appelle.

— C'est bon. Tu peux monter.

La pluie s'intensifia et rendit les barreaux de métal glissants. Je n'attendis pas que Molly se retourne et batte en retraite dans la cabine. Je bondis sur le pont et, en deux enjambées, je me retrouvai devant elle, nu comme un ver. Tout ce qui nous séparait, c'était la couverture dans laquelle elle s'était enroulée.

— J'ai cru te perdre. J'ai vraiment cru te perdre.

Je pris son visage entre mes mains et des gouttes roulèrent sur ses joues. Nous ruisselions tous les deux, front contre front.

— Mais regarde, je suis là, dit-elle.

Je jetai un coup d'œil au lac, à la surface duquel flottaient deux morceaux de tissu.

— Ton maillot ! je reviens.

Je me retournai, mais je sentis sa main sur mon bras.

— S'il te plaît, ne pars pas. Ne me laisse pas.

Ces mots suffirent à me retenir et à me faire comprendre que ce maillot de bain n'avait pas d'importance. Tout ce qui comptait, c'était celle qui se trouvait devant moi. Elle, et rien d'autre. Je m'emparai donc d'une autre couverture, déjà mouillée par la pluie, je m'en enveloppai et je restai devant elle, l'enveloppant de mes bras et de ce poncho improvisé, la serrant tout contre moi.

— J'aime quand il pleut. Ça me rappelle quand nous étions jeunes et insouciants, soupira-t-elle.

— Tu te souviens quand on est rentrés de l'école trempés comme des soupes ? En CE1, je crois bien, et on avait promis de bien se tenir...

Ce jour d'orage, nous nous étions rués dehors sous l'averse. Ce n'était pas la première fois et ce ne serait pas la dernière. Molly m'avait procuré une joie inédite en me faisant découvrir la beauté des flaques et des jours de pluie. Jo, Daisy, Nick et Andrew se fichaient de nous, à l'abri sous un store. Ils riaient si fort qu'ils arrivaient à peine à tenir debout. À un moment, je crois bien que Daisy s'était fait pipi dessus.

— Oui, je me souviens. Tu n'arrêtais pas de sauter dans les flaques. Et tu m'avais mis de la boue plein la robe, dit-elle en riant. Ma mère trouvait ça adorable. Elle était encore tellement heureuse à cette époque.

— Avant qu'*il* commence à boire ?

Je ne pouvais même pas le qualifier de père. Aucun père digne de ce nom n'aurait fait autant de mal à sa fille qu'il en avait fait à Molly. Je la conduisis doucement sous la cabine, et nous nous assîmes sous un banc. Les gouttes de pluie tambourinaient sur le toit.

— Oui, c'était avant ça.

— Quand a-t-il commencé ?

— Je ne sais pas. Je ne me rappelle pas l'avoir jamais vu sobre, ajouta-t-elle en haussant les épaules. Ça me perturbait, tu sais, sa façon de me toucher ou de dire des choses inappropriées. Environ un an avant la naissance de Nathan, ça s'est aggravé. Un jour, il est rentré à la maison et il y a eu une dispute terrible entre lui et ma mère. Je suis montée dans ma chambre, j'ai fermé la porte à clef et je suis sortie par la fenêtre. Je suis restée assise au bout du jardin, près de la forêt, pendant des heures. S'il n'y avait pas eu de moustiques, j'y serais restée toute la nuit. Je ne voulais pas me trouver dans la même maison que lui.

— Je suis navré.

— C'était il y a longtemps. Mais tu sais que tu fais partie de tous mes souvenirs joyeux ?

— Tous ?

— La plupart. Même celui où tu m'as emmenée chez le docteur Burke. Je sais que je n'étais pas heureuse ce jour-là, mais ta présence m'a fait beaucoup de bien.

— Je le referais sans hésiter. Si j'avais su la vérité, je lui aurais mis la tête au carré ce jour-là.

Je soulevai le coin de la couverture pour dévoiler ses genoux.

On distinguait encore les cicatrices passées en regardant de près. J'y passai le bout du doigt. Molly trembla à mon contact et ferma les yeux. Une larme roula sur sa joue.

— Je suis désolé qu'il t'ait fait du mal, Molly. Mais je veux t'aider à guérir. Ce que je souhaite par-dessus tout, c'est que tu te sentes libre et en sécurité. Toujours, où que tu sois.

Elle se coula tout contre moi, appuyant sa tête contre mon épaule.

— Je n'avais pas pris conscience de ce que je ratais jusqu'à ce que je trouve le confort de tes bras. Je ne veux jamais te perdre, Carter. C'est toi la corde qui me rattache à la vie.

Être une corde ne me suffisait pas. Je voulais être la plus résistante des super glus, le lien solide qui nous rassemblait tous deux… incassable. Au fond de moi, je ne doutais pas une seconde que nous y arrivions.

— Nous sommes destinés à vivre ici, Molly. Toi et moi, à Hope Bay, avec notre avenir devant nous. Je sais que tu as des craintes, mais je les ferai disparaître, je te le promets.

— Merci. Et ça vaut ce que ça vaut, mais je te crois. Il me faudra un peu de temps pour reprendre confiance, mais je m'y efforcerai pour toi.

— Et moi pour toi.

Je l'embrassai de nouveau. J'avais besoin de retrouver ses lèvres, sans cesse.

— Merci pour aujourd'hui, et pour hier, dit-elle. Vraiment. Tu m'as fait oublier la vie. Tu m'as emmenée dans un autre temps, et pour la première fois de ma vie, je me suis sentie en paix. J'ai eu l'impression que je pouvais réellement vivre.

— Et tu vivras. Je te le promets.

Je savais qu'on ne faisait pas ce genre de promesse à la légère, et connaissant M. Fowler, il n'allait pas me faciliter les choses.

CHAPITRE 24

MOLLY

Je fêtai mon premier mois en tant que médecin en accompagnant le chirurgien en chef pour prendre un café au Starbucks du rez-de-chaussée. La journée promettait. Nous bavardâmes au sujet des patients que j'avais vus durant la semaine, tous deux ayant dû subir une appendicite d'urgence : l'appendice du premier avait éclaté et failli lui coûter la vie.

Je fis mes visites avant de descendre aux urgences pour mes douze heures de travail. L'infirmière m'informa des dossiers en cours en me préparant pour prendre la suite. J'avais à peine commencé quand j'entendis mon nom prononcé par une voix familière.

— Maman ? Qu'est-ce que tu fais là ?

— Tu es occupée ? demanda-t-elle.

Je vis une silhouette derrière elle, mais même en jetant un coup d'œil, je ne parvins pas à l'identifier. J'espérai qu'il ne s'agissait pas de Père. Ç'aurait été catastrophique.

— Un peu.

Le docteur Burke apparut enfin derrière elle.

— Oh. Bonjour, docteur. Qu'est-ce que vous faites ici ?

— J'avais une consultation avec un ancien patient, et nous nous sommes dit que nous pourrions bavarder un peu avec toi.

— Bavarder ?

— Ma chérie, il y a quelque chose dont il faut qu'on te parle. C'est important.

— Nathan va bien ?

— Oui, pas de problème. Tout va bien. Mais maintenant que tu es médecin, que tu as un travail stable et que tu sors avec quelqu'un, d'après ce que j'ai entendu dire…

— Comment êtes-vous au courant ?

— Je suis tombé sur Mme Clark en faisant les courses, et elle n'arrêtait pas de parler de Carter et de toi. J'aurais préféré l'apprendre de ta bouche.

Je lisais la déception, mais aussi la compréhension dans le regard de ma mère. Bien sûr, Carter avait parlé de nous à ses parents. Et il laissait entendre que nous irions dîner avec sa mère pour l'anniversaire de cette dernière, ce qui signifiait que j'allais devoir retourner à Hope Bay.

— Désolée. C'est arrivé très vite.

En réalité, *ça* avait pris des années, mais ce n'était que maintenant que notre amitié avait pu passer à la vitesse supérieure.

— C'est un homme extraordinaire, qui vient d'une famille merveilleuse. Nous sommes ravis pour toi, ma chérie.

Nous. À l'entendre employer ce pronom, je me demandai si ma mère et le docteur Burke avaient enfin franchi le pas et s'ils étaient eux-mêmes en couple.

— Je vous promets de vous inviter une fois que je serai un peu moins débordée. Vous aviez quelque chose d'important à m'annoncer ? demandai-je.

— Oui, eh bien… ce n'est pas facile à dire, mais…

— Docteur Fowler ? fit une infirmière. On a besoin de vous à la chambre quatre.

— Maman, désolée, mais il faut que j'y aille. Tu restes un

moment ? demandai-je en m'éloignant déjà, préoccupée par le patient de la chambre quatre.

— Nous avions prévu de rentrer à la maison en début d'après-midi, répondit-elle depuis l'autre bout du couloir.

— Bien, alors on prend un café ? À treize heures ? En bas ?

— Entendu.

Je tirai les rideaux de la chambre quatre pour examiner un patient qui se plaignait de douleurs thoraciques. Et s'il y a bien une chose avec laquelle il ne faut pas plaisanter, ce sont les douleurs thoraciques…

Les heures qui suivirent passèrent en un éclair, et la première vague de patients se réduisit le temps qu'arrive ma pause-déjeuner d'une demi-heure. Je descendis au rez-de-chaussée où ma mère et le docteur Burke m'attendaient à une table, au coin, la main dans la main. Je me figeai sur le seuil, et en voyant la façon dont ils se regardaient, je compris.

Ils sont ensemble.

Ils se lâchèrent dès qu'ils me virent approcher, comme si on les avait brûlés.

— Bon, que se passe-t-il ici ? demandai-je en les désignant tour à tour. Vous êtes…

— Eh bien, pas officiellement. Nous voudrions d'abord nous assurer que Clare obtienne le divorce.

— Ça ne devrait pas être bien compliqué. Faites boire quelques bières à Père et il signera n'importe quoi.

— En fait, ce n'est pas si facile. Sinon, nous nous en serions occupés depuis longtemps.

— Je n'ai pas besoin qu'il signe quoi que ce soit, ma puce. Il peut bien garder la maison et le terrain. Mais il faut simplement qu'il me laisse partir.

Je les fixai tous les deux, une centaine de questions se précipitant dans mon esprit.

— Assieds-toi, Molly, me dit le docteur Burke en désignant la chaise vide.

Je bus mon café en attendant que l'un d'entre eux se décide à m'expliquer ce qu'ils entendaient par là.

— Tu sais que nous sommes allés au lycée ensemble, n'est-ce pas ? demanda ma mère.

— Oui.

— Eh bien, nous sortions ensemble, à l'époque.

— Oh. J'imagine que ça n'a pas marché entre vous. Ça ne fait rien, ça peut très bien fonctionner aujourd'hui, pas vrai ?

— À vrai dire, ça marchait tout à fait. En fait, nous étions éperdument amoureux.

Sur ces mots, le docteur Burke prit la main de ma mère, qui rougit comme une pivoine. Elle baissa la tête, timide, avant d'oser me regarder de nouveau.

— Qu'est-ce qui s'est passé, alors ?

— Ton père était différent, en ce temps-là. Il est entré en scène après notre diplôme, quand il a fallu que Donald parte faire ses études. Nous avons rompu juste avant son départ. C'était une des pires erreurs de ma vie.

— Mais pourquoi vous êtes-vous séparés ?

— Nous venions de familles différentes, qui envisageaient des choses différentes pour nous. Et puis, je ne voulais pas que Clare manque ce que la vie avait à lui offrir pendant que j'étudiais. Je voulais qu'elle profite de sa jeunesse, sans regret. Mais je n'aurais pas dû agir ainsi. J'aurais dû lui demander sa main avant de partir.

— Mais vous étiez si jeunes, vous ne pouviez pas savoir ce que la vie vous réservait !

— C'est juste, mais parfois, il vaut mieux écouter son cœur plutôt que ce que d'autres pensent de votre relation. D'autres forces étaient à l'œuvre. Mes parents voulaient que je trouve une fille qui se destinait aussi à une carrière de médecin. Le temps que je comprenne que mon cœur n'appartiendrait à personne d'autre, il était déjà trop tard.

— J'ai épousé ton père. Il… c'était un homme bon, autrefois, Molly. J'ai vraiment cru épouser un homme bon.

La tristesse envahit les yeux de ma mère, mais ils s'illuminèrent de nouveau lorsqu'elle jeta un coup d'œil au docteur Burke. C'était à croire qu'il était le centre de son univers.

— Pourquoi ? Enfin, il était jeune, et sans doute pas constamment éméché à l'époque, mais si tu aimais quelqu'un d'autre…

— Je n'ai pas eu le ch…

Quelqu'un me tapota l'épaule.

— Docteur Fowler, le patient de la chambre quatre a une rechute.

— Maman, docteur Burke, je suis désolée, mais il faut que je…

— Va, Molly. Nous comprenons.

— Nous finirons cette conversation. Je vous le promets.

Et j'étais tout à fait sérieuse. Il était temps de faire la lumière sur les raisons qui avaient poussé ma mère à finir avec un connard et un violeur.

Je bondis de ma chaise et gravis l'escalier menant à l'étage des urgences. Un autre patient se plaignait de douleurs à la poitrine, et de multiples tests me permirent de diagnostiquer une péricardite, une inflammation de la membrane recouvrant le cœur. Il manifestait tous les symptômes d'une crise cardiaque, mais les ultrasons ne montraient pas de lésion aux tissus et l'échocardiogramme était parfait.

— Il s'agit très certainement d'un problème viral, M. McKinnon. Je vais vous prescrire des anti-inflammatoires pour la douleur et l'inflammation. Entre temps, il faut que vous vous reposiez. Il vous faudra peut-être plusieurs mois pour vous remettre, mais si vous remarquez une détérioration de votre santé, je vous prie de revenir nous voir.

— Merci, docteur Fowler.

— Je vous en prie.

Je griffonnai l'ordonnance et demandai à l'infirmière de lui administrer la première dose avant son départ, puis je passai à la chambre suivante. De toute façon, ma pause déjeuner étant terminée, je n'avais aucune raison de retourner à la cafétéria.

En entrant dans la chambre et en avisant le patient suivant, je faillis tomber. J'aurais voulu faire volte-face et m'enfuir, mais une infirmière me barrait la route.

— C'est la police qui nous l'a amené. Ils l'ont trouvé évanoui sur le trottoir, et quand il est revenu à lui, il s'est plaint de douleurs à la poitrine et a demandé à vous voir, m'expliqua une des infirmières.

J'aurais voulu m'échapper, ne jamais revenir, mais mon devoir de médecin m'en empêcha. Dans cet hôpital, j'allais le traiter comme n'importe quel patient. Il le fallait. Mais dehors, je ne lui donnerais même pas un verre d'eau sur son lit de mort. Bon, peut-être que si, mais en priant pour qu'il s'étouffe avec.

Je pris son dossier et parcourus rapidement les informations : tension artérielle basse et une bosse à l'arrière du crâne. Une note indiquait qu'il s'exprimait de façon cohérente lorsqu'on l'avait trouvé. Était-il mort depuis ?

Il inspira à fond et expira en ronflant.

Eh non. Pas mort, au bout du compte.

— M. Fowler, dis-je, mais il ne bougeait pas, et je lui donnai un petit coup de mon stylo.

Il fallait que je réfléchisse à ce que je ferais si j'étais obligée de le toucher. Mon Dieu, je n'aurais jamais cru que Père aboutirait ici comme patient !

— M. Fowler, il faut vous réveiller.

Il ouvrit lentement les yeux. De vagues relents d'alcool me parvinrent et me donnèrent la nausée. Je me rappelai cette haleine nauséabonde, dix ans auparavant. Il avait les mêmes yeux égarés, le même sourire matois. Je reculai d'un pas.

— Combien avez-vous bu aujourd'hui ?

— Je me rappelle pas.

— Votre poitrine vous fait toujours souffrir ?

Il baissa les yeux vers son ventre et secoua la tête.

— Je ne crois pas.

— Eh bien votre tension est un peu basse. Nous allons vous hydrater et je reviendrai vous voir dans une heure. Une infirmière va examiner cette bosse. Elle vous donnera de quoi vous soulager.

Je me tournai vers la porte.

— Où tu vas ?

— Au travail.

— Mais il faut que tu t'occupes de moi. Je suis ton père.

Je demandai à l'infirmière qui se tenait à l'entrée de nous laisser un moment. Si je voulais vraiment me débarrasser de lui, il fallait que je lui résiste seule. Que je trace cette limite que j'aurais dû imposer des années auparavant. Lorsqu'elle fut partie, je lui sautai dessus.

— Quel père magnifique, qui m'a violée il y a dix ans ! Et toutes les fois où tu me demandais de me changer devant toi ? Et quand tu te branlais pendant que je prenais ma douche ? Tu n'es qu'un sale connard, et s'il y a bien une chose que tu ne représentes pas pour moi, c'est un père, espèce de dégueulasse. Tu peux foutre le camp après avoir reçu ton intraveineuse.

Je tournai les talons et sortis. Je ne m'arrêtai qu'aux toilettes, où je demandai succinctement à l'infirmière de s'occuper de l'intraveineuse de M. Fowler avant de m'enfermer à l'intérieur. Adossée au mur, je sentis les larmes couler.

Mais qu'est-ce qui vient de se passer ?

Mon cœur me martelait les côtes, et je sentis ma poitrine se serrer. Comment osait-il me demander quoi que ce soit ? Comment osait-il faire irruption sur mon lieu de travail et demander après moi ? Était-il vraiment malade ? Ou simplement saoul ? Et où avais-je trouvé la force de lui mettre le nez dans son ignominie ? Je l'ignorais, mais j'en retirais une immense satisfaction. J'avais l'impression qu'on venait de me retirer un poids d'une tonne des épaules. S'agissait-il d'une simple coïncidence, ou d'une de ses manigances infectes pour se persuader que ma vie lui appartenait ?

Quoi qu'il en soit, je savais que je ne voulais plus jamais le revoir, et je pris note de toujours vérifier le nom des patients avant d'entrer dans une chambre. J'ouvris le robinet pour m'asperger le visage d'eau fraîche avant de retourner aux urgences. Une fois avec mes autres patients, je cessai de penser à lui, mais sa voix menaçante résonnait toujours au fond de ma tête. Pas question que je retourne le voir : je demandai poliment à un collègue de s'en occuper. Il me rapporta que Père se portait assez bien pour sortir, et ce fut ce qui se produisit. En le sachant parti de l'hôpital, je ressentis une vague de soulagement.

Elle n'allait pas durer.

Avant la fin de mon travail, je sentis une main me saisir le bras et m'attirer vers un placard. Des doigts épais étouffèrent mon cri de stupeur. Ils empestaient la cigarette, la graisse et la crasse. Ils empestaient la souffrance.

D'un geste vif, je lui enfonçai le coude dans les côtes et repoussai mon assaillant. Je me précipitai vers la porte, mais il était trop rapide.

— Où tu crois aller comme ça ?

Père m'attrapa et m'attira vers lui, loin de l'issue.

— N'importe où sauf ici. Et toi, qu'est-ce que tu t'imagines ?

Ses mains se portèrent à sa taille et il défit son pantalon sous mes yeux. Des souvenirs affluèrent, tous en même temps, et je me retrouvai paralysée. En regardant ses doigts retirer sa ceinture, je me rappelai ce jour où j'étais restée debout derrière le pub, choquée de voir Père faire ce genre de chose. Je ne voulais pas. J'avais tenté de m'enfuir, mais j'étais tombée, et c'est ainsi que je m'étais blessée aux genoux. Il m'avait attrapée par les cheveux pour me retourner sur l'herbe et m'immobiliser. Je m'étais emparée d'une bouteille cassée qui traînait là et j'avais visé son cou, mais il avait intercepté mon poignet avant que je le touche.

En le voyant baisser sa fermeture Éclair, je ressentis l'envie de le tuer pour ce qu'il avait fait et pour ce qu'il avait l'intention de faire. Mais je n'étais plus une ado naïve et terrorisée, et je n'allais pas jeter mon diplôme de médecine par la fenêtre.

— Fous le camp d'ici, dis-je en le repoussant.

Il ne vacilla même pas.

— Hé, doucement ! Je pourrais te dénoncer pour m'avoir parlé comme ça, Molly. Je sais que tu es une salope, alors sois gentille, comme ta maman, et retourne-toi pour moi.

— C'est « docteur Fowler » maintenant. Et bonne chance pour me dénoncer et essayer d'expliquer ton passé. J'ai fini de me taire, et je ne te laisserai plus jamais me toucher. Aujourd'hui, c'était la première et dernière fois que je te soigne. Tu m'as compris ? Ne demande pas à me voir et ne me cherche pas, parce que tu ne me trouveras pas.

Son regard de salaud sûr de lui devint celui d'un prédateur revanchard lorsqu'il s'approcha d'un pas.

— Oh, mais je te retrouverai où que tu te caches, bébé. Je te retrouverai et tu seras de nouveau à moi. Après toutes ces années, je me rappelle encore ce que ça fait, d'être en toi.

Il fit un autre pas. Je n'avais plus de place pour reculer.

— Tu ne donneras plus ta chatte à personne, tu m'as bien compris ? Et tu sais pourquoi ? Parce que si je me venge, tu vas douiller !

Il m'éclaboussa de postillon, et je sentis mon estomac se tordre.

— Va te faire foutre avec tes menaces à la con ! Je n'ai pas peur de toi, c'est terminé !

Je serrai le poing et, d'un geste brutal, je lui cognai le nez. Le bruit du cartilage qui craquait résonna dans la petite pièce. Pendant que la douleur le pliait en deux, je m'élançai vers la porte en criant « au secours » dès que je parvins à l'ouvrir. Des têtes se tournèrent et je courus vers l'accueil des urgences, où je savais que les agents de sécurité ne plaisantaient pas.

— Il y a un homme dans le placard qui a tenté de m'agresser, expliquai-je au premier homme en uniforme.

Deux d'entre eux se ruèrent dans la direction que j'indiquais, tandis qu'une des infirmières m'aidait à m'asseoir. Quelqu'un me tendit un gobelet de jus d'orange. Je voulais me relever et me remettre aussitôt au travail, mais le médecin-chef des urgences ne me laissa pas faire. Une demi-heure plus tard, la sécurité et la police venaient m'interroger. Père avait disparu. Je leur donnai son nom et l'adresse du restaurant où il travaillait, en priant pour qu'ils le coffrent et le mettent à l'ombre un bon moment.

Ce soir-là, en revenant chez moi, je ne pouvais plus m'arrêter de trembler. Heureusement, Carter était sorti avec son frère pour aller acheter un cadeau d'anniversaire à leur mère. Le week-end, nous étions invités à dîner chez les Clark à Hope Bay. Je ne voulais pas y aller, mais en me rappelant le moment merveilleux que j'avais passé avec Carter sur le bateau, j'avais fini par céder. En outre, je lui faisais confiance. Avec lui, il ne pouvait rien m'arriver de mal.

Je me fis couler un bain moussant et je réchauffai mes bras et mes jambes glacés. Malgré la vague de chaleur dehors, je me sentais frigorifiée. Complètement gelée, et terrifiée. J'aurais voulu pouvoir recommencer cette journée depuis le début : j'aurais tourné les talons et évité cette fameuse chambre pour ne plus jamais revoir Père.

Je ne racontai pas à Carter ma rencontre avec Père. Il aurait été fou de rage. Le lendemain, j'irais au poste de police remplir une demande d'injonction restrictive, même si je doutais que ce genre de mesure l'arrête. Rien au monde ne l'empêcherait de m'atteindre... Au fond de moi, j'avais l'impression terrifiante qu'il rôdait, caché quelque part, attendant le moment idéal pour s'en prendre à moi.

CHAPITRE 25

CARTER

Je prenais le volant pour la première fois depuis l'accident. Mes doigts se refermèrent sur le cuir doux et les joies de la liberté me revinrent. Enfin, de plus en plus autonome chaque jour, je me sentais de nouveau un homme.

— Tu es sûre que ça va ? demandai-je à Molly tandis que nous sortions de la voiture de mon frère. Il nous l'avait prêtée pour le weekend, afin que nous venions à Hope Bay fêter l'anniversaire de notre mère.

Alors que je m'attendais à ce que Molly refuse de revenir dans cette ville, elle n'avait pas dit un mot. Ces derniers jours, elle était ailleurs, perdue dans ses pensées.

— Oui, tout va bien. La semaine de boulot m'a stressée, c'est tout.

— Désolé. Beaucoup de patients ?

— Disons plutôt des cas délicats, enfin, tu vois...

Au loin, j'aperçus des nuages noirs qui s'amoncelaient autour de notre ville. Molly sauta de la voiture dès que je me fus garé devant chez mes parents.

— Il y a quelque chose qui te tracasse et tu ne veux pas m'en parler.

Je l'arrêtai avant d'entrer.

— Molly, regarde-moi, dis-je en la tenant par les épaules et en la forçant à croiser mon regard.

— Mais ça va !

— Ce qui veut dire : *je ne veux pas t'expliquer ce qui cloche.*

— Je n'ai pas envie de gâcher le dîner, mais si tu insistes pour tout savoir, je te promets de tout te raconter après le repas. Promis juré, ajouta-t-elle.

— Hmm, vu que c'est sans doute ce que je peux espérer de mieux, d'accord. Tant que tu me certifies que tu vas bien.

— Oui, ça va.

Je secouai la tête, puis je lui embrassai le sommet du crâne avant de la conduire à l'intérieur. Ces « *ça va* » répétés ne me disaient rien qui vaille, mais l'odeur d'une tarte à la rhubarbe et à la fraise vint me chatouiller les narines, me mettant aussitôt l'eau à la bouche. C'était la spécialité de ma mère. J'aurais parié qu'elle l'avait cuisinée pour impressionner Molly.

— Bonjour Molly. Bienvenue.

Ma mère se précipita la première pour l'étreindre et serra affectueusement Molly dans ses bras, comme s'il s'agissait de sa propre fille. Le sourire de Molly se révéla contagieux : je l'imitai.

— Merci, dit-elle en tendant un bouquet de fleurs sauvages à ma mère. Voilà pour vous.

— Merci beaucoup. C'est bien aimable de ta part.

— Je peux vous aider ?

— Non, aujourd'hui, c'est toi l'invitée, alors prends une chaise et détends-toi. À ce que j'ai entendu dire, tu viens de passer une semaine agitée.

Je dressai l'oreille en entendant ce commentaire. Du coin de l'œil, je vis le sourire de Molly s'estomper. Mon père entra, nous nous serrâmes la main et il embrassa Molly sur les joues.

— Comment ça va, Molly ? Le chef m'a raconté que tu avais rempli une demande d'ordonnance restrictive contre ton père.

— Quoi ? m'étonnai-je. Quand ça ? Enfin, je n'ai rien contre, du reste...

— Simple précaution, répondit Molly en s'installant à table.

— J'espère que vous prenez ses menaces au sérieux, tous les deux, ajouta mon père.

— Quelles menaces ?

Un silence assourdissant s'abattit. Je sentis le regard de mes parents peser sur nous deux, et Molly baissa la tête.

— John, pourquoi nous ne leur laisserions pas un moment pour bavarder un peu avant le dîner ?

Au lieu de me répondre, Molly fixait le vaste rempli de fleurs sauvages au centre de la table. J'orientai ma chaise dans sa direction, puis je tournai la sienne pour qu'elle se retrouve face à moi. Il fallait que je voie ses yeux. Il fallait que je sache si la situation avait empiré cette semaine, et pourquoi elle ne m'en avait pas parlé plus tôt si c'était le cas ! Le raclement de la chaise sur le parquet la fit sursauter. Avec un soupir, je soulevai doucement son menton pour qu'elle me regarde.

— Qu'est-ce qui s'est passé ?

— Mercredi, il est venu à l'hôpital, complètement ivre.

— Pourquoi tu ne m'en as pas parlé ?

— Je ne voulais pas que tu t'inquiètes.

— Et il t'a menacée ?

— Plus que menacée, en fait, mais j'ai tenu bon. J'ai obtenu une ordonnance d'éloignement, et j'ai une bombe anti-agression dans mon sac à main.

— Qu'est-ce qu'il a fait, Molly ? Je t'en prie, donne-moi tous les détails.

Ce qu'elle fit. Elle me parla de la grossièreté de son père pendant qu'elle le soignait, et du moment où il l'avait entraînée dans le placard. Je me crispai en entendant ce récit. Mon pouls accéléra, et en portant la main à mon cou, j'eus l'impression à un moment que ma jugulaire allait exploser. Peut-être aurais-je dû m'abstenir de lui demander tous les détails sordides.

— Je vais le tuer.

Je me levai si brusquement que ma chaise tomba par terre. Mon père jeta un coup d'œil pour voir ce qui se passait, puis s'éclipsa.

— Carter, je t'en prie. Laisse tomber. Oublie ça. Je m'en suis occupée.

— Ce n'est pas un ordre du juge qui va l'arrêter et tu le sais bien.

Je pris les clefs de la voiture accrochée au mur et je me dirigeai vers la porte. Molly me suivit dehors.

— Carter, non. Pas aujourd'hui. Qu'est-ce que tu veux faire ?

— Je vais m'assurer qu'il ne t'approche plus jamais.

J'ouvris la portière de la voiture et, en me retournant, je découvris son expression terrifiée. En me levant ce matin, je ne m'attendais pas à ce que la journée dégénère si vite. Un vent vigoureux rapprochait les nuages noirs de la ville, et les premières gouttes de pluie se mirent à tomber.

— Pourquoi tu ne mets pas tout ça de côté, Carter ? Oublie-le et laisse-moi vivre. Laisse-nous vivre. Regarde ce qui se trouve devant toi, pas le passé, pas ce qui est derrière. Si je m'étais laissée guider par le passé, je ne serais jamais devenue médecin. Je n'aurais jamais eu le cran de déménager de Hope Bay. Regarde où nous sommes arrivés. Rien que toi et moi, Carter. C'est tellement parfait. Je t'en prie. Soucie-toi de nous, rien que de nous. De personne d'autre.

Sa voix qui tremblait me brisait le cœur.

— Ne gâche pas l'anniversaire de ta mère, s'il te plaît, me supplia-t-elle. Ne t'en va pas. Pas aujourd'hui ni demain. J'ai déjà porté plainte et les policiers m'ont dit qu'ils me tiendraient au courant dès qu'ils l'auront trouvé.

— Il se cache ?

— Je crois, oui.

Je soupirai. Mon côté viril me criait de filer en ville, de débouler dans le restaurant où travaillait Ron Fowler et de l'étrangler. J'aurais fait n'importe quoi pour retirer ce poids qui écrasait la vie de Molly chaque jour. Mais s'il se cachait et si la police le recherchait, par où commencer ?

— Désolé, Molly. Je regrette simplement de ne pas pouvoir faire davantage.

— Je sais. Moi aussi.

Elle passa la main sous mon bras et ses doigts se mêlèrent aux miens. Main dans la main, nous regagnâmes la maison pour rejoindre mes parents. Espérant avoir une autre conversation avec Molly, je mangeai en toute hâte le dîner, le dessert et le gâteau de circonstance. Ensuite, nous aidâmes ma mère à débarrasser. Je nous préparai une tasse de thé et je demandai à Molly de me rejoindre dans la véranda, derrière la maison. De grosses gouttes s'écrasaient sur les fenêtres et les arbres oscillaient sous les bourrasques.

Je regardai Molly, qui semblait perdue dans ses pensées. Le bonheur qui rayonnait d'ordinaire sur son visage avait disparu. J'aurais voulu lui demander si elle était d'accord pour installer de nouveaux verrous à la porte de notre appartement, mais elle paraissait déjà si triste que j'avais du mal à évoquer le sujet. Je ne voulais pas lui gâcher la journée en mentionnant de nouveau son père. Tout ce que je souhaitais, c'était la voir heureuse et en sécurité. Je posai finalement ma tasse de côté et je débarrassai la sienne.

— Qu'est-ce que tu fais ? demanda-t-elle.

— Allons sauter dans les flaques.

Je la pris par la main et je l'entraînai dehors, sous la pluie. Elle leva aussitôt la tête vers le ciel et laissa l'eau dégouliner sur ses joues. Il pleuvait dru, et c'était à croire que Molly était au paradis. Elle se métamorphosa littéralement dès que la première goutte toucha sa peau.

— T'es folle ! criai-je pour couvrir le bruit de ce qui se transformait en averse torrentielle.

Je n'avais jamais vu une pluie pareille, mais je m'en fichais. Avec Molly à mes côtés, j'avais l'impression de vivre la journée la plus ensoleillée et la plus chaude de l'année.

— Je sais ! claironna-t-elle, euphorique.

Les gouttes nous éclaboussaient comme des seaux d'eau. J'avisai la première flaque, pris Molly par la main, et nous y sautâmes en même temps, inondant nos jeans. Et bien sûr, elle éclata de rire.

— Je suis fou de toi !

— Et moi je suis folle de toi ! hurla-t-elle.

Nous sautillâmes d'une petite mare à la suivante en nous tenant la main, comme quand nous étions enfants. Finalement, je m'arrêtai et je me tournai vers elle. Elle était à bout de souffle. Sa poitrine se soulevait en rythme et son chemisier trempé lui collait à la peau, soulignant sa magnifique silhouette. Elle était éblouissante. Je la saisis par les hanches pour l'attirer vers moi, puis je remontai, longeant ses courbes du bout des doigts. Nous nous étions tellement éloignés de la maison que nous la distinguions à peine à travers l'épais rideau de pluie.

— Molly, je suis tellement amoureux de toi que c'en est douloureux ! Tu me remplis le cœur, tu me complètes. Je t'aime.

Malgré la pluie qui lui inondait le visage, je vis les larmes de bonheur qui lui montaient aux yeux et qui ruisselèrent sur ses joues, se mêlant à l'eau de pluie. Ce spectacle saisissant de beauté me coupa le souffle.

— Moi aussi je t'aime, Carter.

Je ne me laisserais jamais d'entendre ces mots. Je m'emparai de sa bouche et je m'abandonnai à mes instincts. J'avais envie de cette femme comme je n'en avais jamais désiré une autre. Je la serrai contre moi, l'embrassant comme si mon souffle en dépendait, et je compris enfin que j'avais une chance d'être heureux. J'avais trouvé mon but dans la vie : *elle*, tout simplement. Je m'imaginai nos enfants courant dans la cour, les boucles qu'ils auraient héritées de leur splendide maman tombant sur leurs épaules. Nous deux, profitant de longues promenades le long de Pebble Lake. Peut-être même que nous y prendrions des bains de minuit. Et si je nettoyais les restes calcinés de ma maison pour en bâtir une nouvelle afin d'accueillir notre future famille ? Avec Molly, tout me paraissait possible ; nous allions rester ensemble pour le meilleur et pour le pire, dans la santé comme dans la maladie, jusqu'au jour de ma mort. Rien ne pouvait nous arrêter si nous restions ensemble. Pas même son père. J'en étais certain.

L'eau nous dégoulinait sur la figure, ruisselait entre nos lèvres. Le goût de sa peau, exacerbé par celui de la pluie, me fit durcir. L'eau lissait ses cheveux bouclés, les plaquait sur son beau visage, sur sa poitrine. Dans nos vêtements trempés, nous avions l'impression d'être nus. Un roulement de tonnerre se fit entendre, au loin, mais nous ne bougeâmes ni l'un ni l'autre. Je happai sa lèvre inférieure avant d'introduire ma langue dans sa bouche. Le plus beau, dans ces baisers, c'était quand Molly me les rendait. Fermes, urgents, ses élans scellaient nos deux bouches tandis qu'elle pressait ses seins contre mon torse, lovait ses bras autour de moi pour effleurer toutes les régions de ma peau qu'elle pouvait titiller du bout des ongles.

Lorsque nous nous arrêtâmes, je pressai mon front contre le sien en haletant.

— J'ai envie de te faire l'amour, Molly, vraiment. Je veux te montrer ce que l'on est censé ressentir avec un homme. Je veux qu'on se crée de bons souvenirs qui effaceront le passé, et qui nous empliront l'âme et le cœur d'assez de bonheur pour une bonne dizaine de vies ! Je vais dissiper tous tes doutes. Je veux aimer tout ton corps. Je veux t'aimer et te protéger jusqu'à la fin de mes jours. Je vois ce qui se trouve devant moi, à présent, et c'est toi, Molly. Je ferai tout pour ne pas gâcher ça. Je te le promets.

— Moi aussi j'ai envie de toi, Carter. Je n'ai plus peur. Je ne le laisserai plus me détruire. Je ne le laisserai plus contrôler ma vie.

Ses mains glissèrent sur mes bras trempés, et nos doigts s'entrelacèrent à nouveau.

— J'ai envie de toi, répéta-t-elle. Maintenant.

Je la regardai droit dans les yeux, essayant de déceler le moindre doute, mais je n'y vis que du désir. Elle n'eut pas besoin de me le dire deux fois. J'effleurai le premier bouton de son chemisier que je défis d'un petit geste. Puis le deuxième, le troisième. Je suivis la piste des boutons jusqu'à ce que son haut s'ouvre, révélant son soutien-gorge blanc trempé. Ma queue tressaillit devant la beauté de ses tétons roses que j'apercevais. La pluie traçait des sentiers étincelants depuis son cou jusqu'à la vallée entre ses seins.

Bon sang qu'elle était belle !

Son parfum pur m'emplit les narines, emportant tous mes sens dans un tourbillon de désir. Je tendis la main vers le premier bouton de son jean, que je défis à son tour. J'enchaînai avec les autres jusqu'à ce que les deux pans de son pantalon s'ouvrent, dévoilant une culotte blanche assortie qui ne dissimulait qu'à peine le triangle de sa toison.

— Je ne sais pas si tu as remarqué, mais il pleut, Molly.

— C'est parfait, répondit-elle.

— Tu vas attraper froid si on reste là-dessous trop longtemps, et j'ai bien l'intention de prendre mon temps avec toi aujourd'hui.

Au lieu de faire descendre son pantalon le long de ses jambes, je la pris dans mes bras pour la porter jusqu'à une vieille grange qui se trouvait dans le champ de mes parents. Elle émit un début de protestation, puis elle se mordit la lèvre et sourit. Molly craignait encore que je m'épuise ou que je me blesse.

J'ouvris les portes d'un coup de pied, et nous nous faufilâmes à l'intérieur. Il régnait ici une odeur de poussière et de paille sèche.

— Accroche tes vêtements ici, dis-je en désignant un vieux crochet au mur. Je ne veux pas qu'ils se salissent.

La pluie tambourinait sur le toit. J'ouvris un coffre où ma grand-mère nous avait laissé des couvertures et des oreillers. Une vague odeur de cookies aux flocons d'avoine s'en échappa, et le souvenir de ma grand-mère qui nous les apportait dans la grange me revint à l'esprit. Nous les avions tous dévorés, installés sur les oreillers dont nous nous servions pour bâtir des forts.

Je déployai un jeté de lit à carreaux sur un vieux tas de paille, y ajoutai quelques coussins, puis je me retournai pour regarder Molly. Vêtue de son jean entrouvert et de son soutien-gorge blanc, elle me fixait en se mordant la lèvre. Mon érection devint de plus en plus visible sous mon jean. Je lui fis signe de s'approcher, et elle s'exécuta sans se presser. À genoux devant elle, j'embrassai tendrement son nombril et j'introduisis les doigts dans les passants de son jean avant de le faire descendre le long de ses hanches. Mes lèvres dansèrent le long de sa peau veloutée, de ses jambes fermes, de l'intérieur tendre de ses cuisses, jusqu'à ce que j'arrive aux genoux et que je retire son pantalon. Elle remua pour s'en extraire, passant les mains dans mes cheveux et les prenant en tirant doucement pour m'inviter à me lever.

Molly saisit le bas de mon tee-shirt, qu'elle retira en le faisant passer autour de ma tête. J'avais envie de m'emparer d'elle, de la jeter dans la paille et de plonger en elle, mais je prenais davantage de plaisir encore à progresser en douceur, à voir son expression changer à chacune de mes caresses et à sentir son corps frémir légèrement sous mes doigts. Le temps lui-même jouait avec nous. Ces secondes d'impatience languides qui s'écoulaient peu à peu m'excitaient. Mes mains s'égarèrent le long de son corps tandis que les siennes exploraient ma poitrine, mon cou et mon dos.

Molly haletait, ses seins pointant sous l'étoffe de son soutien-gorge, et ses lèvres s'entrouvrirent comme pour m'inviter à la rejoindre. Sa main se dirigea vers mon jean, dont elle détacha le bouton d'un geste vif. Le bruit de la fermeture Éclair couvrit celui des gouttes qui martelaient les planches de la grange. Bon sang que cette fille me mettait le feu !

Une fois mon pantalon retiré, je ne pouvais plus cacher grand-chose… ou plutôt, il y avait désormais beaucoup à cacher, parce que ma queue en pleine érection dépassait de mon boxer. Molly écarquilla les yeux en apercevant le bout de ma queue, et un sourire de délice se dessina sur ses lèvres. Elle passa sa langue sur sa lèvre inférieure, et je faillis jouir sans même qu'elle ne me touche. Je pris son visage entre mes mains pour l'embrasser de nouveau. Bien déterminé à faire durer ce moment pour qu'elle s'en souvienne comme de sa toute première fois, je pris mon temps pour l'embrasser sur la clavicule, sur le cou et les épaules. Je caressai ses lèvres des miennes et j'enfonçai ma langue dans sa bouche pour jouer avec la sienne, savourant le moindre de ses gémissements. Ils étaient innocents et magnifiques, tout comme elle.

Ses doigts qui me griffaient délicatement le dos me rendaient fou. Elle les promena jusqu'à ma tête et les passa de nouveau dans mes cheveux. J'éprouvai une des sensations les plus délicieuses au monde.

L'atmosphère de la grange me sembla soudain chaude et étouffante. Le corps humide de Molly se pressa contre le mien. Nous nous embrassâmes comme si nous avions tout le temps du monde, comme si l'empressement de la vie quotidienne avait cessé d'exister.

Il n'y avait plus que la pluie et nous. Et les mains de Molly. Bon sang, qu'est-ce qu'elle me faisait ? Si elle continuait à me titiller de la sorte, j'allais jouir, pas de doute. Ses doigts remontèrent le long de mon dos, redescendirent et ne s'arrêtèrent qu'en atteignant mes reins. Ses paumes s'infiltrèrent sous mon boxer pour se placer en coupe autour de mes fesses, les palper, les masser. Puis ses mains s'aventurèrent devant, nous forçant à nous écarter légèrement. Elle passa les doigts le long du tissu, remontant sur la peau de mon membre, presque jusqu'à en effleurer l'extrémité humide.

— Molly, arrête.

— Tu n'aimes pas ça ?

— Au contraire. C'est bien le problème. Je ne veux pas terminer avant même qu'on ait commencé.

— Ça veut dire que je t'excite ? demanda-t-elle avec un sourire satisfait.

— Pourquoi, tu avais des doutes ?

En baissant les yeux, je vis la bête couronnée d'une goutte de liqueur séminale.

— Je veux la toucher, dit Molly.

— D'accord, mais occupons-nous d'abord de toi.

Je m'avançai pour reconduire Molly jusqu'à la couverture.

— Étends-toi, dis-je d'une voix basse dont le grondement me résonna dans la poitrine.

Je détachai son soutien-gorge et je l'embrassai en descendant vers son épaule, repoussant la bretelle du bout des lèvres jusqu'à ce qu'elle glisse de son bras, puis je reproduisis l'opération de l'autre côté.

Je pus l'observer de dessus, admirant les splendides pointes roses de ses seins qui se dressaient, m'implorant presque de les embrasser. Ils n'auraient pas à insister bien longtemps. Je promenai mes lèvres depuis son cou jusqu'à ses seins dressés, prenant dans ma bouche un des tétons sensibles. Elle gémit, et ce petit cri m'émoustilla encore davantage.

Je fis tourner ma langue autour du magnifique bourgeon, le titillant doucement du bout des lèvres avant de le relâcher, puis de le reprendre entièrement dans ma bouche, pressant la tendre extrémité avec plus de fermeté. Elle se tortilla sous moi, impatiente. Le parfum de son désir flottait autour de nous, se mêlant au mien. Je passai à l'autre côté, accordant à son autre sein autant d'attention qu'au premier et le malaxant en même temps.

Molly souleva son pelvis pour l'amener contre ma cuisse. Sa culotte trempée laissa une trace sur ma peau. Je glissai plus bas, prolongeant cette douce torture et laissant un sillon de baisers jusqu'au milieu de son ventre, au-delà de son nombril, jusqu'à ce que j'arrive à l'élastique de son slip. Je levai les yeux.

Elle était si belle, les joues rouges, les yeux écarquillés et les lèvres entrouvertes. Ses petits halètements de désir, alors que je n'avais même pas entamé le plat principal, me ravissaient. Je saisis sa culotte entre les dents et je la retirai lentement, humant son odeur au passage. Dès qu'elle fut dénudée, je reportai mon attention sur le plus important : sa chatte splendide et luisante, sous la mince bande de poils de son pubis. Elle renversa la tête en arrière sur l'oreiller et ferma les yeux. Sous la toison aux contours parfaits, ses plis roses et humides, gorgés de désir, semblaient sur le point de s'épanouir. Il allait falloir que je trouve le moyen de faire durer son plaisir.

Je les écartai pour lécher l'ouverture, de bas en haut. Elle tressaillit sous moi. Je pris plaisir à écarter ses lèvres du bout de la langue, caressant délicatement la chair enflée, repoussant son délicieux nectar vers le haut pour finir par une chiquenaude à son clitoris. Elle avait un goût de miel et de désir, doux et tendre. Je glissai un doigt en elle, l'écartant tout en taquinant son bouton dressé. Rose et chaud, il enfla encore et je l'aspirai, le massant avec ma langue, sans répit, jusqu'à ce qu'elle crie mon nom à pleins poumons et jouisse sur mon menton. Je ne pouvais pas m'arrêter. Je voulais continuer, encore et encore. Elle était délectable, ouverte et tellement chaude et intense, que je voulais la dévorer jour et nuit, sans discontinuer. J'introduisis un autre doigt, effectuant des va-et-vient dans les replis chauds même après qu'elle eut écarté ma bouche de sa chatte prise de spasmes.

Ses hanches dansaient au rythme des pulsations de mes doigts en elle.

— Carter… gémit-elle tandis que les dernières vagues de son orgasme vibraient autour de mes doigts. J'ai envie de toi.

Je retirai doucement mes doigts. Ils brillaient de sa liqueur intime dans la lumière de la grange, et je portai l'index à ma bouche pour le lécher avant de lui tendre mon majeur pour qu'elle le suce. Elle ouvrit de grands yeux. Elle me lécha le doigt, puis le prit profondément, et je faillis jouir. Je voulais sentir ses lèvres chaudes sur les miennes. Je voulais glisser ma queue en elle pour la sentir se presser contre moi, et je l'embrassai donc en remontant jusqu'à ses hanches, puis sur tout son corps.

Molly s'agrippait aux bords de la couverture. Ses phalanges avaient blanchi. Je couvris sa main de la mienne et desserrai lentement ses doigts. Elle se détendit dès lors qu'elle croisa mon regard. La chaleur et le désir avaient envahi tout son corps, désormais couvert de sueur. Je lui embrassai le menton, puis les joues, la bouche.

— C'était… extraordinaire. Bien mieux que de le faire soi-même sous la douche.

— J'espère bien. Encore que j'adorerais te regarder te toucher sous la douche un jour.

— Ça t'exciterait ?

— Molly, tu n'as pas idée de toutes les façons dont tu peux m'exciter.

— Vraiment ?

— Oui, quand tu m'embrasses après que je t'ai léchée.

Elle leva la tête et colla ses lèvres contre les miennes, faufilant sa langue dans ma bouche. Cette fille allait me tuer. Lorsqu'elle se retira, une expression de satisfaction se peignit sur ses traits.

— Comme ça ?

— Oui, exactement.

Je me décalai pour me placer au-dessus d'elle.

— Je vais te faire l'amour, Molly, et je t'aimerai jusqu'à ce que la pluie s'arrête et que le soleil se lève. Et je t'aimerai à nouveau après ça. Tu es prête ?

— Je t'en prie, me supplia-t-elle.

Ce fut alors que je me rendis compte que je n'avais pas pris de préservatif.

— Merde, Molly. Il faut que je rentre à la maison prendre une capote.

— Je prends la pilule.

— C'est vrai ?

Elle hocha la tête.

— Molly, je n'ai couché avec personne depuis Daisy…

Elle fronça les sourcils.

— Carter, je sais que tu t'inquiètes que je ne sois pas prête, mais toi, tu l'es ?

— Oui, définitivement.

Ma réponse paraissait désespérée, mais s'il y avait bien une personne qui savait que j'étais prêt, c'était Molly.

— D'accord.

Nous échangeâmes un sourire qui établit de nouveau le lien entre nous, et je me positionnai à son entrée. Elle était prête, humide et chaude, accueillante. Je poussai délicatement, le bout de ma queue passant à peine tant elle se crispait. Lorsque j'embrassai de nouveau son nez et sa bouche, Molly se détendit et je m'avançai. Je franchis enfin son entrée et Molly ferma les yeux. Un sourire se dessina sur ses lèvres.

Je me glissai jusqu'à ce que j'arrive au bout, sentant avec délice sa chatte serrée contre ma queue. Je craignais, si je faisais le moindre mouvement, qu'elle ne me vide aussitôt, et je voulais que ce moment dure plus de trois secondes.

Garde ton calme, essaie de ne pas foirer.

Je gloussai intérieurement. Techniquement, baiser aurait fait l'affaire, mais ce jour-là, je voulais *faire l'amour* à Molly. Je voulais lui montrer combien le sexe pouvait se révéler gratifiant. Je me retirai lentement, presque jusqu'à l'extrémité, avant de m'enfoncer de nouveau. Au second mouvement, Molly ouvrit ses beaux yeux. Dès lors, je ne parvins plus à me détacher de son regard. J'effectuai des va-et-vient et je la sentis se serrer autour de moi, émettant des bruits de satisfaction qui me ravissaient. Une fois qu'elle commença à agiter les hanches pour se joindre à mon rythme, je commençai à perdre mon sang-froid. Ses mains reposaient sur mes bras, ses doigts me creusaient la peau et ses hanches m'emportaient à une allure de plus en plus rapide et vigoureuse. Molly avait sauté l'étape romantique : elle voulait me baiser, tout simplement. Son corps débordait de désir, impatient d'éprouver tout ce que j'avais à offrir. L'image de Molly, dont le corps s'agitait sous le mien tandis que je l'aimais avec toute la sensualité dont j'étais encore capable, finit par avoir raison de moi. Je jouis en elle, en me promettant bien de répéter l'opération d'ici quelques minutes.

Ce qui ne manqua pas d'arriver. Nous fîmes l'amour un nombre de fois incalculable ce soir-là, jusqu'à ce que l'averse s'arrête et que le soleil émerge pour disparaître presque aussitôt à l'horizon.

CHAPITRE 26

MOLLY

Je planais. Je perdais les pédales, mes doigts brûlant de le toucher, encore et encore. En le regardant assis dans ce fauteuil, j'avais l'impression qu'il mettait une éternité à finir de lire son journal.

Trois jours avaient passé depuis que Carter m'avait fait l'amour. Cette soirée comptait parmi les plus intenses de toute ma vie. Le seul problème, c'est que j'en voulais davantage. J'avais besoin, mais Carter se contenait. Non pas que je manquais d'affection : il m'en donnait. Énormément, à vrai dire. Il m'étreignait toute la nuit pendant que nous dormions, me faisait du café le matin et m'envoyait même des fleurs à l'hôpital pour illuminer ma journée. La vie était merveilleuse, et Carter me respectait. Mais je ne voulais pas qu'il me respecte. Je voulais le prendre en moi, de nouveau. Je n'aurais jamais pensé m'épanouir à ce point en faisant l'amour. Je n'aurais jamais cru avoir envie d'un homme comme j'avais envie de Carter.

— Combien de fois as-tu fait l'amour ? demandai-je finalement.

Il baissa son journal et me regarda sous ses sourcils épais. Un sourire faussement pudique se dessina sur ses lèvres, comme s'il avait lu mes pensées avant même que je ne m'exprime.

— Eh bien, ce n'est pas comme si je comptais, mais des tas de fois, j'imagine.

Son calme me surprenait. N'avait-il plus envie de moi ? Parce que de mon côté, je le désirais. Je croisai les jambes sur le canapé en inspirant à fond. Merde, pourquoi était-ce si difficile de lui demander ?

— Bon, après ta première fois, combien de temps as-tu dû attendre avant de recommencer ?

Il posa son journal et prit une gorgée de café.

— Molly, tu veux qu'on couche ensemble ?

La chaleur m'envahit en l'entendant poser cette simple question. Bien sûr que je voulais ! Mes cuisses se crispaient et je mouillais déjà. Il se leva lentement et s'approcha du canapé où je me trouvais avant de s'agenouiller devant moi.

— Parce que, vois-tu, ce que je préfère dans le sexe, ce sont les préliminaires. Et tu veux savoir ce que je mets en deuxième position ? Et en troisième ?

Il avait fait une liste ?

Je déglutis, la gorge sèche, en hochant la tête.

— Eh bien tout d'abord, j'aime t'embrasser.

Il souleva ma jambe et prit ma cheville dans sa main. Ses lèvres brûlantes déposèrent un baiser sur mon gros orteil, puis sur la courbe de mon pied.

— Là, et puis là aussi.

Je m'adossai au canapé, perdant peu à peu patience tandis que ma peau se couvrait de baisers incandescents.

— La deuxième chose que je préfère, c'est regarder cette veine qui palpite sur ta poitrine. Penser que ton cœur s'agite et pompe le sang sous ta peau à chaque battement…

Je baissai les yeux pour regarder le renflement qui se manifestait au niveau de ma poitrine et du tissu tendu de mon débardeur. Heureusement, je ne portais pas de soutien-gorge. Mais il avait raison. Mon cœur battait si fort que c'était à croire que ma poitrine prenait vie. Lorsque ses doigts me chatouillèrent le long des mollets, je me mis à haleter, chaque souffle plus bref que le précédent.

— Et si tu continues à te balader sans soutien-gorge dans toute la maison, je te promets qu'il ne se passera pas un seul jour sans que je te prenne.

Il faut croire qu'il l'avait donc remarqué. Je n'en portais pas parce que je voulais l'émoustiller, justement. Je voulais qu'il me prenne plus fort, plus sauvagement encore.

— C'est ce que je veux, lâchai-je tandis que son doigt remontait le long de ma jambe nue, suivi par d'autres baisers.

Carter m'écarta les cuisses, m'ouvrit toute grande devant lui. Ce fut à cet instant que je fus convaincue qu'il n'existait rien de plus sexy que la tête d'un homme entre les jambes d'une femme. Il interrompit son exploration au niveau du genou, qu'il mordilla délicatement pendant que ses doigts s'aventuraient toujours plus haut à l'intérieur de ma cuisse, jusqu'à atteindre mon short. En fait, il s'agissait du short le plus court que je possédais, et qu'on aurait fort bien pu prendre pour une culotte… culotte que je ne regrettais pas de m'être abstenue d'enfiler ce jour-là.

Il introduisit les doigts sous l'étoffe et dès qu'il sentit le contact de ma peau, il leva la tête.

— Et moi qui croyais que tu ne pourrais pas me surprendre…

Il me fit un clin d'œil, manifestement ravi de l'absence de sous-vêtement, et je souris, l'invitant d'un geste de hanches à poursuivre.

— Patience, Molly. Patience.

Où trouvait-il toute cette patience, justement ? N'avait-il pas déjà envie de s'y mettre ? Mais l'idée d'une longue partie de jambes en l'air me séduisait de plus en plus à mesure qu'il me submergeait de tendres caresses et de baisers intenses. Sa façon de me malaxer les cuisses, de frotter ses dents contre ma peau, de me masser intimement, juste sous ce minuscule short… Je projetai finalement mes hanches en avant, forçant ses doigts à entrer en moi, et je poussai un soupir de satisfaction. Je ne m'étais même pas rendu compte que j'avais saisi mes seins pour les extraire de mon débardeur. Je les pressai fort en agitant les hanches autour de son doigt, d'avant en arrière, appréciant le moment où il en inséra un autre.

Mes paupières s'alourdissaient, j'avais les mains moites et les lèvres sèches. Comme s'il savait de quoi j'avais besoin, Carter saisit un verre d'eau de sa main libre et le porta à ma bouche. Mais le verre lui échappa et l'eau dégoulina sur mon cou, sur mes seins nus, sur mon ventre et jusqu'à mon entrejambe en feu. Il retira ses doigts, mit le verre de côté et, d'un mouvement vif, retira mon short avant d'ôter son jogging. En remarquant que lui non plus ne portait pas de sous-vêtement, je souris.

Carter s'assit sur le canapé et me fit signe de m'installer sur ses genoux. Je le chevauchai, pressant sa queue entre nos corps serrés, me balançant pour la frotter sur toute sa longueur. Ses lèvres dansaient d'un sein à l'autre pendant que je perdais mes mains dans ses cheveux.

Et ses baisers !

Mon Dieu qu'ils me rassasiaient. Il y en avait tant ! Chauds et sensuels, mais tendres et généreux en même temps. Il caressait chaque centimètre carré de ma peau nue avec ses lèvres avant de s'emparer de ma bouche un instant, pour s'aventurer ensuite sur mon nez, mes joues, mon front et mon oreille. Lorsqu'il en suça le lobe, je faillis jouir. Sa langue suivit le cartilage et j'enfonçai mes doigts dans sa peau. Je soulevai finalement mes hanches, tendant la main entre nous pour l'aligner avec mon sexe. Puis je descendis lentement, profitant de la sensation que me procurait sa queue en me remplissant et en me distendant.

Carter émit un grognement de satisfaction tandis que je gémissais de joie pure.

Il me saisit les hanches et donna une brusque saccade, qui me surprit et me ravit à la fois. J'ouvris les yeux avec un large sourire.

Il recommença, encore et encore. Je le laissai contrôler mon corps et le rythme de mes mouvements qui s'emballaient, devenant impossibles à maîtriser. Je n'en pouvais plus. Je le chevauchai de plus en plus vite, jusqu'à ce que Carter s'arrête.

— Tu as terminé ?

— Pas question. Je ne fais que commencer.

Il me souleva et me fit signe de me lever, puis de m'agenouiller par terre. De sa main posée sur mes reins, il me guida pour que je m'étende, les fesses dressées. Je sentis sa queue frotter entre mes fesses, et je fus ravie de m'être épilée à la cire à cet endroit.

La tête posée sur un oreiller, j'aperçus de côté son expression satisfaite. Il se concentrait sur moi, rien que moi, tandis qu'il se positionnait pour me pénétrer de nouveau. Je fermai les yeux, savourant cette nouvelle sensation dont je ne me lassais pas : celle de Carter qui entrait en moi.

Il commença doucement, mais il ne lui fallut pas longtemps pour me prendre vigoureusement. Peau contre peau, ses testicules claquaient contre mon sexe à chaque coup de boutoir, me faisant prendre une conscience exacerbée de son membre qui me remplissait. Mais quand je le sentis promener un doigt entre mes fesses, je perdis le contrôle, me cambrant de plus en plus, impatiente et excitée par l'idée de ce qu'il allait faire ensuite. J'ouvris les yeux. Avant de toucher mon petit trou, il porta le doigt à sa bouche et m'écarta sans cesser ses va-et-vient. Je vis le filet de salive dégouliner de ses lèvres jusqu'entre mes fesses, au ralenti. J'étais au bord de l'orgasme, mais je ne voulais pas jouir tout de suite.

Du bout du doigt, il m'humidifia, massant lentement mon trou serré. Je me tortillai sous son contact.

— Molly, j'ai envie de te mettre un doigt dans le cul. Tu veux bien ?

Je hochai la tête et je hoquetai en me sentant remplie dès qu'il pénétra mon anus. Il cessa de me pilonner un instant.

— Rien qu'un petit doigt. On en restera là pour aujourd'hui.

C'était juste un petit doigt, ça ?

Je le sentis entrer et sortir de mon cul, et la brûlure initiale s'atténua peu à peu tandis que j'ajustai lentement ma posture, tendant le derrière et l'inclinant pour en demander plus, m'ouvrant pour lui. Dès qu'il sentit mon envie, il donna des coups de reins, me pénétrant sans relâche tout en me doigtant l'anus.

Au moment où je pensais que c'était suffisant, son autre main suivit la courbe de mon ventre et s'aventura entre mes jambes pour m'écarter les lèvres.

— Oh mon Dieu ! m'écriai-je.

Je voulais qu'il me touche plus haut, au sommet, mais il ne le fit pas.

— Pas encore, ma chérie. Bientôt.

Il me taquina et joua avec moi jusqu'à ce que je n'en puisse presque plus. Le plaisir me submergeait les sens chaque fois qu'il m'écrasait tout le corps contre le canapé, et je n'y tins finalement plus. Je me convulsai sous lui, tremblant lorsqu'il se décida à caresser mon clitoris. Il s'immobilisa en moi, poursuivant le mouvement circulaire avec ses doigts, m'arrachant jusqu'aux derniers spasmes d'orgasme tout en m'embrassant les épaules et le dos, puis il s'arrêta tout à fait.

Lorsqu'il se retira doucement, je restai étendue là, pantelante. Carter devait être allé à la salle de bain chercher une serviette humide, car je le sentis m'essuyer par-derrière. Il me souleva pour me porter jusqu'à ma chambre, ou plutôt la chambre qui était récemment devenue la nôtre.

— Je peux désormais confirmer que c'est bien plus agréable de vivre ici qu'avec Jo.

Je gloussai et fermai les yeux pendant un moment, mais en réalité, je m'endormis aussitôt. Lorsque je les rouvris, Carter était couché auprès de moi et me caressait les cheveux tout en me regardant, le sourire aux lèvres.

— Salut, dit-il.

— Salut.

— C'était ce à quoi tu t'attendais ?

— Non. C'était bien plus que ça. Bien meilleur.

— Bien. Tu veux qu'on le refasse ?

— Oui, mais je crois que je suis trop endolorie pour bouger.

Il rit et m'adressa un clin d'œil.

— Bon, alors on fait la pause jusqu'à ce soir.

J'avais tellement envie que mon corps soit prêt ce soir que ce besoin m'attrista.

— Oui, ce soir.

Carter tendit les bras au-dessus de sa tête et bâilla.

— Tu sais ce qu'il nous faudrait ici ? Un mât, comme chez les pompiers.

Est-ce qu'il voulait transformer ma chambre en caserne ?

— Pourquoi ? Pour glisser depuis l'étage au-dessus ? Il faudrait que je loue aussi cet appartement-là, alors...

— Non, pour que tu danses pour moi.

— Et si c'était toi qui dansais pour moi, monsieur le pompier ?

— Oh, j'aime ça, docteur, gronda-t-il. Tant que tu me promets de porter ta blouse et ton stéthoscope au cou, je suis partant.

— Tu es un petit pervers, tu le sais ?

— N'essaie pas de me faire croire que tu ne l'es pas exactement autant que moi. Nous savons tous deux que tu mentirais.

— On va bien ensemble, pas vrai ?

Je souris en me penchant pour l'embrasser.

— Je retourne à Hope Bay demain. Le capitaine Clark veut vérifier mes progrès pour voir si je peux recommencer à bosser.

— C'est amusant, cette façon que tu as d'appeler ton père capitaine.

Je me tournai sur le côté, la tête appuyée sur un bras, en traçant des motifs circulaires sur sa poitrine.

— Pourquoi ça ?

— Parce que c'est ton père.

— Il m'a toujours respecté comme fils, comme homme et comme pompier, distinctement.

— Et j'ai toujours été tellement jalouse de ta relation avec lui. C'est un père formidable.

— C'est vrai. Je suis reconnaissant envers mes parents chaque jour.

— Il y a de quoi.

Je cessai de déplacer mon doigt.

— Molly, ce que ton père a fait… ce n'est pas ta faute. C'est malsain de sa part.

— Je sais.

— Et ce n'est pas ta faute si c'est ton père.

— Je le sais bien aussi, même si depuis ce jour, je n'ai jamais plus pensé à lui comme à un père, même de loin. Utiliser ce mot pour le désigner, c'est… juste une façon de parler, j'imagine.

— Tu sais que tu pourrais encore porter plainte contre lui. Pour ce qu'il t'a fait quand tu étais plus jeune.

Je soupirai.

— Je ne veux pas revenir sur cette époque. Je veux l'oublier. En fait, quand je suis avec toi, c'est comme si je l'avais déjà oubliée.

Mon refus de porter plainte ne lui plaisait manifestement pas, mais il n'évoqua plus le sujet.

— Bien. C'est l'effet que c'est censé te faire, répondit-il.

J'approchai mes lèvres des cicatrices de son torse pour embrasser la peau qui s'y était reformée.

— Désolé, dit-il, et je levai la tête, perplexe.

— Pourquoi ?

— Pour ma peau. Elle n'est pas… lisse et parfaite.

— C'est là que tu te trompes, Carter Clark. Elle est absolument parfaite. Elle témoigne de ta force, de ta bravoure et de ton amour. Elle parle de vies sauvées et de persévérance.

— Je t'aime, Molly Fowler. Je veux t'aimer pour toujours.

— Je t'aime aussi, Carter Clark, et je t'aimerai toujours.

Le problème, avec ces déclarations, c'est que *toujours* avait d'autres projets.

CHAPITRE 27

Une bannière où figurait en grosses lettres l'inscription « BIENVENUE » était suspendue à l'entrée de la caserne de pompiers. Le bruit d'un bouchon qui sautait m'accueillit dès que j'en franchis le seuil, et les gars poussèrent une immense acclamation.

— Bienvenue, fils, dit mon père avant de me serrer vigoureusement la main.

— Merci. Il ne fallait pas, les gars.

— Bien sûr que si. Prends une bière et viens. Nous avons une surprise spéciale pour toi.

Mon père me conduisit à l'arrière, derrière le camion, et je compris pourquoi le véhicule dépassait à moitié du garage : une forme dissimulée sous une toile occupait la moitié de l'espace.

— Prêt ? demanda Andrew, un de mes collègues.

Il plaisantait ? Je n'eus pas le temps de m'interroger sur la surprise dissimulée là, car la force qu'exerçaient sur moi toutes ces paires d'yeux impatientes aurait suffi à me faire tomber à la renverse.

— J'imagine que oui.

Ils se placèrent aux quatre coins de la bâche et la retirèrent d'un coup. Et voici qu'apparut ma vieille voiture, celle que mon père m'avait offerte pour que je la répare, avec sa carrosserie tellement lustrée qu'elle en étincelait presque. Cette voiture que j'avais cru calcinée avec ma maison lorsque celle-ci était partie en fumée avec tout ce que je possédais…

— Mais comment c'est possible ? Je croyais qu'elle avait brûlé.

— On a réussi à la récupérer. La maison ne s'est pas effondrée dessus. Il y avait des dégâts, mais tous les gars de la caserne ont contribué.

Cette fois, le Chef, alias mon père, se surpassa. Il avait déjà donné librement des accolades par le passé, mais celle-ci signifiait bien plus. En présence de nos amis les plus chers, qui auraient tous sacrifié leur vie les uns pour les autres, il baissa sa garde et laissa ses émotions s'échapper de ses yeux pour mouiller ma chemise. Je lui retournai ce geste en l'étreignant avec affection. Lorsqu'il m'avait dit *bienvenue*, j'avais surtout entendu : *je suis tellement heureux que tu sois en vie*.

Ce fut alors que je compris. J'étais chez moi ici. C'était le seul endroit au monde où je souhaitais me trouver, et je voulais que Molly y soit à mes côtés. Certes, je m'étais fiancé en un éclair la dernière fois, mais bon sang, ce que j'avais été heureux. Et je pouvais l'être à nouveau.

Il ne subsistait qu'un petit problème : cette saloperie de serpent venimeux qui avait violé ma petite amie. Molly ne reviendrait jamais ici tant qu'il resterait en vie. Mais je ne pouvais pas le tuer et faire de la prison à cause de lui. Et même si j'y étais parvenu, ma conscience m'aurait torturé après avoir ôté une vie. Je préférais laisser les professionnels de la prison s'en occuper : ils finiraient bien par comprendre pourquoi on avait arrêté Fowler.

Je sentis une main m'agripper la jambe, et un cri de joie résonna.

— Félicitations, tonton Carter !

Découvrant ma nièce, je me baissai pour la prendre dans mes bras. Elle se cala contre ma hanche, comme toujours lorsque je la saisissais de la sorte.

— Tu sais, quand ton père m'a sauvé de cet incendie, c'était la deuxième meilleure chose qui me soit jamais arrivée.

— Et la première ? demanda-t-elle, naïve.

— Eh bien c'était le jour où j'ai aidé à te mettre au monde.

Je souris et je tapotai doucement son nez du bout du doigt.

— Beurk, tonton Carter, ne parle pas du vagin de maman ! s'écria-t-elle.

L'attention de tous les occupants de la caserne se focalisa sur moi, et en particulier celle de Nick, le père de Mackenzie. Peut-être que je pouvais me servir de ce genre de regard pour foudroyer Fowler sur place ?

— Hé, ne déforme pas ce que je viens de te dire, hein !

Je commençais à penser que cette gamine ferait une excellente politicienne, un jour. Je la reposai, pris sa petite main et la conduisis à la voiture, loin de la foule de pompiers occupés à déguster les cupcakes à la vanille saupoudrés de vermicelles colorés que Mackenzie avait apportés. Une scène qui aurait bien eu sa place dans un calendrier…

— Elle n'est pas sexy ? fis-je en désignant la voiture avant de me tourner vers Mac.

La petite croisa les bras sur sa poitrine, comme moi, et cracha par terre comme je le faisais quand elle vivait encore avec moi et que je bricolais le moteur.

— Ouais, carrément sexy, répondit-elle avec ce vocabulaire qui n'était pas de son âge. J'ai participé, pour les roues, tonton Carter.

— Ah bon ?

— Oui, j'ai tourné et serré les petites vis, là-bas.

Je me demandai si je ne ferais pas mieux de les vérifier.

— Mais t'inquiète pas, ajouta Mac en fronçant les sourcils. On a bien vérifié deux fois.

Je gloussai. *Politicienne ou espionne.*

— Et comment diable as-tu fait pour garder ce secret sans me le révéler, Mac ? fis-je en désignant le véhicule.

— Chais pas, répondit-elle avec un haussement d'épaules. Mais je suis douée pour garder les secrets, et j'en ai plein.

Elle se tourna vers son père qui nous rejoignait. Ils échangèrent un regard lourd de sens, et Nick adressa un signe approbateur à sa fille.

— Je peux te dire un secret très important, mais il faut que tu promettes, promis juré, que tu ne le répéteras pas. Et à personne, hein ! insista-t-elle en tendant le petit doigt pour que j'y joigne le mien dans le geste sacré des promesses éternelles.

— D'accord, promis juré.

Je me rappelai avoir fait ce genre de promesse à la mère de Mackenzie, autrefois. Il s'était passé tellement de choses depuis notre jeunesse…

— Papa va demander l'amant de maman, et ils vont se marier à Pebble Beach.

— Tu veux dire demander *la main* de maman ?

— C'est ce que j'ai dit, il va lui demander l'amant.

— Et pour quand est-ce prévu ?

— Dans deux semaines. Ça fait quatorze jours si tu mets des petites croix dans un calendrier secret, comme moi.

— Je crois bien que je vais m'y mettre aussi. Ça m'a l'air d'une occasion très importante.

— La *plus importante* de toute l'année. Sauf mon anniversaire, bien sûr. Et peut-être Noël. Et ton anniversaire, aussi, tonton Carter, parce que ça aussi, c'est important.

— Merci, Mac.

— Alors ? Prêt à être mon témoin ? demanda Nick.

— Tu rigoles ?

— Je n'ai jamais été plus sérieux de toute ma vie, mon vieux. Tu crois que tu peux y arriver sans incendier l'église ?

— Mais papa, fit Mackenzie en tirant sur sa chemise, ce sera à Pebble Beach.

— Je sais, ma chérie, c'est une tournure de phrase.

— C'est quoi, une *tournure de phrase* ?

— Et si tu allais prendre un cupcake avant qu'ils n'aient tous disparu ?

Nick désigna une table qui croulait sous les petits gâteaux.

— Je peux en refaire. Alors, c'est quoi, une tournure de phrase ? insista la petite.

— C'est une phrase qui veut dire autre chose que ce qu'on croit.

Pris de court, Nick tourna vers moi de grands yeux en espérant que je puisse l'aider. Quoi ? Il me prenait pour Wikipédia ou quoi ? Je lui rendis son expression impuissante.

— Ah, les garçons ! Des fois, vous dites n'importe quoi, conclut-elle, les mains sur les hanches, avant de secouer la tête et de se diriger d'un pas décidé vers la table pour s'emparer à pleines mains d'un cupcake qu'elle dévora comme une sauvage.

— On dirait qu'elle passe beaucoup de temps avec son père, taquinai-je Nick.

— Hé, j'essaie encore de me faire à la situation.

— Et tu te débrouilles très bien pour un type qui vient de découvrir qu'il avait une fille de cinq ans.

— Ne dis rien à Jo pour le mariage. Ce sera une surprise.

— Eh bien, ça alors, mais tu es devenu monsieur Romantisme ! Vraiment ? Tu ne vas rien dire à Jo ? Tu n'as pas peur qu'elle refuse ?

Il inclina la tête de côté, railleur.

— Ouais… les tourtereaux, j'avais oublié. Hé, je peux venir accompagné ? demandai-je.

— Par qui ? fit-il, stupéfait.

— Molly.

Nick poussa un soupir de soulagement.

— Dieu merci. Je voulais justement lui demander d'être demoiselle d'honneur.

— Eh bien laisse-moi faire mon job de témoin et lui poser la question. Je suis sûr que mon regard de persuasion ultime finira par la convaincre.

— Et moi qui croyais que tu avais changé, fit Nick en me tapant dans le dos.

— Qu'est-ce que tu veux dire par là ?

— Je te faisais enrager. Calmos, comme dirait Mackenzie !

Nous éclatâmes de rire. Je passai l'heure qui suivit à prendre des nouvelles des gars. Je ne pouvais pas nier le flux d'adrénaline qui m'inondait les veines. C'était le même que celui qui me poussait à sauver des vies. Une formidable énergie avait envahi la pièce. Il y en avait tant que je craignis que la caserne elle-même entre en combustion spontanée.

Lorsque l'heure arriva de rentrer à la maison, mon père me tendit une lettre officielle de retour. Il fallait que j'annonce la nouvelle à Molly. Me haïrait-elle ? Envisagerait-elle un jour de venir habiter ici avec moi ? Sinon, il faudrait que l'un d'entre nous effectue de longs trajets, et j'étais prêt à faire ce sacrifice. Mais ce que je souhaitais réellement, c'était que Molly tombe de nouveau amoureuse de notre ville, comme elle était tombée amoureuse de moi. Et la seule solution consistait à se débarrasser de son père pour de bon.

En prenant le volant de ma voiture flambant neuve et pourtant ancienne pour retourner en ville, je remarquai un passant qui cheminait de l'autre côté du fossé, près de la clôture de la ferme de Mme Gladstone. Je me garai et coupai le moteur. Le soleil s'était déjà couché, et le peu de lumière m'empêchait d'y voir clairement.

— Hé ! Vous avez besoin qu'on vous ramène ? l'interpelai-je.

Il ne répondit pas.

— Hé, vous m'entendez ? Vous rentrez en ville ? Je peux vous déposer.

Il se tourna au ralenti. Il nous fallut un moment à tous les deux pour nous reconnaître mutuellement, mais lorsque je l'eus identifié, j'ouvris la portière d'un geste et je me jetai sur lui à une vitesse dont je ne me serais jamais cru capable. Comme je m'y attendais, Ron Fowler tourna les talons et s'enfuit.

Je bondis par-dessus le fossé, courant à toutes jambes. Je ne pouvais pas le laisser s'échapper.

— Arrêtez ! hurlai-je. Arrêtez, espèce de connard !

Mais au lieu d'obéir, il sauta par-dessus la clôture de Mme Gladstone et poursuivit sa route.

— Arrêtez ou je tire !

Je ramassai un morceau de bois et je fis mine de tenir une arme à feu.

Il se figea, puis se retourna lentement. Une expression sombre et vindicative se peignait sur ses traits. Mais de quoi voulait-il se venger ?

Il resta sur place et m'attendit. Les mains tendues vers moi, je le braquai avec mon morceau de bois, et dès que je me fus suffisamment approché, je le lâchai et je décochai un coup de poing, bien plus violemment que celui que Molly lui avait administré jadis. Cette fois, je visai la joue, et l'os émit un craquement tout à fait gratifiant. J'avais fait ce qu'il fallait. Fowler s'écroula en grimaçant et grommela que j'allais le lui payer. Je lui sautai dessus, à califourchon, et je fis pleuvoir les coups tandis qu'il tentait de se protéger le visage. Je frappai des deux poings, en alternance. Le sang coula sous ses yeux, sur ses joues, à son menton, et de son nez cassé.

— Carter, arrête ! Tu vas le tuer ! fit la voix de Daisy qui résonnait dans mon esprit.

Je retins mon bras et je murmurai :

— Mais tu mérites de mourir, salaud… BIG STOP

Je ne voulais pas le tuer, mais je ne pouvais pas m'arrêter. Je ne pouvais évacuer d'un coup toute la haine que je ressentais pour lui. Il y en avait trop. Assez pour commettre un meurtre. Au moment où je décochais un autre coup de poing, quelque chose me coupa le souffle.

— Carter !

La voix de Daisy résonna de nouveau à mes oreilles.

Elle avait raison. La mort représentait une issue trop facile pour lui : il fallait qu'il paie pour ce qu'il avait fait, en prison. Œil pour œil et dent pour dent ; ses compagnons de cellules ne manqueraient pas de s'occuper de lui à ma place.

Lorsque je m'écartai, il était méconnaissable. Avec mes bras et mes mains couverts de manches de compression, je n'avais même pas remarqué que je me meurtrissais les phalanges. Il cracha du sang et quelques dents.

— Alors, tu me prends toujours pour un maigrichon ?

Il ignora ma remarque et sourit d'un air suffisant.

— Ça t'a plu, de la baiser ?

— Quoi ? Ne t'avise plus jamais de penser à elle de cette façon. Et n'y pense plus du tout, même pas comme à ta fille. Tu ne mérites pas de faire partie de sa famille, et tu ne mérites pas de vivre, grondai-je, mais il se contenta de ricaner.

— Ouais, elle aime ça, par-derrière, hein ? Tu sais que c'est comme ça que je l'ai prise, cette nuit-là ? C'est pour ça qu'elle s'était écorché les genoux.

Putain ! Je l'avais prise en levrette, l'autre jour… Comment Fowler pouvait-il être au courant, pour nous ?

— Je le vois rien qu'à ta figure. Tu te demandais si elle repensait à sa première fois quand tu l'as baisée. Et je te garantis que c'était le cas, parce que je lui en ai mis plein le cul.

Mon poing jaillit sans même que je réfléchisse.

— Va te faire foutre, ducon.

La dernière chose à faire était bien de refermer mes doigts sur son cou et de le serrer jusqu'à lui arracher le dernier soupir. Là encore, il s'en serait tiré à bon compte. Heureusement, mon dernier direct lui avait fait perdre connaissance.

— Espèce de dégueulasse, marmonnai-je avant de retourner à ma voiture prendre mon téléphone portable. Oui, chef Simmons, ici Carter Clark. J'ai trouvé Ron Fowler au bord de la route, évanoui. D'après ce que je sais, il est recherché pour agression. Il a pris une belle dérouillée, cela dit.

Je transmis les coordonnées exactes au standard et lorsque je raccrochai, j'étais apaisé. Mes mains me faisaient mal, mais je parvins tout de même à en tirer un craquement satisfaisant avant de reprendre le volant.

— Mais qu'est-ce qui pue comme ça ?

Je vérifiai mes deux semelles, impeccables, avant d'inspecter mon jean où je détectai une large tache brune sur une jambe. J'y passai le doigt, que je portai ensuite à mon nez.

— Et merde !

C'était le cas de le dire. En enfourchant Fowler, je devais avoir écrasé une des bouses de Betsy.

C'est l'histoire de ma vie.

Molly ne pouvait pas me voir comme ça. Je risquais d'en entendre parler jusqu'à la fin de mes jours… Je retirai donc mon pantalon, regagnai ma voiture et, en caleçon, je retournai chez mes parents pour laver et sécher mon jean. J'allais donc être en retard pour dîner. Je pris un bouquet de roses sur le chemin, mais lorsque j'ouvris la porte de l'appartement, Molly n'était pas encore rentrée du travail. Je vérifiai l'heure, puis je l'appelai sur son portable. Elle ne décrocha pas. Je lui demandai donc par texto de me dire quand elle rentrerait. Elle ne répondit pas. Certes, il y avait parfois des urgences, et il lui était arrivé de rentrer en retard, mais pas si souvent. Et pas avec un retard de trois heures. En outre, elle appelait toujours pour prévenir.

Je scrutai la nuit par la fenêtre avant de prendre une rapide douche et d'enfiler un jean propre. Puis je consultai une dernière fois mon téléphone.

Oh, et puis merde !

Je n'étais pas vraiment réputé pour ma patience, mais je faisais confiance à mes tripes. J'avais beau avoir essayé à maintes reprises de mourir, elles m'avaient sauvé la vie plus d'une fois. Quand une deuxième heure se fut écoulée, je me pris les cheveux à pleines mains en hurlant de frustration, puis je m'emparai de mes clefs de voiture avant de me diriger vers la porte. Mais cette fois, mes tripes m'arrêtèrent net, et un affreux sentiment de dégoût me parcourut lorsque j'examinai le tableau représentant des fleurs et accroché derrière le canapé. Il était de travers. Je m'approchai du mur pour le redresser lorsque le centre d'un coquelicot accrocha la lumière et attira mon attention. Lorsque je le touchai, mon doigt traversa la toile. Un petit objet tomba par terre et, en m'accroupissant, je ramassai une caméra miniature.

— Espèce d'enfoiré !

Quand était-il venu ici ? Je reportai mon attention vers l'escalier de secours et je refermai aussitôt la fenêtre.

Quel putain de connard !

Je sentis mon estomac me brûler, comme pour me mettre en garde, tandis que je comprenais que si Molly n'était pas encore rentrée, peut-être que...

Avais-je sous-estimé Fowler ? Je saisis ma veste et je me précipitai vers la porte en composant le numéro de l'hôpital, fou de rage.

— Bonjour, ici Carter Clark. Je voudrais savoir si Molly Fowler est déjà partie.

— Un moment, M. Clark.

J'entendis le bruit d'un clavier d'ordinateur.

— Oui, Molly est sortie à l'heure prévue.

— Vous êtes sûre qu'il n'y a pas eu d'urgence, aujourd'hui ?

— Non, en fait la journée était plutôt calme.

— Merci.

Je raccrochai et j'entrai dans la petite épicerie où Molly passait souvent après le travail. Je parcourus chaque rayon, méticuleusement, examinant chaque section à deux reprises. Comme elle ne s'y trouvait pas, j'appelai chez sa mère. Ce n'était pas gagné : ces deux derniers mois, Molly ne parlait presque plus d'elle, mais il fallait bien que je tente le coup. Personne ne décrocha.

Merde !

Je composai ensuite le numéro de mon frère.

— Ça va, frangin ? Tu es rentré sans problème ?

— Oui, merci. Max, j'ai besoin d'un service.

— Tout ce que tu voudras.

— Tu peux passer à l'ancienne maison de Molly et frapper à la porte pour voir si elle y est ? J'ai appelé, mais personne ne décroche. Elle n'est pas rentrée du travail, ça fait des heures maintenant...

— Peut-être que sa mère est sortie. Elles sont peut-être même sorties ensemble.

Je consultai ma montre. Il était déjà plus de vingt-et-une heures. Soit Clare Fowler dormait, soit elle n'était pas chez elle.

— Je ne crois pas. Sonne à la porte. Deux fois. J'ai un mauvais pressentiment, l'impression qu'il s'est passé quelque chose. Molly ne répond pas au téléphone non plus. J'ai déjà vérifié l'épicerie et l'hôpital.

— Eh bien, on ne peut pas ignorer un pressentiment, hein ? J'y vais de ce pas. Je te rappelle quand j'arrive sur place.

— Merci.

En attendant l'appel de mon frère, je sautai dans ma nouvelle voiture et repris la route de Hope Bay. Dehors, des nuages noirs rongeaient le ciel nocturne. La promesse de pluie et de souvenirs plaisants qu'ils apportaient aurait dû me réconforter, mais je ne ressentais que de l'effroi. Au bout de quinze minutes, mon frère me rappela.

— Pas le moindre signe de quiconque. J'ai vu Nathan traîner au ciné avec deux amis. Il n'a pas revu sa sœur depuis qu'on l'a emmené sur le yacht, et il m'a dit que sa mère aurait dû être chez elle. J'ai sonné aussi. Pas de réponse.

— Merci. Je t'en dois une.

— Attends, Carter.

— Oui ?

— Nathan m'a également dit qu'il avait vu son père, un peu plus tôt dans la journée.

Logique. Je savais déjà que Ron Fowler rôdait en ville, puisque je venais de lui administrer une sévère raclée.

— Il disait qu'il avait l'air mal en point. Comme s'il s'était battu.

Bordel de merde !

Ce salaud courait toujours. Et par conséquent, Molly était effectivement en danger. Le pied enfoncé sur l'accélérateur, je priai pour qu'il ne soit pas trop tard.

CHAPITRE 28

MOLLY

Je cherchai un taxi, mais les rues étaient désertes, comme si l'apocalypse s'était abattue sur la ville. J'aurais dû m'attendre à ne pas en trouver, ce soir. Les bus avaient adopté l'horaire de vacances, et j'aurais aussi vite fait de rentrer à pied plutôt que d'attendre un moyen de transport, étant donné que c'était la période de la Coupe du Monde. D'ordinaire, c'est ce que je faisais, mais aujourd'hui, c'était différent. Le besoin de retrouver Carter me poussait à presser l'allure. Mon téléphone sonna.

— Bonjour, docteur Burke.

— Molly, comment vas-tu ? Je suis pressé, je n'ai pas beaucoup de temps, mais pourrais-tu transmettre un message à Carter de ma part ?

— Oui, bien sûr.

— Dis-lui de me rappeler dès qu'il pourra.

— C'est urgent, on dirait.

— Eh bien, en effet et... bon, dis-lui simplement qu'il avait raison. Et qu'il me rappelle. Il faut que j'y aille. Quelqu'un vient d'arriver à la clinique.

— D'accord. Prenez soin de vous.

— Au revoir, Molly.

Je raccrochai et levai la tête. En voyant les nuages noirs qui s'amoncelaient au loin, je m'assombris. D'ordinaire, j'aimais particulièrement les jours de pluie. Certaine de pouvoir rentrer à l'appartement avant les premières gouttes, je jetai ma bouteille d'eau vide dans une poubelle et j'accélérai encore.

J'avais hâte de voir Carter et de l'étreindre pour qu'il chasse cette angoisse qui me tenaillait depuis ce matin. Je n'avais jamais ressenti ce genre d'inquiétude, l'impression qu'un éclair allait nous frapper et nous arracher ce bonheur dans lequel nous vivions me taraudait.

Était-ce donc ça l'amour ? Est-ce qu'il donnait des ailes ? Parce que j'avais vraiment l'impression de pouvoir m'envoler et de conquérir le monde entier. Mon amour pour Carter grandissait chaque jour, et alors que je ne m'imaginais pas comment je pouvais l'aimer davantage, j'étais convaincue que c'était précisément ce qui allait se produire.

À mi-chemin, la vessie pleine, je me rendis compte que j'avais bu énormément d'eau. Je consultai ma montre.

Trois minutes. Retiens-toi encore trois minutes et tu seras à la maison.

Je me le répétai mentalement, pressant encore le pas pour arriver le plus vite possible. Mais bien sûr, ma vessie n'en faisait qu'à sa tête. J'avais beau serrer les cuisses et marcher en canard, l'envie de faire pipi ne passait pas. En fait, s'il fallait que je me retienne encore trente secondes, je risquais de mouiller ma culotte. Je me précipitai donc dans un restaurant, où je filai droit vers les toilettes. Le soulagement, instantané, fut de courte durée. Ce ne fut qu'une fois après avoir terminé que je me rendis compte de l'endroit où je me trouvais.

Merde !

Je m'essuyai en toute hâte et je tirai la chasse. Ç'aurait été une énorme coïncidence qu'il se trouve ici ce jour-là, de toute façon. Recherché pour agression, il se cachait sans doute quelque part... ou du moins l'espérai-je.

Je respirai à fond, ou presque, compte tenu de l'odeur d'urine étouffante qui régnait dans ces toilettes, et en poussant la porte verte, je faillis m'effondrer. Appuyé au comptoir, les bras croisés sur la poitrine, il me fixait d'un air assuré et arrogant. Mais il ne ressemblait pas à Père. On aurait dit un figurant tout droit sorti du plateau d'un film d'horreur. Qu'est-ce qui était arrivé à sa figure ? Son nez aurait dû guérir depuis que je l'avais frappé, mais ses blessures semblaient récentes. Je regrettais de ne pas savoir qui il avait bien pu agacer à ce point : j'aurais volontiers retrouvé cet inconnu pour le remercier.

— Qu'est-ce que tu fiches ici ? demandai-je en espérant conserver le cran que j'avais accumulé au fil des ans, ce qui n'allait pas être facile en le voyant braquer sur moi son regard de prédateur.

— Tu ne sais pas que ce n'est pas comme ça qu'on dit bonjour à son père ?

Sa lèvre inférieure, fendue sur le côté, se retroussait lorsqu'il parlait, et il avait apparemment perdu une dent. Celui qui s'était battu contre lui avait de toute évidence remporté la bagarre.

— Il t'est interdit de m'approcher. L'officier de police m'a dit qu'il déposerait l'injonction à ton travail. Et tu es recherché pour agression.

— Et alors ? fit-il en haussant les épaules d'un air rogue.

Des frissons me parcoururent l'échine.

— Hors de mon chemin, ordonnai-je en avançant, mais il fit un pas de côté pour bloquer la porte. Qu'est-ce que tu veux, à la fin ?

— Toi.

Le mot me résonna aux oreilles, encore et encore, et j'eus l'impression que les murs se rapprochaient.

Toi... Toi... Toi...

Il fallait que je m'échappe. Je fouillai mon sac comme si de rien n'était, en espérant trouver mon téléphone, voire ma bombe anti-agression, mais il suivit mon geste du regard. Il se précipita sur moi et m'arracha le sac, qui tomba par terre et d'où s'échappèrent mon téléphone et mon portefeuille. Je reculai contre l'un des box.

— Je ne te laisserai plus jamais me toucher, grondai-je, les dents serrées. Tu as de la chance que je ne porte pas plainte pour…

Bon sang, je n'arrivais même pas à le dire. Ce simple souvenir me donnait envie de vomir.

— Pour tout le reste. Maman méritait bien mieux que toi. Je suis ravie qu'elle t'ait fichu à la porte comme un malpropre. Et bientôt, ce sera définitif.

— Mais je ne signerai pas les papiers du divorce, mon cœur. Je ne les ai pas signés il y a dix ans, ni il y a cinq ans, et je ne les signerai certainement pas maintenant. Vous êtes coincées avec moi, toutes les deux, jusqu'à la fin de vos jours.

Pas si j'ai mon mot à dire. Je n'avais même pas pris conscience que ma mère avait demandé le divorce à plusieurs reprises.

— Pourquoi tu ne nous laisses pas vivre notre vie et être heureuses ?

— Heureuses ? Ta mère ne sait pas ce qui est bon pour elle, et ce qui est bon pour elle, c'est moi. Un peu de persuasion et je réintégrerai le domicile conjugal en un rien de temps.

— Elle ne te laissera jamais revenir. Elle est heureuse à présent, et elle peut enfin être en couple avec le docteur Burke.

Le moment était sans doute mal choisi pour le mettre en rage, mais le mal était fait. Une veine se mit à palpiter à son front tandis qu'il serrait les dents.

— Et il y a deux autres personnes qui l'aiment, ajoutai-je.

— Ah bon ? Et qui ça ? rétorqua-t-il avec un sourire goguenard.

— Son fils et sa fille.

Je relevai la tête. Nous l'aimions, oui. Cet homme l'avait maltraitée, émotionnellement et physiquement, et elle avait pris la meilleure décision de sa vie en le fichant dehors.

Il fit un pas calculé dans ma direction et je reculai d'autant, entrant dans un des box.

— Mais tu vois, le truc, c'est que t'es pas ma fille.

Il avait baissé la voix en inclinant la tête de côté et en attendant ma réaction. Et je n'allais pas le décevoir.

— Va te faire foutre !

J'aurais dû être ravie qu'il le dise. J'aurais dû abonder dans son sens, dire que non, il n'était pas mon père, mais ça me faisait tellement mal que je ne pouvais pas. Mon cœur se brisa en mille morceaux. Comment quelqu'un qui était censé vous protéger, vous apprendre à conduire votre première voiture et vous emmener ramasser des citrouilles pouvait-il se montrer si malveillant et cruel ? Il avait raison. Il n'était pas mon père et à vrai dire, ça faisait bien longtemps que je ne le considérais plus comme tel.

— Je suis prêt, cette fois, bébé. Je suis prêt à aller jusqu'au bout.

Mais qu'est-ce qu'il voulait dire par là ? Une peur viscérale m'envahit, me pénétrant jusqu'aux os, et je me sentis soudain glacée. J'aurais voulu me trouver autre part, n'importe où plutôt qu'ici. Là où il ne me retrouverait pas. Et dans le pire des cas, je n'étais pas encore prête à mourir.

J'examinai ses mains pour voir s'il tenait une bière, puis la poche de son pantalon, au cas où un goulot en aurait dépassé, parce que pour débiter ce genre de conneries, il devait forcément être saoul. Mais je ne vis pas d'alcool. En fait, malgré son visage tuméfié, il semblait plutôt sobre.

— Quoi ? Tu crois que je te mens ? Tu crois que je prendrais autant de plaisir à m'amuser avec ma propre fille ? À la regarder se changer…

Il se mit à faire les cent pas dans les toilettes.

— À la tripoter pour m'assurer qu'elle se lavait comme il faut ? À me branler pendant qu'elle prenait sa douche ?

Les souvenirs affreux resurgirent et me donnèrent la nausée. Il lui suffisait de quelques obscénités pour saper toute la force que j'avais cru rassembler pendant mes années d'indépendance. Et il était loin d'en avoir terminé.

— À la baiser le premier pour être sûr que personne d'autre ne le fasse ? Tu crois que j'aurais fait ça à ma propre fille ? Mais pour quel genre de cinglé tu me prends ? Parce que tu vois, tu n'es pas ma fille. Tu ne l'as jamais été et tu le ne seras jamais.

— Mais c'est toi qui m'as élevée, putain ! On a vécu dans la même maison depuis… eh bien depuis toujours. Tu sais, tu as vraiment fait des tas de trucs dégueulasses par le passé, mais ça, c'est vraiment en dessous de tout, même pour toi. Je te déteste et je voudrais que tu crèves !

Je bouillonnais de rage pure. J'aurais voulu avoir la force de le frapper, encore et encore, mais je ne voulais pas m'approcher de lui.

Pourquoi cela me rendait-il si triste ? Pourquoi m'attendais-je à quoi que ce soit d'autre de sa part ? Peut-être parce qu'au fond de moi, j'avais toujours envié la relation que tous mes amis entretenaient avec leurs pères, comme Carter. D'une certaine façon, j'avais toujours espéré, un peu bêtement, que le mien m'aimait malgré tout. Avait-il éprouvé la moindre infime parcelle d'amour pour moi ? Durant toutes ces années avant qu'il n'abuse de moi ? Avais-je été autre chose qu'un jouet, ne fût-ce que pour un minuscule instant ?

— Oui, c'est vrai. Je suis là depuis ta naissance. Mais réfléchis un peu, bébé.

Il fit un pas dans ma direction et je reculai d'autant. Il continua à marcher jusqu'à ce que je me retrouve dos au mur des toilettes et que je me cogne contre une cuvette.

— Tu crois vraiment que c'est de moi que tu tiens ces gènes de docteur futé ? Et c'est pas de ta mère que ça vient non plus, cette-traînée pathétique.

— Arrête ! Arrête d'être si méchant et… et con.

Sa proximité me mettait le cœur au bord des lèvres.

Après avoir fait un dernier pas, il me cloua sur place.

— T'as peur de moi, maintenant, Molly ?

Il me saisit le menton entre ses doigts puants et jaunis par la cigarette, pressant jusqu'à ce que je ressente un élancement de douleur jusque dans mes os. Son visage, à quelques centimètres du mien désormais, me paraissait encore plus ravagé. Des relents de dents pourries, d'alcool et de sang se mêlaient dans son haleine. De l'autre main, il tenait un couteau étincelant qu'il appuya contre mes côtes.

— Tu es malade, c'est tout. Et tu n'es même pas un homme. Tu n'es qu'un sociopathe, un monstre. Tu n'es pas mon père.

— C'est vrai. Je suis pas ton père, putain, Molly ! Je baiserais jamais ma fille comme je t'ai baisée, bébé. Je calculais le jour de tes règles. Je savais quand tu ovulais, pour éviter de te mettre en cloque. Ça aurait gâché tous ces bons moments. Je te sentais, toute serrée pour moi, chaque fois que te giclais dedans, bébé. Chaque fois que je me glissais dans ta chambre au beau milieu de la nuit. Je sais que t'as couché avec le gars des Clark. En fait, je sais qu'il ta prise par derrière, sur les genoux. Mais t'es ma chatte à moi, pas la sienne. C'est mon cul, ça, il est à personne d'autre.

Il tendit le bras pour me saisir sans lâcher son arme. Pas la peine d'essayer d'échapper à sa poigne : j'étais sûre qu'il m'enfoncerait sa lame entre les côtes sans hésitation.

— Je crois qu'il va falloir un examen méticuleux pour voir s'il t'a pas trop écarté la chatte.

Il écarquilla les yeux comme s'il venait de lâcher une bonne blague et me pointa du doigt.

— Non mais t'entends ça ? « Un examen méticuleux » ! Avec un vocabulaire comme ça, j'aurais peut-être pu devenir docteur.

Il se fout de moi ?

J'avais l'impression que le temps s'était arrêté au beau milieu d'un de mes pires cauchemars. À vrai dire, c'était plus ou moins ainsi que je voyais l'enfer, et j'avais peur de ne pas avoir encore découvert ses recoins les plus obscurs.

À cet instant, je compris que ce n'était pas Hope Bay qui m'empêchait de revenir chez moi, et que je n'aurais jamais dû éprouver cette crainte. C'était lui. Toujours lui. Le *problème*, c'était lui. Peut-être qu'une fois entourée d'amis et d'êtres chers, je me serais sentie plus rassurée. Mais les ennuis finissaient toujours par me retrouver, même dans une ville située à cent-cinquante bornes... Et ils m'auraient sans doute retrouvée n'importe où dans le monde. Je pouvais déménager n'importe où, il y serait aussi. Il serait toujours là, à moins de mourir.

— Je me fiche de ce que tu dis !

Les larmes me montaient aux yeux, mais je refusai de cligner des paupières et de lui donner la satisfaction de me voir pleurer.

— Je ne veux plus jamais te voir.

Il me tira du box en saisissant ma blouse, et le couteau qu'il maintenait contre mes côtes me transperça la peau. Je poussai un cri.

Allait-il vraiment me tuer ? Ou voulait-il me torturer jusqu'à la fin de mes jours ?

— On a encore des choses à faire, bébé.

— Arrête ! Je ne suis pas ton bébé, je ne l'ai jamais été et je ne le serai jamais.

Il m'attrapa à la gorge et me plaqua contre le mur, me coupant le souffle. Un morceau de sa lèvre inférieure pendait lorsqu'il ouvrit la bouche.

— Tu veux pas être mon bébé ? Et ma pute, alors ? Je te laisserai jamais partir, Molly. Jamais.

Il me lâcha et je me mis à tousser jusqu'à ce que la gorge me brûle. Sans réfléchir, je profitai de l'occasion pour lui donner un coup de genou dans l'entrejambe. Il se plia en deux, la main entre les cuisses. Je me ruai vers la porte, priant pour avoir le temps de m'enfuir. Lorsque je l'ouvris, je le sentis qui m'attrapait les cheveux. Il me tira en arrière et je m'écroulai sur le carrelage. Il me traîna au sol par ma queue de cheval.

— Salope ! Rien que pour ça, je devrais te buter. Je devrais te tuer pour que ce que ton petit copain m'a fait cet après-midi, mais ça suffirait pas. Tu crois que tu peux m'échapper si facilement ? Ça fait trop longtemps que j'attends ce moment.

— Pourquoi tu ne me fiches pas la paix ? demandai-je. Pourquoi tu ne me laisses pas partir ?

— Je te l'ai déjà dit. La vengeance est un plat qui se mange froid, et quand je te baiserai devant ton vrai père, j'aurai la mienne.

Ce qu'il disait me paraissait complètement absurde, mais je n'eus pas le temps d'y réfléchir. Le manche du couteau me percuta la tempe. Je sentis à peine la douleur, sans doute parce que je perdis aussitôt connaissance.

CHAPITRE 29

CARTER

— Merde.

Il s'était emparé d'elle. Je ne savais pas comment ni où, mais je savais qu'il l'avait enlevée, et que si je ne la retrouvais pas, il la tuerait. Fowler n'était pas en prison. J'aurais dû attendre près de ce champ que la police arrive pour sortir ce salaud du fossé. J'aurais dû m'assurer qu'il était derrière les barreaux. Mais maintenant qu'il tenait Molly, après la dérouillée que je lui avais administrée, j'imaginais sa fureur. Il n'aurait peur de rien, et un homme sans peur peut se montrer redoutable.

— Fais-moi savoir si je peux faire quoi que ce soit d'autre, me dit mon frère avant de raccrocher.

— Pas de souci. Merci.

Je suivis mon instinct et j'appuyai sur l'accélérateur. Molly devait être à Hope Bay. Je ne savais pas comment, mais plus je m'approchais de Hope Bay, plus je sentais sa présence.

Je me garai à une centaine de mètres du cimetière et je courus dans le crépuscule jusqu'à la tombe de Daisy. Je creusai derrière la pierre tombale pour retrouver le pistolet que j'avais acheté des années auparavant, quand j'avais voulu en finir.

Carter, entendis-je. *Sois prudent.*

274

— Daisy ? Où est Molly ?

Vite.

Je me dirigeai vers la portion du mur du cimetière que je savais pouvoir escalader et je courus. Je courus à toutes jambes, filant dans la nuit. Une fois passé le mur, au pied de la colline, j'aperçus le bâtiment. Je m'arrêtai, les mains sur les genoux, reprenant mon souffle, en priant silencieusement que quelque chose me guide. Je levai les yeux au ciel, où je suivis la première étoile, puis le sommet des hauts arbres au loin, là où se trouvait la tombe de Daisy. Je scrutai la nuit, espérant un autre signe de sa part. Elle m'avait déjà aidé par le passé, quand ma vie était en danger. M'aiderait-elle de nouveau ?

Le vent se leva et fit osciller les arbres, me rappelant le soir où j'avais dansé avec Daisy, le dernier jour de la fête de l'automne, juste avant que la tornade ne s'abatte sur la ville. Puis tout se calma. Une forme spectrale apparut parmi les arbres et se dirigea vers moi. Elle semblait flotter au-dessus du sol.

Je me frottai les yeux. La forme avait disparu. Je clignai des paupières, et voilà qu'elle se trouvait devant moi, silhouette fantomatique qui me caressait la joue du bout des doigts. Je m'abandonnai à son contact en demandant mentalement : *aide-moi. Je t'en prie, aide-moi à la retrouver.*

— C'est le moment, mon cœur. C'est ici, à cet endroit, que ta vie a pris un tournant par le passé, et c'est ici qu'elle changera à l'avenir. Prends garde, murmura-t-elle.

J'imaginai son souffle chaud sur mon visage et je fermai les yeux.

— Qu'est-ce que tu entends par là ?

— Il faut que tu te montres avisé aujourd'hui, Carter, très avisé. Ne tire pas de conclusion hâtive et ne laisse pas tes émotions t'emporter. Allez, va. Elle a besoin de toi.

— Mais aller où ? demandai-je.

Daisy tendit le bras pour désigner la maison de Molly, derrière moi, puis elle disparut. J'aurais juré qu'on me poussait délicatement dans le dos… mais peut-être ne s'agissait-il que du vent. Je me mis en marche. Plus je m'approchais de la maison, plus je pressai l'allure. L'angoisse me bouillonnait dans l'estomac.

Je fis le tour, me baissant sous les fenêtres. Toutes les lumières étaient éteintes, mais peut-être Fowler était-il simplement prudent… L'endroit semblait calme, bien trop calme, à vrai dire. La mère de Molly sortait rarement de chez elle : elle aurait dû se trouver à la maison.

Je tentai de jeter un coup d'œil à chaque fenêtre, mais les rideaux étaient fermés. J'aperçus toutefois une faible lumière entre le cadre et le rideau de l'une d'entre elles. Une fois arrivé à la porte derrière, j'hésitai. Et si sa mère me prenait pour un intrus ? Je ne voulais pas lui faire peur. Une force inconnue conduisit malgré tout ma main jusqu'à la poignée, que je tournai pour ouvrir délicatement la porte.

En entendant les voix à l'intérieur, je m'interrompis, laissant la porte entrouverte. Je m'adossai au mur pour écouter.

— C'est pas merveilleux, cette petite réunion de famille ? dit le père de Molly.

Merde !

Il allait me falloir beaucoup de patience pour ne pas me ruer à l'intérieur et lui casser la figure, voire le tuer. Les mâchoires crispées, je serrai mes poings meurtris et, sans bouger, je tendis l'oreille.

— Allez, Ron. Laisse partir les filles. C'est moi que tu veux. C'est moi qui ai rompu notre accord.

Le docteur Burke ? Quel accord ?

— Conneries ! T'as aucune idée de ce que je veux, Burke.

— C'est de l'argent ? On peut t'en donner. De combien as-tu besoin ?

— Va pas t'imaginer que tout se résume au pognon. Mais j'ai pris le pactole que tu cachais sous la troisième latte du plancher de ton appartement vide.

De toute évidence, Fowler ne s'était pas introduit que chez Molly.

— Ce que je veux, c'est que tu me regardes baiser ta fille, comme je t'ai regardé baiser ma femme.

Sa fille ?

Je jetai un coup d'œil par l'entrebâillement de la porte. Le docteur Burke était assis sur une chaise, les mains attachées dans le dos. Le regard assombri par l'inquiétude, il semblait perturbé par la situation.

— Je ne sais pas si tu es au courant, mais Molly a de l'entraînement, ajouta Fowler. Elle est très douée pour la fermer.

— Qu'est-ce que tu as fait ? cracha le docteur Burke, comme pour évacuer la rage qui le gagnait.

Une rage qui m'envahit à mon tour lorsque ces mots me frappèrent en pleine poitrine, des mots dont le sens avait hanté Molly toute sa vie.

— Un petit tour de passe-passe avec le test de paternité de Clare, et hop ! Je devenais papa du jour au lendemain.

— Est-ce que tu vas laisser maman et le docteur Burke s'en aller, à la fin ?

C'était la première fois que j'entendais la voix de Molly, et je dus retenir un soupir de soulagement. Fowler était un dangereux salaud, et je devais me méfier de ce qu'il pouvait dire ou faire.

— Alors, Molly t'a rien raconté ? On s'est tellement amusés quand elle vivait ici que je me suis dit qu'il fallait que je te montre ça. C'est pour ça que je t'ai amené ici, Burke. Tu sais, je me rappelle comment t'as baisé Clare ici, juste avant le mariage. Maintenant, tu vas me regarder prendre Molly au même endroit. T'as pris ma femme, je te prends ta fille. Et laisse-moi te dire que c'est une sacrée affaire !

— Espèce de fils de pute ! Tu as violé ma fille ? s'écria le docteur Burke en se cabrant sur sa chaise. Tu m'avais donné ta parole d'honneur quand nous avons fait établir le test de paternité ! Tu étais censé protéger Clare et ton enfant. Tu étais censé les aimer ! hurla-t-il.

— Et c'est là que t'as pris tes aises et que t'as baisé ma femme. C'est *toi* qui as brisé notre accord ! rétorqua Fowler.

— Ce n'est pas un homme. C'est un monstre, dit Molly en crachant par terre. Un ivrogne, un pédophile et un violeur. J'aurais dû te trancher la gorge, ce jour-là. J'aurais dû brûler ton corps dans un tas de fumier, parce que c'est là qu'est ta place.

— Doucement, bébé. On dirait que tu traînes un peu trop avec le petit Clark. Eh ben, on va arranger ça, pas vrai ? ricana-t-il en serrant le menton de Molly entre ses doigts. La prochaine fois que j'allume un incendie, je m'assurerai qu'il soit dans le bâtiment.

Elle se débattit sur la chaise où elle était ligotée. Je ne la voyais qu'à moitié, mais si j'ouvrais davantage la porte, Fowler risquait de me repérer.

— Espèce de salaud ! s'écria-t-elle.

— Je crois qu'on a assez parlé. Y a pas de temps à perdre.

Les hurlements de Molly me vrillaient les tympans. Je m'efforçai d'en faire abstraction, de me concentrer, mais c'était impossible. Il était en train de la déplacer. Il me fallut toute mon énergie pour m'abstenir de me jeter dans la pièce pour lui arracher la tête. Je le regardai détacher les mains de Molly en maintenant un couteau contre ses côtes, en face du docteur Burke.

— Tu veux vraiment faire ça, Ron ? Tu sais que tu ne t'en tireras pas. Fais ce que tu veux de moi, mais laisse Molly et Clare en dehors de ça, le supplia Burke.

Le bruit de pas s'éloigna : Fowler entraînait Molly hors de la pièce.

— Ce sera bientôt ton tour, Burke, quand on reviendra. Je couperai ta petite bite, très lentement. Peut-être que t'auras de la chance et que tu te videras de ton sang avant la fin. Allez, bébé, enlève-moi cette blouse comme une bonne fille. Je sais que tu peux le faire.

Je jetai un nouveau coup d'œil à l'intérieur. Je m'étais trompé. Fowler n'était pas parti avec Molly, mais il maintenait un couteau contre la gorge de sa femme. Molly avait les yeux gonflés. Son nez était enflé et son chemisier maculé de sang.

Cet enfoiré va crever. Il me suffirait d'une occasion. Une petite occasion d'entrer et de l'attraper. Mais comment ?

Tu ne peux pas le tuer, fit une voix au fond de moi, mais je l'ignorai. Si Fowler se trouvait à ma portée, je le tuerais.

Je m'écartai de la porte pour courir devant la maison. Là, je ramassai un pot de fleurs que je fracassai sur le porche avant de me précipiter à l'arrière pour surveiller de nouveau par la porte entrebâillée. Fowler disparut vers l'avant de la maison avec Molly et j'entrai sur la pointe des pieds.

— Chut, dis-je en portant le doigt à mes lèvres, avant de ramper à quatre pattes derrière Burke pour lui détacher les mains.

Mon cœur battait à tout rompre et mes mains tremblaient. Des gouttes de sueur dégoulinaient sur mon front. Il me fallut toute ma concentration pour garder mon sang-froid et m'abstenir de courir devant la maison pour sauver Molly. Mais si je voulais les sauver tous, il fallait que je maîtrise ma rage.

Garde ta tête, Carter.

— Va chercher la police, murmura le docteur Burke, mais je ne pouvais ni les laisser ni appeler maintenant, car Fowler avait fait demi-tour.

Le bruit de ses pas m'assourdissait. Je n'eus pas le temps de libérer Mme Fowler. Son mari revenait avec Molly.

— Ne bougez pas. Faites comme si vous étiez encore attaché, dis-je au docteur Burke en lui montrant le pistolet rangé dans la poche arrière de mon jean.

Il hocha la tête et je rampai derrière le canapé, où je disparus juste avant que Fowler ne regagne le salon.

— Pas très malin, d'avoir laissé tes pots de fleurs sur la rambarde, Clare, grommela Fowler. Le vent en a fait tomber un. Bon, où on en était ? Allez, pose ce chemisier comme une gentille fille.

Derrière le canapé, je le voyais pointer son couteau vers Molly, mais une colonne me masquait son corps.

Il faut que tu saisisses ta chance, Carter, fit la voix de Daisy. Elle avait raison. Je ne pourrais pas survivre si je perdais Molly. Sans réfléchir, je bondis de ma cachette pour avoir une vue dégagée sur Fowler et je braquai mon pistolet sur lui.

— Plus un geste, Fowler.

Il faillit lâcher son couteau, mais dès qu'il reprit son calme, il se rua vers Molly. Je tirai un coup de semonce en l'air.

— Bouge encore, connard, et la prochaine est pour toi. Les mains en l'air, ordonnai-je.

Il se figea sur place.

— Molly, viens par ici. Docteur Burke…

Mais je ne finis pas ma phrase, car le père de Molly s'était jeté sur sa femme, son couteau à la main. Le temps que je comprenne ce qui se passait, le docteur Burke s'était interposé, et la lame de Fowler s'enfonçait dans son ventre comme dans du beurre.

Le temps s'arrêta. Je ne savais pas si je devais me précipiter pour stopper l'hémorragie, étreindre Molly pour la rassurer, appeler la police ou m'occuper de Fowler.

Seule la dernière option me parut logique. Je ne pouvais pas prendre le risque que quelqu'un d'autre soit blessé. Je lui tirai dans la poitrine, mais le canon de mon arme dévia au dernier moment, comme si une force voulait l'orienter ailleurs, et la balle lui transperça l'épaule gauche. Il heurta le mur, s'effondra et s'immobilisa. Je me précipitai auprès de lui pour vérifier qu'il était en vie : c'était le cas, mais il avait perdu connaissance. Le docteur Burke poussa un cri de douleur et je lâchai mon arme pour aider Molly à l'allonger sur le sol. Elle reprit ses réflexes de médecin pendant que je détachai Claire.

— Ça va aller, doc. Molly est médecin. Elle va s'occuper de vous.

La mère de Molly sanglotait, le corps secoué de spasmes de détresse. Comprenant qu'il faudrait une seconde ambulance pour elle, je composai aussitôt le numéro des urgences.

— Je ne sais pas, Molly. Il a bien retourné cette lame en l'enfonçant.

Du sang coulait aux commissures des lèvres du docteur Burke. Il l'essuya de sa main libre et échangea un regard lourd de sens avec Molly. À en croire leur expression, ça n'augurait rien de bon.

— Essayez de ne pas bouger.

Elle examina la plaie comme une professionnelle, en se concentrant comme si elle faisait simplement son job habituel à l'hôpital.

Le docteur Burke leva les yeux vers elle. Il lui adressa un sourire chaleureux en déclarant :

— Je suis tellement fier de toi, Molly !

Ses yeux se remplirent de larmes, et Clare tendit le bras pour les essuyer. Il lui prit la main.

— Tu t'es bien débrouillée, Clare. Vraiment bien.

— Nous nous sommes bien débrouillés ensemble, répondit-elle.

— Qu'est-ce qui se passe ? demanda Molly tandis que sa mère et le docteur Burke se regardaient comme deux vieux amants, et ce fut alors que je compris.

Je pris conscience du rôle qu'avait joué le docteur Burke dans l'existence de Molly, mais je n'eus pas le temps de m'exprimer. Une masse énorme me percuta de côté, lourde comme un rocher. Pendant que nous étions occupés, Fowler avait rampé dans ma direction et s'était jeté contre moi pour atteindre Molly et le docteur Burke, me poussant contre le mur. Lorsque je le heurtai, je me cognai le pied droit et j'entendis un craquement sinistre.

Fowler plongea vers le pistolet tombé près du docteur Burke, mais je l'attrapai par les pieds avant qu'il ne s'en empare, et je le tirai en arrière. Il gigota et me balança un direct dans la cage thoracique, à gauche. Une douleur cuisante me parcourut, comme si les flammes de l'incendie, des mois auparavant, me léchaient de nouveau la peau, et ce fut alors que je me rendis compte qu'il s'était servi d'un briquet pour mettre le feu à mes vêtements. Les flammes se répandaient sur moi comme une vague. Paralysé par le choc, je restai figé. J'eus l'impression qu'un long moment s'écoulait avant de sentir une gifle et de voir le visage de Daisy.

Ton heure n'est pas venue !

Lorsque je me repris, des hurlements me perçaient les tympans. Je me roulai par terre, cherchant désespérément à éteindre le feu. Quelqu'un tira avec mon pistolet. La détonation résonna dans la maison, mais je ne pouvais que continuer à rouler, car les flammes ne me lâchaient pas.

— Molly ! criai-je.

Je ne voulais pas qu'elle meure. Si ce salaud lui avait tiré dessus, autant que je trépasse. Les flammes avaient rongé mon jean, côté droit, et je craignais qu'elles ne me brûlent la peau. Je me précipitai dehors, où je pris une averse de plein fouet.

— Carter ! cria quelqu'un à l'intérieur.

Je me jetai dans l'herbe humide où je me tordis encore jusqu'à ce que le feu s'éteigne. La pluie m'avait sauvé. Dès que la dernière étincelle mourut, je me ruai de nouveau dans la maison.

Mme Fowler se tenait dans l'encadrement de la porte de la cuisine, un seau d'eau à la main, surprise de ne pas me voir en feu. Le docteur Burke appuyait un linge ensanglanté contre son abdomen, et Molly, les genoux tremblants, tenait mon pistolet. Elle regardait son père, ou plutôt l'homme qu'elle avait cru être son père jusqu'à ce jour. L'arme lui glissa des doigts et tomba par terre dans un fracas métallique. Molly s'effondra à genoux. Je courus à ses côtés pour la prendre dans mes bras.

— Non, il ne peut pas être mort, marmonna le docteur Burke.

— Tout va bien, maintenant, Molly. Il ne te fera plus jamais de mal.

— Je sais, acquiesça-t-elle. Il est mort ?

Je tendis le bras pour prendre le pouls de Fowler. Il était étendu là, les yeux grands ouverts, un filet de sang à la bouche. Heureusement, je sentis palpiter la veine à son cou.

— Je sens encore son pouls.

— Molly, il faut que tu le maintiennes en vie, dit le docteur

Burke au prix d'un énorme effort, juste avant que ses yeux ne se révulsent.

— Docteur Burke...

Molly se rapprocha de lui. La peau de Burke était d'une pâleur presque translucide. À le voir couvert de sang, on avait l'impression qu'il s'était entièrement vidé.

— Carter, maintiens-le en vie, souffla Burke en désignant Fowler. Il est compatible avec Sarah. J'ai vérifié.

— Quoi ?

En entendant le nom de la petite, je sentis quelque chose céder en moi. Le besoin de tuer Ron Fowler reflua. Je m'accroupis et je commençai à lui administrer un massage cardiaque.

— Je crois qu'il ne survivra pas.

N'arrête pas, entendis-je derrière moi, alors que personne n'avait parlé.

Le docteur Burke cligna lentement des yeux et prit la main de Molly.

— Molly, je ne suis pas sûr de survivre, moi non plus.

— Mais si. Il le faut, docteur Burke.

— Et si je dois mourir, je n'aurai qu'un seul regret. Je suis désolé que nous n'ayons pas pu te protéger, ma chérie. J'aurais voulu tout savoir plus tôt, pour toi... J'ai toujours voulu que tu sois ma fille, j'ai prié pour ça, mais...

Le docteur Burke toussa.

— Mais il a échangé les tests. Je suis tellement navré.

Il sanglota comme s'il versait là ses dernières larmes.

— Qu'est-ce que je peux faire ? Dites-moi comment vous sauver.

— Je crois que tu es plus à jour que moi en ce qui concerne les premiers secours, dit-il en regardant le couteau qui dépassait de son abdomen. Tu as fait tout ce que tu pouvais. Il ne nous reste plus qu'à attendre. Mais j'aimerais beaucoup que tu m'appelles papa. Juste une fois. Je t'en prie, dis-le-moi. Je ne peux pas mourir sans avoir entendu ces mots-là.

— Papa, dit Molly, en larmes elle aussi. C'est vrai ? Mais pourquoi, pendant toutes ces années ?

La mère de Molly s'agenouilla auprès d'eux, et prit la main de sa fille et celle du docteur. Je n'avais pas vu énormément de gestes aussi chargés d'affection dans ma vie.

— Nous étions jeunes, nous n'avions pas la force de nous opposer à nos parents. Donald partait faire ses études et Ron était un gentil jeune homme. Il était différent autrefois. Oui, quand Donald est venu assister au mariage, nous...

— Je t'en prie, maman, tu n'es pas forcée de t'expliquer.

— Si. Nous avons fait l'amour la veille de mon mariage avec Ron.

Elle adressa à Donald un regard plein d'affection.

— Il voulait que j'annule tout, mais je me sentais coupable. La famille était là, nous avions tout préparé... C'était la plus grave erreur de toute ma vie. Un mois après les noces, j'ai découvert que j'étais enceinte. Nous avons fait un test de paternité, qui désignait Ron comme le père. Mais je ne savais pas qu'il avait échangé les résultats. Je ne l'ai appris qu'aujourd'hui.

— Oh, maman. Je suis désolée. Tu as vécu avec un homme que tu n'aimais pas pendant toutes ces années...

— C'est à moi de te demander pardon. J'aurais dû en faire plus, ma chérie.

Mme Fowler détacha son regard de Molly pour se tourner vers le docteur Burke.

— L'ambulance... Donald, elle va mettre du temps.

Mme Fowler regarda la porte que personne n'allait franchir de sitôt. Hope Bay était isolée, et il leur faudrait bien une demi-heure pour arriver.

Et merde ! Je composai le numéro de mon père entre deux compressions thoraciques. Je n'aurais jamais cru m'efforcer un jour de sauver la vie de cet enfoiré.

— Nous avons besoin d'une escorte de police jusqu'à l'hôpital. Je conduis le docteur Burke, et je ne peux pas me permettre d'attendre l'ambulance. Tu peux m'avoir le chef ?

— On te retrouve sur la route.

Ce fut ainsi que nous interceptâmes l'ambulance à mi-chemin. Les urgentistes emmenèrent le docteur Burke. La mère de Molly resta dans l'ambulance avec lui tandis que je conduisais Molly et Mr Fowler, inconscient, à l'hôpital. Ce salaud avait vraiment le chic pour tromper la mort. Je voulais encore qu'il crève, et voilà que nous essayions de lui sauver la vie malgré tout. Molly continuait le massage cardiaque en répétant de temps à autre « pour Sarah ». Ma cheville gauche, tordue dans un angle bizarre, était brisée, mais pas question que je le révèle à quiconque avant d'arriver à l'hôpital : je n'aurais pour rien au monde laissé quelqu'un d'autre emmener Molly. Je ne la laisserais plus jamais. Je tendis la main à l'arrière pour caresser son bras nu.

— Tout va bien. Vraiment.

— Tu as failli tuer un homme, Molly.

Il aurait suffi d'une balle pour mettre un terme définitif à tout ce chaos, mais de toute évidence, nous ne nous débarrasserions pas de Fowler si facilement.

— Je sais… je sais… C'est pour Sarah.

— C'est normal d'être bouleversée, Molly. Il devrait être mort.

— Je ne suis pas bouleversée. Promis.

— Alors pourquoi tu trembles ?

— Burke. C'est mon père.

En regardant dans le rétroviseur, je la vis sourire.

— Oui, c'est ton père.

— Et il risque de mourir.

— Accroche-toi à l'espoir, Molly. Si quelqu'un peut le faire, c'est bien toi, je le sais. Il faut qu'il survive. Et Sarah s'en tirera elle aussi, et quant à ton père… enfin, pas ton père, mais tu vois ce que je veux dire, eh bien il ira en prison pour un bon moment.

— Est-ce que je suis quelqu'un de mauvais ?

— Hein ?

— Parce que je ne regrette pas de lui avoir tiré dessus ?

— Si tu n'avais pas tiré, je m'en serais chargé.

— Alors je suis contente de l'avoir fait.

— Je sais, Molly. Et je te promets que je ne le laisserai plus jamais s'approcher de toi. Il finira ses jours en prison.

Molly continua de compter à voix haute – *un, deux, trois* – à chaque pression sur la poitrine de Fowler. J'espérai que cette expérience ne la traumatise pas. Quelque chose me disait qu'une fois débarrassés de Ron Fowler pour de bon, nous pourrions prendre un nouveau départ. Mais le docteur Burke allait-il survivre ? Et Sarah ?

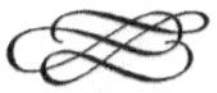

CHAPITRE 30

MOLLY

Cela faisait deux semaines qu'on avait greffé la moelle osseuse de Ron Fowler à Sarah, qui donnait des signes de guérison. Fowler avait beau être un salaud, il portait une carte de donneur d'organe, et comme Sarah était sa nièce, elle figurait en première place dans la liste des bénéficiaires. Quant à lui, il était encore à l'hôpital, dans le coma. Malheureusement, il avait survécu à la balle et à l'opération de greffe. Les médecins ignoraient toutefois s'il se réveillerait un jour. En ce qui me concernait, je préférais qu'il ne revienne jamais à lui, ou bien qu'on l'envoie droit en prison s'il reprenait connaissance. Mais pour le moment, le coma me suffisait.

Je déposai mon bouquet de demoiselle d'honneur sur le comptoir de la clinique. Mme Gladstone m'avait appelé à la rescousse ce matin pour me dire qu'elle était souffrante et me demander de passer la voir avant le mariage.

— Désolée, Mme Gladstone. Je ne veux pas paraître pressée, mais c'est aujourd'hui qu'a lieu le mariage de Jo et de Nick, et...

Étant donné que je disposais de deux heures avant la cérémonie, je n'aurais pas dû me sentir si nerveuse, mais ce jour-là, je ressentais une drôle d'impression, bien différente de ce que j'aurais dû éprouver.

— Tout va bien, mon chou. Ce n'est pas moi qui ai besoin d'aide aujourd'hui, mais ce jeune homme. Allez, viens.

Mon petit frère Nathan sortit d'une des salles d'examen en costume, prêt pour le mariage. Il devait avoir subi une belle poussée de croissance l'été dernier, parce qu'il me semblait soudain plus grand, et ses épaules plus larges. Que faisait-il là ? Il était bien trop tôt pour qu'il se prépare… Il allait salir son pantalon et sa chemise dès la première heure.

Nathan s'avança et me tendit une enveloppe. Je le regardai, perplexe, puis je la pris pour l'ouvrir. Lorsque je la dépliai, des paillettes roses s'éparpillèrent… sans doute la touche de Mackenzie.

Sur la carte blanche figurait une inscription : *Retrouve-moi chez moi. Je t'aime, Carter.*

Parlait-il de notre appartement en ville ? Mais c'était le jour du mariage de Jo et Nick ! Au dos de la carte, je lus le reste du message : *P.S. Suis Nathan.*

— Je suis censée te suivre ? demandai-je, interloquée.

Nathan acquiesça en souriant.

— Mme Gladstone ? fis-je en me tournant vers la vieille dame.

— Ne t'inquiète pas. Je m'occupe du bureau et des coups de fil.

Ce n'était pas la première fois qu'elle donnait un coup de main au docteur Burke. Et elle pouvait toujours m'appeler en cas d'urgence. Après l'agression du docteur Burke, il avait fallu que je le remplace à la clinique. Et j'étais ravie de passer du temps avec mon père, mon *vrai* père.

— D'accord. Alors, allons-y.

Curieuse de ce que Nathan avait bien pu préparer, je suivis Nathan dehors, et dès que nous bifurquâmes à gauche, je commençai à l'interroger.

— C'est loin ?

Nathan haussa les épaules.

— Ça prendra longtemps ?

Nouveau petit geste.

— Mais nous serons à l'heure au mariage, au moins ?

Nathan s'arrêta, se tourna pour me faire face et porta son doigt à ses lèvres pour faire semblant de tourner une clef imaginaire dans un verrou avant de la jeter au loin.

— Je vois que je ne tirerai rien de toi.

Trois minutes plus tard, la parcelle vide où se trouvait autrefois la maison de Carter nous apparut. On en avait retiré la plupart des gravats calcinés, mais au fond, les restes d'une cheminée de pierre se dressaient encore intacts. Carter était assis devant, en fauteuil roulant. Il s'était cassé la cheville le jour où il m'avait sauvé, et il lui faudrait quelques semaines pour se remettre.

Lorsqu'il m'aperçut, il saisit les béquilles posées contre la cheminée et se dirigea vers l'endroit où se trouvait autrefois la porte de sa maison pour m'accueillir.

— Ravi que tu aies pu venir, dit-il en souriant.

— Nathan me dit que…

Je me retournai pour désigner mon frère, mais il s'était déjà éclipsé.

— Allez, entre, Molly.

Il fit mine de m'ouvrir la porte. Je le suivis pendant qu'il traversait un couloir imaginaire.

— Attention au canapé, dit-il en montrant la direction de la cheminée.

— Je croyais qu'il était près de la fenêtre.

— En effet, mais je parle du nouveau, celui qu'on mettra là plus tard.

— D'accord… tu as bu avec Nick hier soir, c'est ça ?

— Rien du tout. Je te le promets. Tu ne vois pas ? Et là, un manteau de cheminée, ajouta-t-il en montrant l'âtre, et un arbre de Noël fraîchement coupé pour les enfants, ici.

Mon cœur s'arrêta tandis que je suivais ses déambulations dans la pièce.

— Un fauteuil pour lire, très confortable, avec un plafonnier, et je verrais bien des étagères pour tes journaux médicaux. Oh, et dans le couloir, avant la cuisine, on mettra un mât de caserne de pompier, c'est sûr. Les gosses vont adorer.

Il se tourna vers moi.

Des gosses ?

Mes yeux devaient avoir doublé de volume. Il parlait de notre avenir comme s'il se déroulait devant nos yeux, et en toute franchise, j'adorais ça. Il déposa ses béquilles et plia lentement le genou de sa jambe valide, maintenant en l'air sa cheville plâtrée.

— Carter, mais qu'est-ce que tu fabriques ?

Il s'agenouilla devant moi et ouvrit la boîte carrée qu'il tenait.

— Molly, dit-il, je t'aime aujourd'hui plus qu'hier, mais bien moins que demain. Me feras-tu l'honneur de devenir ma femme ? Molly, veux-tu m'épouser ?

Je ne me rappelle pas avoir répondu oui, mais c'est sans doute ce que je fis, parce que j'en avais énormément envie. Lorsque je repris mes esprits, je contemplai un splendide anneau de platine ouvragé dont les entrelacs formaient deux fleurs de trèfle aux pétales couverts de minuscules diamants. Il étincelait dans la lumière matinale.

— Molly, entendis-je. Ça va ?

— J'ai dit oui ? demandai-je, les yeux toujours braqués sur le nouveau bijou qui m'ornait la main.

— Oui, tu as dit oui.

Je levai la tête. Les yeux larmoyants, je dus m'essuyer du dos de la main.

— Et on va vivre ici ? ajoutai-je.

— Oui, on rebâtira. Ta maman n'est qu'à cinq minutes à pied. Et la clinique où tu vas travailler à trois minutes, et la maison de Jo et Nick pas bien loin. On pourra rendre visite à Mac chaque fois qu'on voudra. Et ce petit nid, devant toi, poursuivit-il en désignant la maison encore imaginaire, sera le nôtre, à toi et à moi.

Mon cœur fondait. Il avait pensé à tout. Maintenant que le docteur Burke, mon véritable père, avait décidé de prendre sa retraite et d'en profiter avec ma mère, j'allais diriger le cabinet avec ses conseils. Après avoir survécu au coup de poignard et à six heures d'opération pendant lesquelles son cœur s'était arrêté, il se remettait à présent. Et je déménageais à Hope Bay dans une semaine. Tout se précipitait !

Je contemplai de nouveau ma main.

Me voilà fiancée.

Des applaudissements résonnèrent alors : ma mère, mon père et mon frère, accompagnés de toute la famille Clark, se tenaient devant la future porte d'entrée et nous crièrent « félicitations ! » Ils étaient tous là, même le docteur Burke – ou plutôt *mon père* –, dans un fauteuil roulant identique à celui de Carter.

Il n'était que neuf heures du matin, et c'était déjà le plus beau jour de ma vie.

— Molly, je sais que tu es enthousiaste, mais il faut encore que nous assistions à un mariage secret.

— C'est vrai. Ça ne t'ennuie pas si je n'en parle à Jo que demain ? Je veux que cette journée lui appartienne.

Carter avait déjà réintégré son fauteuil. J'avais enfin réussi à le convaincre que moins il soumettait sa cheville à la pression, plus vite il guérirait, et plus vite il retrouverait sa vigueur physique. Il s'approcha de moi en roulant.

— Et ce n'est qu'une des mille raisons pour lesquelles je t'aime tant. Bien sûr que ça ne m'ennuie pas.

— Félicitations, Carter et Molly.

Nous ouvrîmes une bouteille de champagne au milieu de la parcelle, là où se trouverait la future cuisine, et nous le servîmes dans des gobelets en plastique. Mon frère eut droit quant à lui à du vin pétillant sans alcool. En regardant nos deux familles occupées à rire, à plaisanter et à bavarder, je passai un moment rare, un de ceux où l'existence valait vraiment la peine d'être vécue. La joie pure me faisait battre le cœur, et j'avais mal aux joues à force de sourire. Et pourtant, je ne me doutais pas que cette journée pouvait encore s'améliorer.

Ma mère poussa le fauteuil dans notre direction et mon père tendit la main pour serrer celle de Carter.

— Carter, je tiens à te remercier pour avoir sauvé la vie de ma fille, et à te présenter mes excuses.

— Pourquoi ça ?

— Eh bien, pour avoir supposé que tu avais profité de Molly, cet après-midi où vous êtes passés tous les deux à mon cabinet.

— Oh, vous voulez dire quand elle s'était blessé les genoux…

— Nous savons toi et moi que ce n'est pas pour cette raison qu'elle était venue. Merci de me l'avoir amenée, d'avoir été un bon ami et d'avoir pris soin d'elle toutes ces années. Rien de ce que je pourrais dire ou faire ne saurait exprimer mon immense gratitude envers toi.

— Tout le plaisir était pour moi. Je sais que je n'ai pas fait les choses dans les règles, du reste… enfin, ce n'est pas mon habitude, mais je voudrais vous demander officiellement la main de Molly.

En s'imaginant qu'il n'agissait pas dans les règles, Carter se trompait lourdement…

— Bien sûr. Vous avez notre bénédiction tous les deux.

Mon père m'embrassa sur le sommet du crâne et serra de nouveau la main de Carter avant de rejoindre ma mère.

— Je suis si fière de toi, dis-je à Carter.

— Ah bon ?

— Tu ne t'en rends même pas compte, pas vrai ?

— Hein ?

— Tu as tellement changé !

Ça faisait un bout de temps que je n'avais plus vu Carter rougir. Je le trouvai sexy.

— Tu crois que ces bandages ne vont pas gêner Nick ? demanda Carter en désignant sa joue.

Le feu avait meurtri de nouveau sa peau qui se reformait. Cela dit, les blessures guérissaient bien.

— Je crois que Nick ne remarquera pas grand-chose excepté Jo, aujourd'hui.

— Tu sais quoi, je crois que tu as raison, parce que de mon côté, je ne vais pas cesser de te regarder de toute la journée. Viens là, conclut-il en se tapotant les genoux.

Je m'installai sur lui et lui passai les bras autour du cou.

— Je n'aurais jamais cru être si heureuse un jour, déclarai-je.

— Et moi j'ai toujours su que tu le serais. Que *nous* le serions.

Carter pressa ses lèvres contre les miennes pour sceller la promesse d'un long avenir commun.

Nous prîmes en famille le chemin de Pebble Beach, où Nick était censé emmener Jo et Mac faire des ricochets. Jo ignorait totalement qu'elle allait se marier ce jour-là, et j'avais hâte de voir ma meilleure amie épouser l'amour de sa vie. En jetant un coup d'œil vers Carter, j'étais convaincue que moi aussi, j'avais la chance d'avoir trouvé le mien.

Je m'arrêtai lorsque nous passâmes devant une table couverte de calendriers.

— Qu'est-ce que c'est ?

— Oh, les gars de la caserne ont pris quelques photos. Nous les vendons dix dollars pièce, pour Sarah à l'hôpital. Tous les bénéfices aideront sa famille à payer ses frais médicaux et les factures d'hospitalisation.

— C'est toi qui as fait ça ?

— Plus ou moins, répondit-il en haussant les épaules. Je voulais vraiment qu'elle aille mieux. Je crois que Daisy aurait apprécié.

— J'en suis certaine. Et tu as posé toi aussi ?

Je parcourus les pages jusqu'à ce que je tombe sur M. juillet : Carter, uniquement vêtu d'une lance à incendie qui lui couvrait le corps. Il la tenait de façon qu'elle dissimule son entrejambe, et je n'avais jamais vu rien de plus excitant.

— Oui.

— Je n'arrive pas à y croire, Carter ! Merci. Et je te le dis tout de suite : j'en prends cinq. Non, plutôt cent. Et tous ceux qui passeront à la clinique pour une visite de routine le mois qui vient en auront un gratuitement.

— Merci, Molly.

— C'est pour une excellente cause.

— Les voilà ! fit le père de Jo en se précipitant vers nous.

Nous prîmes tous place au bord de l'eau, Carter du côté de Nick et moi du côté de Jo. Au centre, à quelques mètres du bord, avait été installée une arche florale bordée d'étoffe qui flottait dans la brise. Des chaises alignées définissaient une allée centrale. Nos familles, et à vrai dire tous les habitants de la ville, attendaient debout. Le silence tomba sur la plage lorsque les têtes des futurs mariés apparurent peu à peu derrière la petite colline qui la séparait du parking.

Jo s'arrêta, stupéfaite. Je vis Nick s'agenouiller et Jo accepter de l'épouser avant que leur petite famille de trois personnes s'achemine vers nous. Le destin avait bien travaillé avec ces deux-là. Peut-être que le bien était capable de l'emporter sur le mal après tout. Pour la première fois de ma vie, tandis que je regardai ce qui se trouvait juste sous mes yeux, ma famille et mes amis, ainsi que mon meilleur ami au monde, Carter, je me mis à croire que la vie pouvait nous sourire, même si elle mettait quelques obstacles sur notre route à l'occasion.

CHAPITRE 31

CARTER, DEUX ANS PLUS TARD

— Ça, c'est l'œsophage, dis-je en désignant le diagramme coloré qui figurait sur un des journaux médicaux de Molly.

Gabi, notre fille aînée, se mit à glousser puis éternua, aspergeant la page de salive. Je la nettoyai hâtivement d'un revers de manche avant que Molly ne remarque que nous avions saboté son livre.

— Carter, elle n'a qu'un an.

Debout dans l'encadrement de la porte, Molly, enceinte de huit mois, se frotta le ventre. Nous n'avions pas attendu longtemps après la naissance de notre première, c'est vrai. C'était arrivé comme ça. En fait, nous n'avions pas prévu d'avoir un deuxième enfant si vite, mais je ne pouvais pas m'empêcher de tripoter Molly, et... eh bien la plupart du temps, elle aussi avait les mains baladeuses, en particulier lorsqu'il pleuvait.

— Le meilleur moment pour commencer à les éduquer, c'est l'instant présent ! Tu savais que les gosses absorbaient les informations comme de vraies éponges ?

Je retournai Gabi dans mes bras pour déposer un baiser mouillé sur sa joue. Elle gigota en gloussant.

— C'est pour ça qu'elle n'arrête pas de dire « papa » ?

— Papa ! glapit Gabi, comme si elle avait entendu un signal.

Bon, je lui avais peut-être répété ce mot sans arrêt depuis sa conception en espérant que ce serait son premier et... eh bien c'était le cas.

— Maman, dit Molly en s'asseyant sur le tapis à côté de nous.

— Papa, répondit Gabi.

— Ne t'inquiète pas, dis-je en réprimant un rire. Elle y arrivera bien un jour.

— Elle était censée dire « maman » en premier.

— J'ai peut-être un peu triché, dis-je avec un peu de remords.

Nous nous étions mariés peu après Jo et Nick. Pourquoi attendre quand on souhaite passer le restant de ses jours avec l'âme sœur ?

— Je te promets que maman sera le prochain mot qui sortira de sa bouche.

— Papa, répéta Gabi.

— Tu ferais mieux de te taire, ma chérie, sinon maman ne laissera pas papa lui faire tendrement l'amour ce soir.

— Carter ! Tu ne peux pas lui dire des choses comme ça.

— Ce n'est pas comme si elle comprenait !

Quelqu'un se racla la gorge et en me retournant, je vis Sarah sur le pas de la porte, avec un plateau plein de cookies sortis du four.

— Je sais qu'ils ne sont pas aussi bons que ceux de Mackenzie, mais c'est une excellente professeure.

La petite cousine de Daisy et Molly avait fini par guérir. La collecte d'argent des calendriers s'était transformée en événement annuel, dont tous les bénéfices allaient aux soins des enfants, à l'hôpital. Cette année était la troisième, et nous recevions encore des demandes de photos particulières.

— Je suis sûr qu'ils sont délicieux, Sarah, dis-je en tapotant le canapé. Merci de nous avoir aidés pour l'anniversaire de Gabi.

— Carter ? Ça ne te fait rien si je considère Gabi comme ma cousine ? Je n'en ai pas beaucoup d'autres.

Une fois Sarah en rémission, la mère de Daisy était rentrée à

Hope Bay, avec sa sœur et sa nièce. Cette petite ville tranquille, la famille nouvellement unie et les soins de Molly étaient exactement ce dont la petite avait besoin pour recouvrer la santé.

— Bien sûr, Sarah. Tu fais partie de la famille, et pour toujours.

Nous nous assîmes devant la cheminée. Noël arriverait dans deux semaines, et je ne pouvais pas détacher les yeux de l'amour de ma vie et du petit miracle que nous avions créé, lequel filait désormais à quatre pattes vers l'assiette de cookies que tenait Sarah. Je dirigeai Gabi à l'écart de la table où brillait une bougie électrique. Molly avait convenu d'interdire toute flamme dans la maison jusqu'à ce que nos enfants soient plus grands, à l'exception du four à gaz. Notre maison était désormais parée pour accueillir les enfants, débarrassée des bestioles, d'une sécurité à toute épreuve et couverte de décorations de Noël.

— Carter, regarde ! Il neige.

Molly prit une tasse de chocolat chaud et nous la rejoignîmes à la fenêtre.

Je ramassai Gabi, pris la main de Sarah et m'installai auprès de Molly. Nous regardâmes tomber les flocons. Je contemplai ma splendide épouse et son expression joyeuse. Les étoiles blanches suspendues au-dessus de nous se reflétaient dans ses yeux. Les jours de pluie n'étaient plus mes préférés. Ni les jours de neige. En fait, *tous* les jours passés avec Molly et ma famille étaient les plus beaux désormais. À présent, même par gros temps, le soleil emplirait nos vies.

ÉPILOGUE

DAISY

ncle Ron. Espèce de sale merdeux.

Qui eût cru que nous étions de la même famille ? Certainement pas moi. Du moins, pas avant que je sois morte. Apparemment, le frère de mon père avait été banni de la famille des années auparavant, et même s'il vivait dans la même ville que nous, ils se parlaient rarement.

— Alors, comment ça se passe, ce coma ? demandai-je en flottant lentement vers lui, sachant bien qu'il ne répondrait pas.

Il était tombé dans le coma deux jours après qu'on lui avait retiré de la moelle osseuse pour la greffer à Sarah. Dieu merci, le docteur Burke avait eu la présence d'esprit de consulter les dossiers de l'hôpital pour constater qu'il était compatible avec Sarah. Et Dieu merci, Carter avait eu la bonne idée de lui mettre cette idée en tête.

— Pardon ? Oh, tu as trop chaud ?

J'observai son corps inerte en me demandant si je devais administrer un massage à son cœur pour qu'il se réveille.

— Nan, pas tout de suite.

J'ouvris la fenêtre et j'attendis que la brise fraîche se répande dans sa chambre. Il faisait un temps radieux dehors, mais Dame Nature et moi étions désormais très proches… et elle m'avait bien promis de lui geler les mains et les orteils. D'un souffle spectral, je repoussai ses couvertures. Je n'avais jamais vu des pieds aussi immondes que les siens.

— Ne t'inquiète pas. Plus personne ne se souciera de tes ongles de pieds dégoûtants quand tu seras six pieds sous terre.

Je flottai dans la pièce, les mains croisées sur ma poitrine, en me demandant comment l'aider à *franchir le seuil* au mieux. Mes parents n'avaient jamais parlé de Ron Fowler. Ils n'avaient jamais évoqué sa relation avec oncle Sid, le père de Sarah. Et maintenant que je savais quel genre d'homme il était, ça ne m'étonnait pas, et j'étais ravie que ma famille ait pris ses distances par rapport à lui, même si je leur en voulais de ne pas avoir aidé Clare, Molly et Nathan. Comment avaient-ils pu fermer les yeux de la sorte ?

Enfin, de toute façon ils l'avaient fait, et il était temps de se racheter. Il était temps pour nos deux familles de guérir, et de se débarrasser de la peur. Il était temps pour les familles de s'unir dans la paix.

Je soufflai de nouveau, et la fenêtre se referma avec un petit bruit sourd. Ron se réveilla en sursaut, de lui-même.

— Où je suis ? demanda-t-il.

— Dans un hôpital. Sur le point de mourir, répondis-je.

Il se raidit, examina ce qui l'entourait et passa ses mains gelées sur ses bras tandis que les premiers frissons le gagnaient.

— Qui est là ? demanda-t-il.

— Oh, tu ne me vois pas ? Arrangeons ça.

J'apparus sous ma forme de fantôme et le moniteur médical près de son lit afficha l'accélération de son rythme cardiaque.

Voilà la réaction de terreur que j'espérais.

— Qui es-tu ? Qu'est-ce qui se passe ?

— Je suis venue te traîner en enfer, déclarai-je d'une voix d'outre-tombe en retenant un rire.

Il avait peut-être survécu au tir de Molly en pleine poitrine, mais plutôt mourir que de le laisser sortir de cette chambre vivant. Cela dit… j'étais déjà morte.

Fowler tendit la main vers le bouton rouge, qu'il pressa à plusieurs reprises.

— Oh, le bouton d'appel ne fonctionne pas, aujourd'hui. Et il ne fonctionnera pas demain non plus.

— Au secours !

S'il croyait qu'on allait entendre sa pathétique tentative de cri d'alarme, il se trompait.

— Personne ne viendra, Ron. Tu vas mourir dans les trente prochaines secondes, et ils ne retrouveront pas ton corps avant une bonne semaine.

Je mentais encore, et le moniteur s'affola.

Allez, tu peux faire mieux que ça, Daisy.

— Satan demande de tes nouvelles.

— Quoi ?

— Tu sais que ça fait un mal de chien, de mourir ?

Je m'approchai pour fixer ses yeux exorbités de terreur. Je n'eus pas besoin d'ajouter quoi que ce soit : à chaque centimètre que je faisais dans sa direction, son pouls accélérait. Il se mit à battre de plus en plus fort jusqu'à ce que Ron Fowler respire pour la dernière fois, porte les mains à sa poitrine et se fige avant de s'effondrer dans son lit.

J'ouvris la fenêtre pour retourner à Hope Bay, où je m'étendis dans ma tombe et où je pus enfin reposer en paix.

∼

REMERCIEMENTS

Si ce livre existe, c'est la faute de Carter et de Mackenzie. Oh ! et de Daisy le fantôme, évidemment. Elle a fait irruption dans ma tête vers la fin de l'histoire, et même si elle n'est pas vivante dans ce récit, j'ai beaucoup aimé ce personnage de fantôme.

Carter et Mac... Oh. Mon. Dieu. Je suis tombée amoureuse d'eux, et pas qu'un peu ! Dès que j'ai fini d'écrire *À toi et à moi*, j'ai su qu'il fallait que je raconte l'histoire de Carter. Et nous savons bien que Carter ne peut pas exister sans Mac (ni sans Molly, du reste).

Je crois que les histoires d'amis qui tombent amoureux l'un de l'autre (et de réunion amoureuse) sont celles que je préfère écrire. Et aussi, celles qui mettent en scène des femmes puissantes. J'adore celles qui peuvent surmonter les pires atrocités, parce que ça demande énormément de force. Elles ne se rendent pas compte de cette force tout de suite, mais quand elles en prennent conscience, elles deviennent invincibles. Elles cessent d'être des victimes.

C'est ce que j'aime chez Molly : sa force et sa capacité à surmonter les manipulations de son « père ».

Chères lectrices, merci de votre soutien continu. J'ai une chance immense de pouvoir vivre de ce que j'aime, et rien que de penser qu'il y a des lectrices désireuses de lire ces histoires folles qui me tournent dans la tête... eh bien, c'est dingue ! Merci !

À ma famille : merci de vous accommoder de mon planning d'écriture complètement barge. Merci pour votre soutien, votre enthousiasme, vos idées d'histoires, votre amour, vos sourires, et tous les jours nuageux ou ensoleillés que nous passons ensemble. Vous êtes toute ma vie.

À PROPOS DE L'AUTEUR

Lacey est une auteure de romance érotique et contemporaine avec une touche de suspens. Quand elle ne pense pas à écrire des histoires torrides, ce qui se présente rarement, Lacey aime le camping et skier avec sa famille (pas en même temps bien sûr). C'est une femme mariée, mère de deux enfants, qui se sert de son mari pour mettre à l'épreuve les scènes les plus intimes de ses romans – ce qui ne semble pas le gêner du tout.

Elle aime le rose sur les joues d'une femme, les hommes avec de grands pieds et la lingerie sexy, surtout quand elle est arrachée du corps. Son vêtement préféré est le costume de naissance.

Si vous avez aimé cette histoire, merci de laisser un commentaire sur le site où vous avez acheté le livre. Tous les auteurs dépendent de l'appui de leurs lecteurs pour trouver un public. Faites en sorte que votre opinion compte !

∼

https://LaceySilks.com/Livres-Français